특이사항
보고서

특이사항
보고서

최도담 장편소설

네오
픽션

차례

금요일의 복면들

아무런 조짐도 없이 나쁜 일이 생기기도 한다.

금요일 퇴근 시간이 다가오고 있었다. 다섯 시 사십오 분에 마스크를 쓴 두 명의 남자가 실업급여과로 들어섰을 때, 그들을 발견한 몇몇 창구 담당자들의 눈빛이 흔들렸다. 다른 창구 담당자들은 퇴근 준비로 분주해서 방문객의 존재를 눈치채지 못했고 안내 데스크 담당 직원은 다섯 시 삼십 분에 조퇴를 한 터였다. 비어 있는 안내 데스크 앞에서 두 명의 남자는 빠르게 안쪽을 스캔했다.

그들이 검은 복면을 쓰고 묵직한 엽총을 옆구리에 차는 데는 단 몇 초밖에 걸리지 않았다. 한 명이 춤을 추듯 가볍게 입구로 다가가 문을 잠그고는 두 대의 키오스크를 문 앞으로 옮겼다. 유리문은 기다란 키오스크에 가려졌다. 동시에 다른 한 명은 날렵하게 창구 방향으로 뛰어들며 직원들을 향해 소리 쳤다.

"하던 일 멈추고 모두 벽에 붙어. 죽기 싫으면 빨리 움직여."

검은 복면 안쪽에서 흘러나온 굵직한 목소리가 사무실 공기를 찢었다. 직원들에게서 비명이 터져 나왔다. 비명은 또 다른 비명을 불러냈다.

"씨발, 손 들고 벽에 붙으라고. 안 그럼 죽어. 경찰에 연락해도 죽어."

남자의 위협적인 목소리가 재차 터져 나왔다. 다른 한 명도 어느새 창구 직원들 바로 앞으로 들이닥쳤다. 핸드폰으로 손을 뻗는 직원의 어깨 위로 총부리가 닿았다. 직원들은 핸드폰을 떨어뜨리거나 뒤로 넘어졌다. 끝까지 핸드폰을 쥐고 있던 5번 창구 직원은 얼굴에 발길이 날아들어 바닥으로 내동댕이 쳐졌다. 쓰러진 5번 창구 직원의 코에서 붉은 피가 쏟아져 뺨을 가로지르며 흘렀다. 다른 한 명은 5번 창구 직원의 손목을 꺾고 핸드폰을 빼앗아 옆구리에 차고 있던 가방에 찔러 넣었다. 나머지 직원들은 고개를 숙이고 인상을 찌푸렸다. 얼굴이 구겨진 직원들이 몸을 웅크리고 캐비닛에 바짝 붙어 섰다.

"각자 핸드폰 꺼내서 여기 내려놔."

남자의 총구가 직원들과 데스크 위를 번갈아 가리키며 와이

파이 모양처럼 좌우로 오갔다.

"핸드폰 보이면 그 자리에서 죽는다."

날카로운 목소리가 예리한 칼날처럼 공기 속을 파고들었다. 직원들은 서로의 얼굴을 바라보며 뭔가 대책을 좀 생각해내라, 하는 시선을 주고받았다.

"이제 모두 꿇어앉아. 빨리 움직여."

직원들은 몇 초의 시간차를 두고 하나둘 자리에 주저앉았다. 마치 리듬에 맞춰 파도타기라도 하는 것 같았다. 때마침 데스크와 복면의 가방 속 여기저기서 핸드폰 벨 소리가 터져 나왔다. 여섯 시를 몇 분 남겨둔 시각이었지만 책상 위의 전화기까지 울어댔다. 소음이 쏟아질수록 역설적으로 공포가 두드러졌다. 벨 소리를 방치할 수밖에 없는 심각한 상황이라는 것이 부각되고 있었다. 고작 십여 분 만에 실업급여과는 완전히 다른 차원의 세상으로 빨려 들어갔다.

은행은 복면 쓴 강도들이 노릴 만한 장소다. 그러나 지역 고용복지센터 내의 실업급여과는 그럴 만한 장소가 아니다. 실업급여과는 은행과 엄연히 다르다. 복면 쓴 강도들에게 내어줄 '현금'이 없는, 빈 껍데기 같은 곳이다. 이런 곳에 강도가 들이닥쳤다는 것은 뭔가 수상한 일이었다. 실업급여과를 생판 모르거나 다른 목적이 있거나. 다른 목적이 있는 거라면, 그건 상황이 생각보다 심각했다. 직원들의 머릿속에 여러 생각이

빠르게 오갔다. 도대체 저들이 뭘 원하는지 모르겠다는 의문이 표정에 담겨 있었다.

"자, 경고하는데 누구도 섣부르게 움직이지 마. 우리는 총만 가진 게 아냐. 여차하면 여기를 날려버릴 폭탄도 가지고 있어. 보고 싶다면 봐. 내 몸을 보라고."

직원들은 겨우 눈을 치켜들었다. 남자의 몸에는 갖가지 색상의 선들이 감겨 있었고, 심장 부근에 타이머로 보이는 작은 상자가 부착되어 있었다. 남자는 바바리 맨처럼 점퍼를 열어 젖혔다가 다시 잠갔다. 직원들의 시선이 무겁게 내려앉았다.

남자가 몸소 전시한 것은 이 상황이 생각보다 심각하고 잘하면 죽을 수도 있는, 위험천만한 상황이라는 경고였다. 직원들은 자신이 긴박한 사태에 직면했다는 것을 비로소 실감했다. 불운에 무방비로 던져진 상황이라는 것을.

남자가 비장한 목소리로 말했다.

"왜 여기에 왔는지 궁금하지?"

남자의 일행은 출입문 앞을 지키며 멀리서 직원들을 향해 총구를 겨누고 있었다. 여차하면 언제라도 직원들을 향해 달려올 준비를 마친 태세였다.

"얼마 전 내가 여기서 개수모를 당했어. 너희가 뭔데 실업급여를 주고 말고 결정해? 게다가 사람을 무시하고 말이야. 너희가 나를 무시했다고. 내가 그 복수를 하려고 오늘 여기 온 거야, 알아들어?”

복수라는 말이 무시무시한 심각성을 실어 날렸다. 잔인한 핏빛 죽음이 연상되는 단어였다. 돈을 훔치러 왔다는 말보다 더 직원들을 좌절로 내모는 암담한 표현이었다. 복수는 복수가 완성되어야만 종결된다. 돈이 아닌 복수의 완성은 피비린내를 내포하는 것이다.

“국가는 실업자 대책이라도 내놓은 게 있어? 누군 실업자가 되고 싶어서 되냔 말이야! 실업자가 돼서 왔더니 실업급여가 안 나온다고? 인간을 쓰레기 취급이나 하고. 너희는 그 책임을 져야 할 거야. 오늘 복수 제대로 해주겠어.”

남자에게서 희미한 웃음소리가 새어 나왔다.

빌어먹을 놈들, 2번 창구 직원은 욕설이 올라오는 것을 내리눌렀다. 복수를 하러 왔다는 것은 자신들이 치졸한 인간이라는 말이었다. 설사 불친절이 있었다고 한들 총부리를 겨눠야 할 명분까지는 되지 못했다. 복수 운운하는 것 자체가 유아적인 발상이었다. 공과 사를 뭉개버리는 비합리적 화풀이에 불과한. 나라에 불만이 있으면 국회나 청와대로 가야 했다. 그러나 바닥에 무릎을 꿇고 앉아서 복면들의 개연성 없는 인질극의 이유를 분석하는 것도 쓸데없는 일이었다. 그들의 천박한 기질을 탓한다 한들 사태가 호전될 기미도 보이지 않았다.

일종의 모의훈련이 아닐까 하는 생각이 4번 창구 직원의 머릿속을 가로질렀다. 끔찍한 상황에 처했을 때 인간은 인과관계의 고리를 찾으려 한다. 인과성의 어떤 단서라도 찾게 되면 악몽에서 벗어날 수 있다는 희망이 보이기 때문이다. 가령 소방 훈련이나 악성 메일 대처 연습 같은 특별민원 대응 테스트일 수 있었다. 남자가 벽으로 붙으라고 소리칠 때만 해도 그럴 가능성이 있었다. 하지만 5번 창구 직원이 얼굴을 가격당하고 쓰러졌을 때 그 가능성은 휘발되었다. 총구가 눈앞에서 춤을 추는 실제 상황임을 인정해야 했다. 바닥에 무릎을 꿇은 지 몇 분 지나지도 않아 다리가 저리고 아파왔다. 이 끔찍한 사태는 무릎이 아프다는 물리적 고통 속에서 극적으로 느껴졌다.

1층에 경비원과 보안 요원이 있지만 이 시각에는 점검을 오지 않았다. 그들이 점검을 온다 한들 총을 든 강도에 맞서 싸울 처지도 아니었다. 경비원은 예순이 넘은 노인이었고, 보안 요원은 배가 불룩하고 키가 작은 오십 대였다. 게다가 보안 요원은 악성 민원인이 소란을 피우면 제일 먼저 도망가는 것으로 악명이 높았다. 아마 이 상황을 알아차리면 재빠르게 퇴근해버릴 터였다. 두 직원에게 일말의 기대도 얹어볼 수 없었다.

"너희와 이 나라가 우리를 개무시한 만큼 응징해줄 거야. 각오하라고."

남자의 목소리가 다시 고요를 갈랐다. 총구는 바닥에 꿇어앉은 직원들을 향해 정조준되어 있었다.

2번 창구 직원은 남자의 목소리에 귀를 기울였다. 삼십 대 중반으로 추정되는 목소리였다. 어투나 목소리는 외모만큼 나이를 보여줄 때가 많았다. 대부분 외모보다는 목소리 속에 나이가 짙게 배어 있었다. 그렇다고 해도 목소리만으로 특정인을 지목하는 것은 무리였다. 목소리도 귀에 익어야 구분해낼 수 있었다.

　상담을 왔었다면 과연 몇 번 창구 민원인일까. 응징이라면 무엇을 말하는 걸까. 어떻게 해야 멈추게 할 수 있을까. 1번 창구 직원의 머릿속에 갖가지 질문들이 떠올랐지만 해답이 찾아지지 않았다. 머릿속은 공포로 뒤덮였고 생각은 방향을 잃고 흔들렸다. 이런 기가 막힌 인질극의 희생자가 될 수 있다는 생각조차 해본 적이 없었다. 5번 창구 직원과 눈빛을 주고받았지만 뾰족한 수가 없어 보였다. 잔혹한 게임을 끝낼 묘안이 없다는 것만 서로 확인할 따름이었다. 절망의 확인보다 더 잔인한 것은 없었다.

　4번 창구 직원은 남자의 목소리가 공기 속으로 퍼질 때마다 부르르 떨었다. 삶 속에는 상당히 다양한 괴물들이 존재했다. 불행하게도 인간은 자신의 의지와 무관하게 괴물들을 마주하기도 했다. 선한 인간을 만나는 것보다 괴물을 피하는 것이 인생이 베푸는 호의였다.

　남자가 다시 떠들기 시작했다.

"여기서 나가야 한다고 생각하는 사람 있다면 한 명은 보내주지. 너희와 다르게 나는 꽤 친절하니까. 이런 기회를 주는 걸 다행이라고 생각해. 자, 나처럼 친절한 사람 딱 한 명만 나가는 거야."

직원들의 눈빛에 혼란이 스몄다.

"단 한 명이야. 근데 그냥 나가면 재미없잖아? 진짜 친절한 사람 아니면 바로 그 자리에서 죽어. 어때, 신박하지?"

직원들 사이로 탄식이 흘러나왔다.

"자, 용기 있는 놈부터 시작해보라고. 그렇지만 명심해. 난 정말 총을 쏠 거야."

남자는 총구를 겨누고 방아쇠를 당기는 시늉을 했다. 그 몸짓에 직원들의 얼굴이 일그러졌다.

남자의 일행은 어느새 4번 창구 앞에 앉아 모니터를 들여다보고 있었다. 타닥타닥 자판을 두드리는 소리가 조용한 공기 속을 떠다녔다. 4번 창구 직원의 마음속에는 또 다른 두려움이 파고들었다. 컴퓨터는 아직 켜져 있었고, 로그인된 상태였다. 전화번호, 집 주소, 계좌 정보가 얼마든지 유출될 수 있었다. 이 상황에 개인정보까지 털리는 것은 치명적이었다.

하지만 무엇보다 당장 눈앞의 재난에서 빠져나갈 묘안이 필요했다. 남자의 딜은 어처구니없었지만 동시에 삶의 의지를 자극했다. 살기 위해서는 삶을 거는 도박을 해야 했다. 고요 속에서 직원들이 동요하고 있는 것이 느껴졌다. 친절했던 기억을 찾느라 직원들의 머릿속이 분주하게 돌아가고 있을 터였다. 미친놈이라는 욕설이 4번 창구 직원의 목구멍 아래서 꿈틀댔다. 미친놈들은 기이하게도 상상력이 뛰어나다. 그리고 미친놈들의 기발한 상상력은 잔인하다.

친절은 상대적이고 주관적인 개념이었다. 객관적으로 검증할 수 있는 지표도 없었다. 내키는 대로 총을 휘갈길 명분이 필요한 것인지도 몰랐다. 대가가 분명한 게임에는 뛰어드는 게 아니었다. 그러나 본능은 자기방어적으로 움직이게 마련이어서 어느새 4번 창구 직원도 친절의 기억을 더듬고 있었다. 문제는 딱히 내세울 만한 기억이 없다는 것이었다. 몇몇 기억이 스쳤지만 감동을 줄 만한 무게감은 없었다. 남자가 원하는 친절은 통상적 수준을 넘어서는 것일 터였다. 잔혹한 상상력의 인간에게 일반적인 것을 기대해서는 안 된다.

남자가 직원들을 부추기며 소리쳤다.

"자, 게임 시작됐는데 다들 자는 거야? 누구든 나서 보라고."

총구는 남자의 목소리 리듬을 따라 좌우로 움직였다. 핸드폰 진동음은 때때로 벌떼처럼 울어댔다. 시계는 여섯 시 이십 분을 가리키고 있었고, 시곗바늘이 달릴수록 핸드폰은 계속 울려댈 터였다.

빌어먹을 놈. 2번 창구 직원이 낮게 웅얼거리자 직원들을 부추기며 소리치던 남자는 2번 창구 직원을 향해 눈길을 돌렸다.

"이봐, 너 표정이 왜 그렇게 지랄맞지?"

"네? 아닙니다."

"씨발, 오늘 관 짜게 해줄까? 너희가 친절했으면 내가 여기까지 오지도 않았어. 너희가 나를 여기까지 오게 한 거라고. 근데 이렇게 되니 억울해?"

"아닙니다."

"관으로 직행하고 싶지 않으면 닥치고 있으라고. 그나저나 친절한 직원은 없는 거야?"

남자가 짜증 섞인 투로 소리치자 옹기종기 모여 앉은 직원들 사이로 팔 하나가 솟아올랐다.

"제, 제가 얘기해보겠습니다."

3번 창구 직원의 가늘게 떨리는 목소리가 퍼졌다.

"오케이, 이제 좀 재미나네. 근데 친절했던 얘기가 아니면 총알이 네 가슴에 박히는 거야."

3번 창구 직원은 큼큼 목을 가다듬었다. 주위의 깊은 정적이 3번 창구 직원의 목소리를 도드라지게 했다.

"어떤 민원인이 개인 사정으로 퇴사 처리되어 있었어요. 근데 상담을 해보니 권고사직을 받은 경우였어요. 회사가 지원금 받는 게 있어서 개인 사정으로 처리해놓은 거죠. 제가 그걸 발견하고 민원인 대신 회사에 항의를 넣었고 실업급여를 받을

수 있게 해줬어요. 그 민원인은 고맙다며 음료수를 사 들고 왔
었죠. 친절하게 대해줬다고 인사를 여러 번 했어요."

파르르 떨리는 3번 창구 직원의 음성이 공기 속으로 흘러들
었고, 남자의 고개가 귀를 기울이듯 그쪽으로 쏠렸다. 남자의
고개는 점차 기울다가 우뚝 멈춰 섰다.

"그래서?"

"네?"

"그게 다야?"

"네."

"일어서 봐."

3번 창구 직원은 느릿느릿 몸을 일으켜 세웠다. 손바닥에 땀
이 고인 듯 손을 바지에 문질렀다.

"씨발, 그게 친절한 거야? 친절도 없고, 재미도 없는데. 그건
네가 할 일을 한 거잖아. 게다가 음료수까지 받아 처먹었어?"

"아니, 그게 아니고……."

3번 창구 직원이 당황한 얼굴로 손사래를 쳤다.

탕!

순식간에 남자의 손에서 방아쇠가 당겨졌다. 공기 속으로 방
아쇠를 당기는 소음이 울려 퍼졌다가 이내 놀랍도록 깊은 고요
가 찾아들었다. 정적을 가르는 소음이었지만 요란스럽지는 않
았다. 소음기를 장착해 총성이 멀리 퍼지지는 못한 것 같았다.

고요는 금세 탄식과 신음으로 채워졌다. 모두의 시선이 총알이 날아든 곳으로 쏠렸다. 그런데 3번 창구 직원이 아닌 4번 창구 직원이 어깨를 붙잡고 쓰러져 있었다. 총알은 4번 창구 직원의 왼쪽 어깨에 박혔고, 그는 튕겨지듯 뒤로 몇 발자국 밀려났다가 주저앉았다. 동시에 3번 창구 직원은 괴성을 지르며 뒤로 나자빠졌고 양손으로 얼굴을 감쌌다. 직원들의 탄식과 4번 창구 직원의 신음이 공기 속으로 스몄다. 몇몇 직원들이 4번 창구 직원에게 다가가 어깨를 확인했다.

남자는 거만한 어투로 놀란 직원들을 비웃었다.

"이게 장난감 총인 줄 아는 거 아냐? 쏘지도 못하는 총이면 가져오지도 않았어. 움직이지 말라면 움직이지 말아야지!"

누구도 그 총이 실제로 총알을 뿜어낼 것이라고는 생각지 못했다. 공기를 뚫고 목표물로 향하는 총알의 단호함은 모두의 입을 벌어지게 했다. 여기가 미국도 아니고, 총을 든 누군가를 대면한 건 모두 처음이었다. 그 총은 그저 위협을 가하기 위한 전시용 도구로 보였다. 누구도 그것이 실제로 총의 위력을 과시할 수 있다고 믿지 않았던 것이다. 그렇다면 남자의 몸을 칭칭 휘감고 있는 폭탄도 그 파괴력을 보여줄 준비가 된 상태인지도 몰랐다. 허세도 트릭도 아닌.

4번 창구 직원의 왼쪽 가슴 부위는 피로 물들어가고 있었다. 누군가 짜내듯 솟구치는 핏물이 웅덩이를 만들어내는 중이었다. 몇몇 직원들이 입고 있던 카디건 등을 벗어 출혈 부위를 눌러주었다. 핏빛을 빨아들이며 짙어져가는 회색 카디건이 사태의 심각성을 드러냈다. 직원들의 표정도 그 핏빛처럼 검붉게 젖어들었다. 그 표정은 공포 그 자체였다. 공포가 겉으로 드러나는 순간 약자가 된다.

"이거 재밌네. 넌 운이 좋았어. 저년이 너 대신 총을 맞은 거야. 내 사냥 솜씨가 시원치 않아서 빗나간 게 아냐. 저년이 움직여서 그런 거지. 자, 개소리는 집어치우고 누구 또 나서 보라고. 이번엔 제대로 쏠 수 있으니 어디 나와 보라고."

"저기, 선생님들. 이분 병원에 가야 할 것 같습니다. 출혈이 너무 심합니다."

2번 창구 직원의 목소리가 비집고 들어왔다. 남자가 2번 창구 직원에게 눈길을 던졌다.

"닥쳐. 병원에 데려가려고 했다면 쏘지도 않았어. 내 사냥 솜씨를 맛보고 싶지 않으면 닥치라고."

"제발 도와주세요. 사태가 악화되길 원하시는 건가요?"

남자가 2번 창구 직원의 어깨를 총구로 눌렀다.

"야, 너 미쳤어? 닥치라고 했지. 무슨 개수작이야, 씨발."

신음과 희미한 울음소리가 뒤섞여 공기 속으로 흘렀다. 4번 창구 직원의 눈꺼풀이 맥없이 떨어지고 있었다. 호흡은 점점 느려지고 있었고 신음도 잦아들었다. 그러다가 불쑥 깊은 신음이 벌어진 입에서 새어 나왔다. 남자는 직원들의 걱정 어린 탄식이 터질 때마다 시끄럽다고 소리쳤다.

1번 창구 직원이 다급한 목소리로 말했다.

"사태가 정말 심각합니다. 119를 불러주세요."

"아, 씨발. 시끄럽다고 했지?"

남자의 어투에 짜증이 배어 있었다. 자칫하면 총을 다시 한 번 쏠 기세였다. 한 번 쏘았으니 두 번은 쉬웠다. 그때 키오스크로 막아놓은 유리문 너머에서 누군가 문을 두드렸다. 모든 소음이 순간 멈췄다. 유리문 밖의 누군가가 키오스크로 막혀 있는 실업급여과 안쪽에 심각한 일이 발생했다고 짐작했는지도 몰랐다. 비명이 충분히 파급력이 있었을 것이다. 시선을 유리문 쪽으로 모은 직원들은 간절한 표정을 짓고 있었다.

남자가 전산 작업에 몰두해 있는 일행에게 다가가 귓속말을 했다. 그러자 그는 자리에서 일어나 키오스크를 향해 다가갔다. 남자는 직원들을 향해 다시 총구를 들이밀었다.

문을 두드리는 소리는 얼마간 지속되다가 멈췄다. 밖을 살피다가 되돌아온 일행이 남자를 향해 어깨를 으쓱해 보였다.

"자, 그럼 너희가 못 하니 내가 다른 게임을 시작하지."

남자는 손목시계로 시간을 확인했다.

"이번에도 한 명만 나가. 기가 막힌 제안이지? 대답이 만족스러우면 한 명은 나가는 거야."

직원들이 다시 탄식을 내뱉었다. 의식을 가까스로 부여잡고 있는 4번 창구 직원을 향해 남자가 시선을 던졌다. 날카로운 눈매에 살기가 어려서 4번 창구 직원은 그 눈빛을 마주 볼 수가 없었다.

"너도 병원 가고 싶으면 게임에 참여해보든가."

그 순간 1번 창구 직원이 몸을 낮추고 남자의 오금에 가위를 찍었다. 그러나 가위를 강하게 밀어 넣은 게 무색하게 박히지는 못했다. 남자는 무릎이 꺾이는 와중에도 팔을 돌려 가위를 잡고 있는 1번 창구 직원의 손목을 비틀었다. 그러고는 거친 숨소리를 내며 주먹으로 1번 창구 직원의 얼굴을 가격했다. 뒤로 나자빠진 1번 창구 직원은 허공에 발길질을 해댔다. 남자가 몸을 기울여 1번 창구 직원의 뺨을 총구로 내리눌렀다.

"너 뭐야, 죽고 싶은 거야?"

"미친 새끼."

1번 창구 직원의 낮고 조용한 목소리가 적막을 스쳤다. 남자에게서 짧은 침묵이 감돌았고 총구를 잡은 손이 가볍게 떨렸다. 마침 매고 있던 가방에서 벨 소리가 울려서 남자가 허리를 일으켰다. 눈에 힘이 들어간 남자는 핸드폰을 꺼내 전원을 꺼버렸다. 터져버릴 듯 위태로운 적막이 강렬하게 퍼졌다. 남자의 눈빛과 총구가 다시 1번 창구 직원을 향했다. 언제든 총알을 튕겨낼 준비가 된 총구는 1번 창구 직원의 얼굴을 정조준하고 있었다. 직원들은 숨소리조차 가까스로 삼켰다. 팽팽한 침묵을 끊은 건 먼 곳으로부터 번져오는 사이렌이었다. 두 블록 정도 너머에서 가까워지고 있는 듯했다. 남자의 눈길이 손목시계로 향했다.

남자가 1번 창구 직원을 향해 차갑게 쏘아붙였다.

"빌어먹을, 내 시간을 뺏지 말란 말이야!"

그러더니 이내 진지한 목소리로 말했다.

"너희가 운전을 하고 있고 차에는 사랑하는 가족이 타고 있어. 한참 운전해서 가고 있는데 갑자기 한 무리의 사람들이 도로로 뛰어들어 무단횡단을 하는 거야. 둘 중 하나야. 그들을 치든지 아니면 옆으로 차를 틀어서 도로 아래로 추락하든지. 가족을 살리려면 도로 위의 사람들을 치고 가야 하는 거야. 어떤 걸 택할 거야? 이유를 근사하게 말하면 살려줄게."

남자가 떠들어대는 동안 가까워지는 듯했던 사이렌이 점점 멀어지더니 청각 밖으로 빠져나갔다. 도시의 반대편 다른 곳을 향해 질주하는 것처럼 가물가물해졌다. 희망마저 그 사이렌처럼 멀리 빠져나가고 있다고 4번 창구 직원은 생각했다. 징조도 없이 불행이 닥치는 일은 있었지만 희망은 그렇지 않았다.

"자, 어떻게 할 건지 답변을 좀 해보라고."

남자의 목소리에 다급함이 실렸다. 그리고 다시 한번 사이렌이 울렸다. 이번에는 가까운 도로를 달리고 있는 것처럼 생생하고 분명했다.

남자가 고개를 가로저었고, 일행과 눈길을 주고받았다. 직원들의 시선은 벽에 붙은 시계로 옮겨갔다. 여섯 시 오십삼 분. 억만년이 흐른 것 같은 느낌에 사로잡혔던 4번 창구 직원은 시곗바늘이 낙타가 사막을 건너듯 느리게 움직이고 있다고 느꼈다. 악몽은 끝을 쉽게 보이지 않는다. 아니, 악몽에는 끝이 있다고 말할 수 없는 것인지도 몰랐다. 끝이 오지 않는 것이 악몽의 본질이었다.

남자가 4번 창구 직원을 향해 물었다.

"자, 어떻게 할 거야?"

"네?"

4번 창구 직원의 눈빛은 흐릿했다.

"저기, 지금 대답할 상황이 아니잖아요."

1번 창구 직원이 따지듯 말했다. 복면 속에서 푸르게 빛을 발하고 있는 눈동자와 시선이 마주치자 1번 창구 직원은 심장이 쪼그라드는 것 같았다. 맹수를 닮은 눈빛이 표독스럽게 노려보는 것만으로도 등줄기가 뜨겁게 탔다.

"그럼 네가 말해봐. 어쩔 거야?"

"네?"

남자가 비아냥거리며 1번 창구 직원을 향해 말했다.

"네가 흡족한 대답을 하면 저년을 병원에 보내주지. 동료애를 발휘해보라고."

"글쎄, 모르겠습니다."

"뭐?"

"모르겠다고요."

"씨발, 그게 지금 대답이야?"

남자가 총 손잡이를 고쳐 잡으며 물었다.

"그런 상황에 실제로 직면해야 알 것 같습니다. 막상 그 상황에 처하면 내키는 대로 할 겁니다. 몸이 반응을 하겠죠."

남자가 신경질적으로 물었다.

"그딴 대답밖에 못해?"

"네?"

"상상해보고 대답하란 말이야! 어떤 선택을 할 건지."

"저는 선택하지 않겠다고 대답하는 겁니다. 그냥 그 순간에 내키는 대로 하겠다고요."

"존나 잘난 척이시네. 그런 게 문제야. 내키는 대로라니. 그렇게 나오면 나도 내키는 대로 한다고."

남자는 2번 창구 직원을 향해 물었다.

"너는 어떻게 할 거야?"

"네?"

"이것들은 물으면 왜 자꾸 되물어?"

"저는……."

2번 창구 직원의 얼굴에 당혹스러움이 번졌다.

"저도 잘 모르겠는데요. 저도 아마 닥쳐봐야 알지 않을까 생각합니다."

오한에 걸린 것처럼 2번 창구 직원의 목소리가 덜덜 떨렸다. 그러나 남자는 대답을 듣고 있지 않았다.

사이렌은 건물 아래에 이른 듯 형형하게 다가와 있었다. 직원들과 남자의 눈빛에는 서로 다른 의미로 긴장감이 돌았다. 남자는 일행에게 무슨 말인가를 건넸고, 두 사람은 총구를 직원들에게 향한 채 입구로 재빠르게 걸어 나갔다. 전쟁터에서 전략상 후퇴하는 전사들처럼 주저함이 없었다. 키오스크를 한쪽으로 밀어내며 남자가 먼저 사라졌고 곧이어 다른 한 명도 유리문 사이로 모습을 감추었다.

복면들이 사무실을 가로질러 입구 밖으로 사라지는 몇 초 동안 직원들은 멍하니 앉아 있었다. 악몽이 뒷모습을 보이고 있다는 것을 알면서도 손가락 하나 움직이는 이가 없었다. 악몽으로 얼어버린 공기가 단단하고 묵직했다. 시동이 걸리기를 기다리는 자동차처럼 직원들은 굳은 채로 공기 속에 잠겨 있었다. 실은 악몽이 끝났다고 말할 수 있는 사람은 아무도 없었다. 4번 창구 직원의 의식이 희미해지고 있다는 것은 얼마의 시간이 흐른 뒤에 드러났다.

주안 경찰서 형사과는 오전 내내 긴급회의를 가졌고 본부는 대테러 전담팀 구성에 들어갔다. 형사 진욱은 광역수사대에서 근무하던 중 가장 먼저 전담팀에 이름을 올렸다. 전담팀은 복면들의 도주로와 예상 동선을 캐는 일에 집중하느라 조용히 분주했다. 방대한 CCTV를 전부 뒤져야 했는데 아직 그럴듯한 성과가 없었다. 신고가 접수되었을 때 WASS, 즉 수배 차량 시스템을 바로 가동해 도주 경로부터 확보했어야 했다. 문제는 도주 차량이 특정되지 않았다는 점이었다. 형사들이 도착해 CCTV를 확인하려 했지만 하드웨어 자체가 사라지고 없었다. 밤이 깊었고 목격자를 찾는 것도 쉽지 않았다. 주변 CCTV를 확인하며 경찰들이 뛰어다녔지만 용의 차량 특정은 늦어지고 있었다.

일요일 오후 진욱은 고용센터를 방문했지만 범인들에게 접근할 만한 단서는 건지지 못했다. 과학수사대에서 현장의 족적과 혈흔을 채취하기는 했지만 용의자를 확보하기는 어려울 터였다. 바닥에 흥건한 혈흔은 총상을 입은 직원의 것으로 보였다. 범인들은 복면과 장갑으로 철저하게 커버했다. 지문이 나온다고 해도 수많은 사람이 드나드는 곳이니 용의자 지목도 어려웠다. 기대할 만한 족적은 대조군이 있어야 유효하다. 170밀리미터의 나이키 운동화와 밑창이 닳아서 브랜드 도출이 어려운 165밀리미터 운동화, 두 족적이 용의자들의 것으로 추정된다는 감식 보고가 있었지만 유의미한 정보라 할 수도 없었다. 직원들에게서 강탈한 핸드폰들은 1층 화장실에 버려져 있어서 위치 추적도 무의미했다.

진욱은 파견 나온 형사 세 명과 함께 센터로부터 5킬로미터 근방을 걷고 또 걸었다. 편의점이나 주택가에 설치된 CCTV까지 확인해야 하는 전 구간을 확인했다. 용의 차량의 번호를 찾으면 이동 경로를 추적할 수 있었다. CCTV가 범죄를 밝히는데 가장 큰 역할을 하지만 그것도 인간의 노력이 깃들어야 가능했다. 결국 발로 뛰지 않으면 CCTV도 무용했다. 첨단 과학수사에서는 인간적 감각이 더 중요했다. 감각적 방향 설정이 과학수사의 결과를 좌우했다. 수사의 패러다임이 바뀌고 있지만 그렇다고 그것이 인간적 노력을 덜 요구하는 건 아니었다. 더 정교해지는 수사 방식에 맞게 형사들도 더 감각적으로 움직여야 했다.

인근 편의점 직원이 목격한 바에 의하면 수상한 차량은 주안 병원 앰뷸런스뿐이었다. 목격자는 들것에 실린 누군가를 태우고 차가 출발했다고 진술했다. 주변 도로 CCTV에서 앰뷸런스는 주안 병원을 향해 가지 않았다. 그것이 범인들의 차량이라고 추정하지 못했던 것이 늦장 대응의 발단이 되었다.

도주에 이용한 차량이 화성의 한 야산 부근에서 확인된 건 월요일 새벽이었다. 불에 탄 채 발견되었지만 인근 CCTV에

야산 방향으로 들어서던 용의 차량이 포착되었다. 일부러 화재로 위장한 듯했지만 차량 옆구리에 '주안 병원'이라는 단어가 어렴풋하게 남아 있었다. 인근 야산을 타고 이동한 후 준비된 차로 도주했다면 동선을 추적하는 건 쉽지 않을 터였다. 동선 세탁을 위해 철저하게 계산하고 움직였다고 볼 수 있었다. 이동 과정은 역시 CCTV에 의존해야 했고 시간과의 싸움이 될 터였다.

현장에서 사무실로 돌아간 이후 진욱을 비롯한 전담반 형사들은 CCTV를 들여다보며 오후 내내 의자를 떠나지 않았다. 등허리가 빳빳한 막대기처럼 굳어가고 있었지만 모니터에서 눈을 떼서는 안 되었다. CCTV를 돌려보는 일은 집중력을 요하지만 지루하기도 했다. 길고 지리멸렬한 삼류 영화라도 보는 것처럼. 가끔 눈꺼풀이 내려와 머리를 흔들었다. 지겨움으로 지쳐갈 때쯤 과장이 회의를 소집했다. 진욱은 건진 게 아무것도 없다는 말을 꺼내놓아야 하는 부담을 안고 회의실로 들어갔다. 현장 감식 보고서와 현재까지의 CCTV 분석 현황표가 테이블에 놓여 있었다.

회의가 시작되자마자 과장이 물었다.

"뭐 특별한 거 있어?"

모두의 신경이 뜨거운 만큼 과장의 목소리도 그랬다. 언론과 정부의 관심이 쏠린 중대 사건이었다. 자칫 늦장 대응이 언론에서 다뤄지면 골치가 아플 게 뻔했다. 이미 그런 조짐이 보이고 있었지만. 그렇기에 서장급 이상의 누군가가 책임을 져야 한다는 목소리가 벌써 나오고 있었다.

진욱의 목소리가 불편하게 흘러나왔다.

"아직 특별한 건 없습니다."

"언론 브리핑에서 뭐라도 밝혀야 하는 시점이야. 아직 아무것도 없다고 하면 내가 면이 안 선다고. 알잖아?"

"죄송합니다."

"일단 용의자 방향은 어때? 수급자 중에 테러 용의자들이 있다고 보는 거야?"

누가 테러 용의자가 될 것인가. 수사 전에 어떤 틀도 먼저 만들어서는 안 된다. 수사에서 가장 경계해야 할 것이 편견으로 시작하는 것이다. 진욱은 마땅한 답을 찾기 어려웠다.

본청에서 파견 온 형사 고지훈이 말했다.

"글쎄요, 지금으로선 단정 짓기 어렵습니다."

"용의자 라인업이라도 되어야 내가 뭐라도 하지?"

과장의 어투에는 다급함과 질책이 섞여 있었다. 골치가 아프다는 티를 조금도 감추지 않았다.

"그날 직원들은 감도 잡지 못하던데요. 내일부터 직원들 조사가 추가로 이루어지긴 하니까……."

"자, 그럼 차량 문제만이라도 구체적으로 브리핑 자료를 내

자고. 용의 차량이 화성에 있었다고?"

"네, 그 차량은 주안 병원 게 아니었어요. 번호판 조회에 뜨지 않는 대포 차량 같은 거라서. 그 차량을 역으로 추적하려고 하고 있는데 CCTV를 검토하는 데 시간이……. 그리고 화재가 있기는 했지만 차량에서 단서가 될 만한 걸 국과수에서 찾고 있습니다."

고지훈이 대답하는 동안 과장의 미간은 점점 일그러졌다.

"어쨌든 그러니까 또 CCTV네. 무식하게 뒤지든 전략적으로 뒤지든 도주로를 좀 밝혀보라고. 근데, 대체 그놈들의 목적은 뭐였던 거야?"

회의실에 있던 형사들 모두 난감한 얼굴이 되었다. 동기와 목적은 모든 범죄를 푸는 기본이자 키워드였다. 목적을 따라가야 용의자에 도달한다. 그러나 이 테러범들은 이 두 가지 모두 표면화하지 않았다. 아니, 대놓고 드러낸 그 목적이 모두를 곤란하게 만들었다.

"불친절에 대한 복수를 하겠다고 했다는 게 지금까지 드러난 전부입니다."

진욱의 목소리가 분명하게 공기를 갈랐다. 과장이 어처구니없다는 듯 허허, 웃음을 터뜨렸다.

"그건 나도 들었는데, 정말 그게 다야? 그게 말이 된다고 생각해?"

"아주 불가능한 건 아니지만⋯⋯."

"아니, 그런 일에 목숨을 건다고? 총을 휘갈기고? 이렇게 계획적으로?"

원점부터 다시. 과장은 그렇게 말하고 회의실을 나섰다. 브리핑이 앞으로 두 시간 후였다. 그때까지 복면들의 동기나 목적 정도는 손에 쥐어야 했다.

1부

내가 저기가 아니라 여기에 있다는
것이 무섭고 놀랍다. 나는 저기가
아닌 여기에 있을 이유도 없고, 다
른 때가 아닌 지금 있을 이유도 없
기 때문이다.

블레즈 파스칼 『팡세』 중에서

1

시선 속에 들어온 것은 침대 위에 드러누워 있는 나였다. 눈꺼풀이 단단히 잠겨 있고 보랏빛 입술도 틈새 없이 맞물린 모습이었다. 거울 속에서 보던 것보다 훨씬 낯선 모습으로 나는 누워 있었다. 처음엔 그 인물이 나라는 것을 깨닫지 못할 지경이었다. 생경하면서도 낯익은 얼굴이었는데 무엇보다 끔찍하게 못생겨서 놀랐다. 펑퍼짐한 광대와 어딘지 균형이 맞지 않는 턱 근육, 다소 벌어진 미간. 못생긴 얼굴을 뜯어보고 있다가 소스라치게 놀라서 뒤로 몇 발자국 물러났다. 관찰자의 눈으로 보니 객관화가 되었다. 누구라도 타자의 위치에서 자신을 들여다보면 놀랄 것이다. 익숙함을 벗어나면 실체를 보게 된다.

못생겼다는 자각 뒤에는 혼란스러움이 찾아왔다. 누워 있는 인간도 나고, 그것을 바라보는 인간도 나라는 깨달음에 이르렀기 때문이다. 침대 위에 눈꺼풀이 얌전하게 덮인 채 누워 있으면서 동시에 그 육신을 내려다보는 또 다른 형체가 있었다. 나는 타인을 마주하듯 나를 대면하고 있었다. 영화나 드라마에서 누군가가 죽은 뒤 영혼이 육신을 내려다보는 상황과 흡사했다. 언어가 현실을 따라잡을 수 없는 불가능한 상황이었다. 그 불합리를 설명할 길이 없어서 머리를 쥐어뜯었다. 머리칼에 손가락을 찔러 넣고 침대로부터 멀어졌다가 가까이 가기를 몇 번 반복했다. 어째서 이런 불가해하고 미스터리한 일이 일어난 것인지 어리둥절하기만 했다.

인간의 삶에는 괴이하고 신비로운 일들이 종종 일어난다. 〈월드 미스터리 10〉 등의 다큐멘터리를 보면 이 세상에는 해괴한 일이 제법 빈번하게 발생한다. 영혼 목격담이나 사물들이 제멋대로 움직였다는 증언들도 있다. 그러나 나는 과학적으로 이해 가능한 사실만 믿는 쪽이었다. 합리적으로 납득할 수 있는 영역만 신뢰했다. 영적 신비의 영역 혹은 사차원적 세계는 허무맹랑한 얘기로 치부해버렸다. 원시적 힘이나 마법 등에 대해서도 당연히 일차원적 얘기로 무시해왔다. 이성과 합리로 구체화되지 않는 영역은 모두 헛소리라는 말이다. 누군가 내게 침대에 누워 있는 자신을 내려다본 이야기를 해온다면 시시껄렁한 농담 집어치우라고, 혹은 단단히 미친 것 아니냐고 말할 사람이었다. 그러니까 나 자신이 두 가지 형태로 분리되어 있다는 비합리적 상황을 인정할 수 없었다. 삶은 인정이나 이해를 구하는 호의를 베풀지 않지만 말이다.

왼쪽 어깨와 겨드랑이를 가로지르며 감긴 붕대가 환자복 틈으로 드러나 있었다. 모니터와 연결된, 바이털 상태를 체크하는 여러 색상의 리드들은 손가락과 이마에 부착되어 있었다. 모니터에는 바이털 그래프가 일정한 패턴으로 오르내렸다. 오른팔에는 링거로 연결되는 주삿바늘이 꽂혀 있어 링거액이 주기적으로 혈관에 흘러들었다. 정황으로 보자면 아직 죽은 상태는 아니었다. 표정도 꽤나 평온해 보여서 단잠을 자는 것 같았다. 그러나 표면적 안온함 이면에는 정신과 육체의 분열이라는 총체적 혼란이 내재해 있었다.

퇴근 시간은 가장 분주한 시간이기도 했다. 데스크 위의 서류들을 정리해서 캐비닛에 넣어야 하고 파지는 분쇄기에 돌려야 했다. 모든 캐비닛이 잠겼는지 확인하고 최종적으로 컴퓨터를 끄고 플러그 전원을 끄는 일까지 마쳐야 퇴근할 수 있었다.

퇴근 준비가 언제나 원활한 것은 아니었다. 가령 다섯 시 사십 분을 지나 전화벨이 울리고 심각한 내용으로 상담을 요청하는 경우도 있기 때문이다. "제가 며칠 전 질병으로 회사를 그만두었는데요"라고 시작하는 상담이면 적어도 십 분 이상의 시간이 소요된다는 말이다. 전화는 그나마 괜찮다. 여섯 시 십 분 전에 출입문을 허겁지겁 통과하는 민원인들이 생각보다 훨씬 많다. 관공서 방문은 엄밀히 말해 여섯 시까지 가능하지만, 처리 시간을 고려한다면 삼십 분 전에는 도착해야 한다. 인간적인 상식 선에서는 그렇다.

물론 사람들은 저마다 피치 못할 사정이 있고, 혹은 그런 게 없어도 다섯 시 오십 분에 실업급여 신청하러 왔다고 말할 수 있다. 그렇다고 오늘은 마감되었으니 내일 오라고 할 수는 없는 노릇이다. 아직 십 분이 남아 있고, 그 시간이면 실업급여를 신청하는 일이 아예 불가능한 것은 아니기 때문이다.

그렇기는 하지만 다섯 시 오십 분에 들이닥쳐 개인 사정으로 퇴사한 사연을 삼십여 분간 늘어놓는 것은 매너가 아니다. 금요일 퇴근 시점이라면 그건 담당자를 깊은 함정에 밀어 넣은 것이나 다름없다. 십 분만 늦어져도 도로는 거대한 주차장으로 바뀌고, 빡빡한 밀림을 통과하듯 퇴근길은 험난한 여정이 된다. 그러나 그건 복면들의 침입에 견주자면 애교스러운 것이었다.

그날 복면들은 타인의 삶과 죽음을 가르는 무시무시한 위치에 있었다. 덕분에 지금 나는 생과 사 어느 면에도 속하지 않는 기이한 상황에 놓였다. 침대에 잠들어 있는 육신과 그 육신을 떠나온 영혼이라는 이중적인 상황.

창문 너머 봄 햇살이 쏟아지는 세상은 안온했다. 정원수 몇 그루가 앙상한 가지를 흔드는 중이었다. 봄빛이 내려앉으면 서서히 만물이 깨어난다. 삶의 의지를 간직한 채 혹독한 시절을 버텨낸 생명들이 세상 속으로 터져 나온다. 딱딱하고 마른 껍질을 뚫고 초록의 살이 기적처럼 돋아난다. 생명에게는 봄이 오고 있다는 것이 행복한 일이다.

봄빛에 물든 바깥 세상처럼 내게도 봄날이 올 것이다. 최신 의학 기술이 나를 치료할 테고 육체로 무사 귀환할 것이다. 믿을 수 없지만, 믿을 수 없기에 믿어야 하는 것이 믿음의 속성이기도 했다. 확실한 것 한 가지는 아직 숨은 붙어 있고, 의사들도 포기하지 않았다는 것이다. 그렇지 않다면 병원 침대 위에 얌전히 누워 있는 상황을 설명할 수 없었다. 침대 발치에 '절대 안정' '일반 면회 불가'라고 쓰인 카드가 붙어 있었다. 상황은 긍정적이지 않지만 숨은 쉬고 있다는 것이 위안이 되었다.

얼마의 시간이 지났을까. 병실 문이 열리고 한 무리의 사람들이 우르르 들어섰다. 흰 가운을 입은 의사들은 심각한 표정으로 침대를 둘러쌌다. 침대를 내려다보는 그들 가운데 나도 끼어 있었다. 교수님이라고 불리는 의사와 몇 명의 레지던트들, 타 과에서 공동 진료를 담당하는 의사들까지 여덟 명이었다. 그들은 내 존재를 전혀 감지하지 못한 채로 떠들어댔다. 의식이 돌아오지 않는다, 수술은 잘 되었다, 호흡과 혈류는 정상이다, 심장박동도 정상 범주에서 벗어나지 않고 있다, 며칠 더 지켜보자 등등. 그 외 이해 불가한 전문 의학용어가 등장했지만 내용의 갈피는 그랬다. 교수님은 환자의 절대 안정을 강조했고, 의식이 돌아올 때까지 일반 면회나 언론 노출은 금지한다고 덧붙였다. 제법 젊은 의사로 보이는 한 남자는 국가기관에서 공무원이 총상을 입었고 지금 온 나라의 눈이 여기에 쏠려 있다고 말했다. 이례적인 경우인 만큼 면밀히 관찰해야 한다는 말도 들려왔다.

모든 의학적 상태는 정상 궤도에 있지만 환자는 깨어나지 못한다. 이건 최악의 상황이라는 말이었다. 의학적 해석이 더 이상 불가능하다는 것은 생존 가능성이 낮다는 뜻이다. 의사들은 수학 공식과도 같은 확실성으로 진단해야 한다. 그들이 고개를 갸웃거린다는 것은 돌팔이거나 암담한 사태라는 말이다. 내게 필요한 것은 미심쩍은 주관이 아니라 확실성을 토대로 한 의학적 결론이었다. 그런 의미에서 의사들의 태도는 나의 불안을 키우는 동력이 되었다.

의사들이 다녀가고 실망에 빠져 있던 오후, 병실 문이 열렸다. 파마한 머리가 중구난방으로 뻗친 산발로 누군가 병실로 들어섰다. 핼쑥하고 초췌한 차림의 여자는 엄마였다. 낡은 카디건에 무릎 튀어나온 기모 바지는 주방에서 곧장 뛰어온 듯한 복장이었다. 엄마는 콧물인지 눈물인지를 옷소매로 닦았다.

그러고는 주머니에서 무언가를 꺼내 베개 밑에 넣었다.

"아이고, 우리 딸 어쩌냐……."

말을 잇지 못하는 엄마의 얼굴이 참혹하게 일그러졌다. 난 괜찮다고 말했지만 엄마의 영역에는 내 목소리가 닿지 않았다. 엄마의 얼굴에 깊은 어둠이 깃들었고, 주름이 파인 황폐한 볼 위에 또다시 눈물이 흥건했다.

─ 엄마, 울지 마. 난 괜찮다고.

엄마의 얼굴 앞에서 손을 흔들어 보였으나 엄마의 눈물은 홍수라도 일으킬 듯이 계속되었다. 댐이라도 터진 거 같네, 그만 울어. 나는 목청껏 발화를 쏟아냈지만 엄마는 벽처럼 내 목소리를 튕겨내고 있었다. 장난스러운 표정을 짓고 둥그렇게 말린 엄마의 어깨에 손을 얹었지만 엄마는 무감했다. 내 손바닥 역시 마치 물속을 휘젓는 것처럼 아무것도 잡아내지 못했다.

나는 인간의 감각 너머의 세계에 존재하는 구조물이었다. 아무것도 없는 무의 공간, 누구도 모르고 다녀간 적이 없는. 대체 이런 세계가 어떻게 존재하는지 불가사의했지만 불가사의하다는 것이 실존을 부정할 수 있는 근거는 아니었다.

복면들이 실업급여과에 난입한 날 아침, 엄마는 용하다는 점집에서 받아온 부적을 내 재킷에 찔러 넣었다. 방금 베개 밑에 밀어 넣은 것도 같은 부적일 것이다. 엄마는 인간들의 삶에 존재하는 미스터리한 힘을 믿는 부류였다. 이 부분에 있어서 엄마와 나는 화해할 수 없는 대립 구도를 이루고 있었다. 맹신도가 된 인간과 그를 바라보는 무신론자 사이에는 심연이 존재하기 마련이다. 내게 부적은 불가해한 심연일 뿐 아니라 싱크홀 같은 함정으로 보였다.

"제발 이런 것 좀 그만하면 안 돼?"

"이것아, 여기 진짜 용한 집이야. 너 공무원 만들어주신 곳이야. 이번 주에 너한테 큰 액운이 끼었다고 했단 말이야. 며칠간 네가 일찍 출근하고 늦게 오는 바람에 못 줬어."

"액운은 무슨 액운? 그게 다 그 사람들 맨날 하는 소리잖아."

"이것아, 너한테 죽음이 보인다고 했단 말이야. 오늘이라도 갖고 가."

용하다는 무속인의 예언처럼 액운이 낀 것인가. 재킷 주머니 속으로 들어온 부적이 나를 지켜낸 것인지는 불확실했다. 부적이 그토록 영험하다면 지금쯤 아무 일 없던 것처럼 산뜻하게 깨어났어야 했다. 이토록 기형적인 상황으로 치달아서는 안 되었다. 아니면, 그 부적 때문에 이 기묘한 일이 벌어지고 있는지도 모를 일이었다.

나의 공시생 시절 엄마는 용하다는 아기 동자에게서 부적을 써 왔다.

"이 부적이면 네가 공무원이 된단다."

엄마의 표정엔 확신이 깊게 번져 있었다.

"차라리 내일 지구 종말이 오는데 부적으로 막는다고 하지."

나는 투덜댔지만 엄마에게는 내일 지구 종말이 오더라도 부적이 필요했다. 때로 이런 종이 한 장이 인간을 절대 믿음 속에 붙잡아두곤 한다. 인간의 나약한 마음이 기대는 곳은 이토록 얄팍하다. 불확실한 삶에 신념을 주는 일은 생각보다 쉬웠다. 부적을 배게 밑에 묻은 이후 엄마는 내가 공무원이 된다는 것을 믿어 의심치 않았다. 심지어 내가 스스로 의심하던 순간에도 엄마는 마치 태풍에 대비해 단단하게 선박을 동여매놓은 어부처럼 의연했다.

인간의 마음은 믿음에 비례하여 힘을 얻는다. 무거운 인생에 비례하는 묵직한 믿음이 균형감각을 찾아주는지도 몰랐다. 삶은 어딘가에 등을 기대지 않으면 곧 무너질 위태로움으로 가득하니까 말이다.

2

나는 실업급여과와 상당히 깊은 인연이 있다. 그 시작은 아버지와 함께한다. 아버지는 충남 서천의 가난한 농부의 아들이었고, 할아버지처럼 농사나 지으며 사는 게 싫어 상경했다. 잡일과 배달과 영업 등을 전전하다가 백화점 식품 매장에서 일하던 어머니와 결혼하면서 주안시로 이사했다. 서울에는 방 한 칸짜리 집 마련도 쉽지 않았던 아버지의 특단의 선택이었다. 주안시로 이사하고 내가 태어났다. 아버지는 지인의 소개로 자동차 부품 공장에 취업해 24평 빌라도 마련했다. 자리를 잡은 뒤에는 특유의 성실함으로 그 공장에서 이십 년 가까이 근무했다. 그러다 아버지의 인생을 뒤흔드는 사건이 발생했다. 한동안 평안했던 삶에 대한 반작용처럼, 삶은 아버지를 뜻하지 않은 지점으로 끌고 갔다.

오른쪽 엄지손가락이 잘려 나가는 사고가 아버지를 덮쳤다. 작업 중 병원에 실려 갔지만, 잘려 나간 엄지손가락은 공장 기계에 빨려 들어가 가루처럼 사라진 뒤였다. 회사는 같은 사고가 여러 번 발생해도 근본적인 해결을 미뤘다. 아버지의 사고 후에야 조치를 취하겠다고 나섰지만 그 일은 아버지 삶의 방향을 틀어놓았다. 어떤 타이밍은 삶에 강력한 위력을 발휘한다. 적정한 때를 놓친, 조금 늦은 무언가가 삶을 무너뜨리기도 한다.

아버지는 한동안 산재급여를 받으며 치료를 받았고 회사에 복직했다. 산재급여를 받는 동안에는 저녁마다 술을 찾았다. 냉장고에는 늘 초록색 소주병이 자리를 차지하고 있었다. 아버지는 취기에 젖으면 회사를 원망하다가 신세 한탄을 읊조리기도 했다. 신세 한탄 중에는 세상의 모든 사람을 '놈'이라 칭했다. 세상에 나쁜 인간인 걸 인정하는 놈, 끝까지 부정하는 놈, 부정하다가 인정하는 놈들이 있지. 까보면 다 나쁜 놈인 거지. 아버지는 술 냄새를 풍기며 모로 쓰러져 잠이 들 때마다 그렇게 '나쁜 놈 이론'을 읊었다. 그러나 본성이 순박하고 모진 성격이 아닌 탓에 크게 이탈을 하지는 않았다. 열심히 살았지만 어쩔 수 없는 일도 있다고, 나쁜 놈들의 비위라도 맞추며 아직은 버텨야 한다고, 운명론과 술에 의지해 삶을 추슬렀다.

어머니는 상당히 다른 양상으로 그 시절에 대응했다. 용하다는 곳을 찾아다니며 부적을 쓰는 것에 꽤나 집착했다. 아버지는 부적을 어머니의 소소한 재밋거리라고 여겼다. 부적을 향해 헛웃음만 지을 뿐 믿음을 주지는 않았다. 아버지의 판단처럼 부적은 지독히도 효력이 없었다. 지리산 선녀에게서 써온 부적은 아버지 인생에 재운과 귀인이 함께할 것이라는 희망을 품고 주방 벽 한가운데에 붙어 있었다. 그러나 아버지는 회사를 몇 년 더 다니다가 정리해고를 당했다. 정년까지 아직 십 년이 남아 있던 시기였다. 끝은 예상보다 빠르고 느닷없이 그러나 단호하게, 마치 솜씨 좋은 자객의 칼처럼 찾아왔다. 아직 끝이 멀리 있다고 순진하게 생각했던 순간 허를 찔린 것이다. 그야말로 옆구리라도 깊이 찔린 것처럼 불어닥친 재앙이었다.

어느 날 주방에 붙어 있던 부적이 갈기갈기 찢겨 쓰레기통에 버려져 있었다. 그것이 끝이 아님을 아버지와 나는 예감했다. 어머니는 더 나은 도사를 찾아 길을 나섰다. 아마 계룡의 아기 동자였을 것이다. 이번에는 부적이 현관 위쪽 가운데 떡하니 붙었다. 불행을 견디는 방식은 다양하고 때로 어처구니없는 방향으로 치닫는다. 삶의 재앙에 대처하는 방식 속에 감추어진 성향이 드러나기도 한다. 어머니는 합리성이 아니라 원시적 신앙에 자신을 던지는 무모한 인간이었다.

기어코 아버지는 아기 동자 타령을 그만두라고 버럭 화를 냈다. 저녁 식사를 하던 중에 젓가락을 내려놓고 험악한 표정을 짓고 있다가 밥상을 뒤엎은 것이다. 아버지의 얼굴이 손가락을 잃기 전과 제법 달라졌다는 것을 나는 감지했다. 이 어리석은 놈아. 그날 아버지는 어머니마저 놈이라 칭했다. 어리석은 것도 나쁜 거야, 이놈아. 부적을 또 받아오면 이혼하겠다는 아버지의 엄포에 어머니는 알겠다고 했다. 하지만 은밀한 미신 행위는 끝나지 않았고 그 뒤로 부적을 받아오면 숨기는 방식을 택했다.

아버지는 실업급여를 신청하러 가면서 나를 데려갔다. 세상 사람들을 놈들이라 칭하면서도 아버지에게는 '관공서 공포증'이 있었다. 나랏일을 하는 놈들은 사람을 주눅 들게 한다는 것이 관공서 공포증의 핵심이었다. 게다가 손가락도 하나 잃었으니 아버지의 관공서 공포증은 극에 달했다.

상담이 진행되는 동안 나는 관공서 공포증의 실체를 목격했다. 아버지는 담당자를 제대로 쳐다보지도 못했고 마치 취조라도 받는 용의자처럼 쭈뼛거렸다. 담당자는 딱딱한 어조로 일관하며 무뚝뚝하게 아버지를 대했다. 아버지는 어깨를 움츠리고 연신 고개를 끄덕거렸다. 비굴하고 남루한 모습이었다. 초라한 부모를 목격하는 것은 슬프면서도 화가 나는 일이었다. 목구멍 아래가 뜨거워져서 나는 먼저 자리를 떴다.

돌아오는 골목 어귀에서 아버지가 말했다.

"애비가 변변치 못해서 너 대학도 마치지 못했는데 실업자가 되어서 어쩌냐."

"술이나 그만 마셔."

내가 짐짓 툴툴거리자 아버지는 묻지도 않은 말을 계속 중얼거렸다.

"너 대학 졸업까지 학비는 애비가 어떻게든 준비할 거다."

그 시절 실업급여는 몇 달간 우리 가족을 먹여 살리는 소중한 자원이었다. 암흑 속에서 희미하게 빛나는 별을 찾듯이 엄마는 실업급여만 바라보고 있었다. 엄마의 독촉과 실의에 빠져 실업급여를 받던 아버지는 네 달 만에 아파트 경비직에 취업했다. 그러나 실직 이후 아버지의 어깨는 활짝 펴진 적이 없었다. 둥그렇게 말린 어깨는 의기소침해 있었다. 여름날에도 오른손은 잠바 주머니에 있었고 눈매는 가뭄에 빠진 마른 우물처럼 깊어졌다. 인간의 육신은 정직하게 삶을 닮아갔다. 아니, 삶은 인간의 육신을 자근자근 밟으며 지나갔다.

그로부터 일 년에 한 번씩 아버지는 실업급여를 받기 위해 고용센터를 드나들었다. 그때마다 습관처럼 나를 불러내 앞세웠다. 공포증이 무뎌질 법도 했는데 그 병증은 깊고 깊었다. 정말 무서운 건지 여전히 실직자가 된 것을 수치스러워하는 건지 분명치 않았다. 어쨌거나 아버지를 적군 기지에 혼자 보내는 것처럼 나도 불안하기는 마찬가지여서 흔쾌히 동행했다.

고용센터에 방문할 때마다 나는 방어적 태세를 취했다. 반복적으로 실업급여를 받는 아버지가 무시당하지 않을까 마음을 졸였던 탓이었다. 실업급여과에 들어설 때면 으레 화난 사람처럼 굳어졌다. 어깨를 뾰족하게 세우고 무뚝뚝하고 건조한 어조를 유지했다. 선제적으로 방어벽을 치는 것으로 공격을 차단했다. 대표적 방어의 방식은 화를 표출하는 것이다.

아버지가 첫 번째 실업급여를 받을 즈음, 어머니는 요양보호사로 취업했고 이 년 뒤 첫 실업급여 수급을 시작했다. 베테랑 수급자가 된 아버지가 있으니 두려움이 없을 법도 했는데 어머니도 나를 앞장세웠다. 아버지가 나를 대동하고 다니는 것을 목격했으니 응당 그렇게 하는 것으로 간주한 것 같았다. 실업급여를 받는다는 하나의 패턴이 뚜렷하게 형성된 것이다. 이제 나는 능숙하게 신청서를 작성하고 담당자에게 실업급여에 대해 이런저런 아는 척까지 했다.

경비직과 요양보호사 계약직이 만료될 때마다 두 사람은 실업급여를 받았고, 덕분에 나는 일 년에 두어 번은 주기적으로 고용센터를 드나들었다. 눈을 감고도 고용센터 앞의 상점들을 줄줄이 외울 수 있을 정도였다. 신청서 양식이 어떻게 바뀌었는지부터 실업급여액 상승률까지 꿰고 있었다. 실업급여과에 신규 직원이 누구인지도 대번에 알아보았다. 신규 직원의 특성을 탐색하고 이용할 줄도 알았다. 경험치가 높은 쪽이 더 강한 것은 이 바닥에서도 마찬가지였다.

실업급여와의 인연은 나 자신이 실업자가 되면서 본격화되었다. 나는 대학을 졸업하고 계약직으로 몇몇 회사를 옮겨 다녔다. 엄지손가락이 사라진 아버지가 회사에서 잘리는 걸 지켜본 후 나는 근사한 직장에 대한 환상을 품지 않았다. 직장이든 인간이든 마음을 주면 결국 아픈 대가를 치러야 했다. 마음을 줬다가 거둬들이는 것이 삶을 힘들게 했다. 게다가 제법 괜찮은 직장은 이미 구직자들의 숱한 구애를 받고 있었다. 몇 달간 이력서만 보내며 구직 실패의 쓴맛을 본 뒤 나는 기간제 구인에만 원서를 넣었다. 버려지는 일에 익숙해져야 하듯이 먼저 버릴 수도 있어야 했다. 아니, 버려지기 전에 선수를 쳐야 했다. 버려질 때까지 묵묵히 기다릴 생각 따위는 없었다. 언제든 등을 돌릴 수 있는 가벼운 관계를 택한 것이다. 적정한 사이즈의 옷을 골라야 하듯이 욕망의 크기가 터무니없어도 안 된다.

계약직은 널려 있었고, 주기적으로 실업급여의 달콤한 사과를 수확했다. 가족 두 사람의 실업급여 주기가 겹칠 때도 있었다. 실업자들이 평일 대낮에 감자칩을 먹으며 텔레비전을 보거나 함께 장을 보러 갔다. 가끔 고용보험료를 가장 많이 축내는 가족이라는 농담을 주고받았고, 서로를 메뚜기라 놀리기도 했다. 기간이 정해진 자리만 따라다니면 전략적인 메뚜기로 오래도록 남을 수도 있었다. 계약과 계약 사이를 실업급여로 채우면 부러울 것이 없었다.

그러던 어느 날, 나는 공무원이 되어 실업급여과에 임용되었다. 메뚜기의 삶을 접고 국가고시를 통과해 고용노동부 소속 공무원이 된 것이다. 첫 발령지가 경기도 주안시 실업급여과였다. 우리 가족이 실업급여를 타기 위해 단골 슈퍼 드나들듯 오가던 곳. "실업급여과 근무를 명한다"라고 쓰인 임용장을 보면서 질긴 인연이라는 생각을 했다. 운명에 귀속된 연인과의 재회 같았다. 어쨌거나 이제 창구에서 수급자의 자리가 아니라 그 건너편에 위치하게 되었다. 아버지는 내가 '관공서놈'이 된 거라며 공포증을 극복해 볼 수도 있을 것처럼 웃었다.

나의 공시생 초창기에 어머니는 이름난 점집을 찾아다녀서 부적을 썼다. 백일치성 기도를 위해 가끔 산에도 올랐다. 어머니는 '부적발'이라 칭했지만 그 말은 내게 거부 반응을 일으켰다. 그것은 내 노력을 무용하게 만드는 표현이었다. "어느 날 공무원이 되었다"라고 했지만, 실은 이 년이라는 시간을 공들 였다. 그 시기 SNS는 물론이고 친구와의 연락도 끊었다. 수도 승이 된 기분으로 속세의 일들을 멀리했다. 무엇보다 달콤한 실업급여의 유혹을 뿌리치기 위해 마음을 다잡아야 했다. 기 간제 채용에 이력서를 넣고 싶은 미혹에 흔들렸고 취업 포털 사이트를 서성이다 돌아서곤 했다. 헤어진 연인에게 집착하는 스토커처럼.

유유자적하던 메뚜기를 그만둔 계기는 한 여인에게 있었다. 부적보다 차라리 그 여인의 공이 컸다. 고된 순간마다 나를 북 돋운 것은 그 여인이었다.

대학교 계약직 직원으로 일하고 있을 때, 남자 친구 준희의 집에 인사를 갔다. 그즈음 준희는 회계사 시험에 합격해 대기 업 사원이 되어 있었다. 거실 벽에 데이비드 호크니의 작품이 걸려 있던 집이었다. 진품은 아닐 거라고 생각했지만 어머니 와 아버지 취향을 생각하니 위화감이 밀려왔다. 준희의 어머 니는 긴 원피스에 벨트를 둘러매고 있었다. 매끈한 바닥을 스 치듯 쓸고 다니는 것이 바다 위를 흐르는 새를 연상시켰다.

"직장도 곧 잘릴 기간제고 집안도 안 좋고……. 아니, 근데 쟤는 뭘 믿고 저렇게 살이 찐 거니? 너는 저따위 애가 뭐가 좋 다고 집까지 데려온 거고?"

나는 화장실에서 거실로 돌아가는 코너에 서서 준희 어머니의 목소리를 들었다. 야속하게도 그 여인은 조심하지 않고 큰 목소리를 냈다. 아니면 은근히 내가 듣기를 기대했는지도 모르겠다. 그렇다면 전략은 제법 성공적이었다. 준희는 조용히 좀 하시라고 목소리를 낮추어 말했지만 딱히 부정하지는 않았다. 나는 황급히 화장실로 돌아가 몸을 숨겼고 거울 앞에 섰다. 살이 퉁퉁하게 오른 펑퍼짐한 얼굴이 거울에 꽉 들어차 있었다. 언제 이렇게 살이 붙었지? 거울 속의 얼굴은 길을 잃어버린 사람의 것처럼 황망해 보였다. 그리고 문득 이 얼굴과 이력은 이 사회에서 '저따위'라는 단어로 명명된다는 현실감에 현기증이 났다. 연애의 이면에는 기껏해야 그런 속물적인 언어들이 버티고 있었다.

극적인 사건에 부딪히면 보이지 않던 것이 보인다. 믿었던 것들이 무너져 내리고 새로운 것들이 밀고 들어온다. 프레임 밖의 것들이 시각 속으로 들어오는 것이다. 그렇게 인생은 스스로 착각을 만들고 그 착각에서 빠져나오는 과정을 되풀이한다. 착각들이 쌓였다가 깨지고 다시 착각이 쌓인다. 때로 착각들이 충돌하는 것도 불가피하다. 사랑의 착각을 포함해서 말이다. 그러나 그것이 슬프기만 한 것은 아니다. 착각을 인정해야 하는 순간들이 삶을 다른 국면으로 데려간다. 당장 며칠 뒤면 나는 실업자가 될 처지였다. 기간제 근로자와 실업자라는 사이클을 오가는 인생. 고용보험 취득과 상실 이력만 거대한 블록처럼 쌓아가는 인생. 마치 끝이 보이는 가벼운 연애만을 즐기는 사람처럼 살고 있었다. 그것도 나쁘지 않다고 믿었는데, 공허했다.

아무 일 없는 것처럼 거실로 돌아가 속이 좋지 않다는 핑계로 그 집을 빠져나왔다. 버려지든 버리든, 관계의 종말이 임박했음을 담담히 떠올렸다. 종말을 준비해둔 인간에게 그것은 그리 어려운 일은 아니었다. 적어도 엉망진창 망가진 모습으로 엔딩을 맞지 않을 수는 있었다. 그가 회계사가 된 순간부터 관계가 어긋나고 있었는지도 모르겠다. 넌 이런 거 이해 못 하지, 네가 뭘 알겠냐, 말해도 넌 몰라 같은 말이 서로를 향하곤 했다. 서로가 발을 디딘 영역이 다르다는 걸 확인하는 발화들이었다. 멀어지는 관계를 언어가 먼저 반영하고 있었던 것이다. 그럼에도 위태로운 줄을 타듯 만남이 유지된 건 끝을 누구도 먼저 꺼내지 못했기 때문이었다. 끝을 말하는 것은 배신자의 무게를 감당해야 한다는 뜻이다.

며칠 후, 준희가 약속 시간에 늦었고 다투다가 헤어졌다. 그는 마치 고대해왔던 말을 들은 것처럼 흔쾌히 안녕을 고했다. 좋은 감정일 때 헤어지는 것이 맞는 거 같다며 커플 반지를 테이블 위에 벗어 놓고 자리를 떴다. 싸움의 원인을 짚다 보면 준희의 집에 방문했던 지점에 이르렀다. 표면 아래 숨겨진 분열의 원인은 명백했다. 명백한 이유는 외면한 채 빌미를 끌어다가 헤어지는 데 동의했다. 각자 숨은 의도를 가진 이별은 쉬웠다. 예정된 이별이 주는 평온도 있었다. 평온한 척 포장하는 것으로 자존심을 지킨 것인지도 모르지만.

엔딩이 해피나 새드만 있는 것은 아니다. 사실 대부분의 엔딩은 해피면서 새드다. 새드 엔딩 안에도 해방과 희망이 있다. 관계가 끝나는 순간이 실은 해방이다. 그 관계로부터 파생된 온갖 감정들로부터 자유로워진다. 그래서 사랑의 상실은 쓸쓸했지만 절망스럽지는 않았다. 그것밖에 사랑하지 않은 것인지도 몰랐다. 끝에 이르면 생각보다 많은 것들을 발견하게 된다.

그 사랑의 끝에서 나의 혹독한 다이어트 연대기가 시작되었다. 어떤 식으로든 종말은 흔적을 남긴다. 계기가 마련되었으니 시작하는 게 쉬웠다. 공시생으로 살던 시절 새벽 다섯 시가 되면 한 시간씩 공원을 뛰었다. 라면을 끊고 달걀과 요구르트로 한 끼를 해결했다. 임용을 받아 첫 출근할 때 55사이즈의 블랙 원피스를 입었고 SNS에 그 사진이 실렸다. 70에서 시작해 48킬로그램에 안착했으니 성공적 다이어트기라 할 수 있었다. SNS에 그 역사가 고스란히 담겼고, 팔로워들도 제법 생겼다.

허기를 참아내는 것이 쉬운 일은 아니었다. 걷잡을 수 없이 깊은 허기가 시도 때도 없이 찾아들었다. 길을 걷다 빵이 그득한 진열장을 스치면 유리창을 깨부수고 싶은 갈망에 휩싸였다. 마들렌 한 조각이면 묵은 허기를 잠재우고 누구보다 관대하게 세상을 바라볼 수 있을 듯했다. 허기는 인내심을 끌어내리는 강력한 자기장 같았다. 허기와의 싸움은 영혼을 송두리째 거는 일이었다. 삶이 지속되는 한 끝나지 않을.

역설적이게도 허기에 굴복하고 싶어질수록 SNS에는 좋아요가 쌓였다. 그러나 복면들이 들이닥친 오후, 좋아요의 시절은 끝나버렸다. 좋은 시절이 철근 빠진 건물처럼 무너져 버리는 것도 한순간이었다. 영혼이 육신을 이탈하는 해괴한 상황에서는 모든 것이 부질없었다. SNS에 사진들을 쌓아 올리며 살아온 삶이 허위처럼 느껴졌다. 먹고 싶은 빵 한 조각을 먹지 못하는 삶은 거짓이었다. 욕망은 타인의 관심에 맞게 다듬어졌고, 정제된 조각만 근사하게 전시하는 삶이었다. 열광적인 좋아요는 인위적으로 편집된 삶에 보내는 찬사였다. 내 뚱뚱한 몸에 '저따위'라는 무자비한 평을 내렸던 여인이나 만족시켜줄 수 있는 삶이었다. 그 여인이 칭찬할 법한 형태로 나는 삶을 다듬어오고 있었다.

기이한 영혼의 시각에서 보니 침대에 누워 있는 말라비틀어진 여자의 삶은 허세로 가득했다. 기껏해야 타인들의 시선을 따라 움직이는 텅 빈 영혼으로 살아온 것이다. 내 의지라고 생각했던 것조차 타인의 틀에 기댄 것이었다. 절제로 살아온 시간이 부질없고 우스웠다. 도넛 하나 먹는 일을 악착같이 참아낸 삶이라니. 그래봐야 무지막지하게 날아든 총알 한 방에 무너질 생이었다.

지금도 거친 허기가 들이닥쳤다. 맙소사. 이토록 투명한 영혼도 허기로부터 벗어나지 못한다. 인간의 허기는 끈질기고 집요하다. 그러나 허기는 인간을 단순한 열정 속에 밀어 넣기도 한다. 심플하게 열정을 따라가게 만든다는 점에서 사랑과 닮았다.

3

제과점 건물을 마주 보며 현기증으로 잠시 비틀거렸다. 불과 몇 초 전 병실에 있던 나는 순식간에 제과점 맞은편으로 옮겨졌다. 방금까지 병실에서 마들렌의 감미로운 식감을 떠올리고 있었는데. 부드럽게 입속으로 휘감겨오는 사랑하는 이의 혀를 닮은 마들렌. 혀를 녹이고 온몸을 전율 속에 던져 넣는 마들렌의 식감은 키스와 닮았다.

센터에서 한 블록 떨어진 이 제과점의 마들렌이 특히 그리웠다. 이 제과점은 천연 발효종으로 반죽을 하고 유기농 밀가루를 쓰는데 무엇보다 식감이 좋은 마들렌으로 유명했다. 옮겨졌다, 는 사전적 의미대로 그야말로 누군가가 번쩍 들어서 옮겨 놓은 것처럼 나는 공간을 뛰어넘었다. 공간의 경계를 무너뜨리며 새로운 장소로 순간 이동을 한 것이다. 불가해한 일이 일어나면 대부분 그렇듯 나는 꿈일 거라고 중얼거렸다. 꿈이지, 아무렴 꿈일 거야. 나는 병원 침대 위에 시체처럼 누워 있다. 이건 꿈의 한 조각일 뿐이야. 그러나 제과점의 파란 어닝이 시각 속에 선명하게 떠 있었다.

주위를 둘러보니 휘황한 간판들이 번쩍이며 도시의 밤을 밝히고 있었다. 카페와 고깃집, 핸드폰 통신사처럼 익숙한 간판들이 도로 양옆을 메우고 있었다. 미스터리한 영역에 서 있는 나를 아랑곳하지 않고 일관성을 유지한 세계였다. 보통의 하루에서 늘 그랬던 것처럼 외부 세계는 연속적이고 확고부동했다.

나는 병실에서 이 거리로 몇 초 만에 떨어졌지만, 거리의 누구도 이 상황을 해괴하게 받아들이지 않았다. 두툼한 파카 속에 몸을 묻은 사람들과 얇은 바바리 재킷을 걸친 사람들이 혼재되어 거리를 걷고 있었다. 나는 외계에서 막 도착한 것처럼 환자복을 걸친 채 도로 한복판에 있었다. 거리의 사람들에게 정신병자처럼 보일 수도 있었다. 하지만 사람들은 아무렇지 않게 나를 지나쳐 갔다. 나체로 춤을 춘다 해도 사람들은 전혀 인지할 수 없을 터였다.

사람들 속에 있으면서 사람들 속에 있지 않은 존재. 고립이라는 말로 설명되지 않는 날카로운 감각이 나를 둘러쌌다. 드넓은 우주를 홀로 떠도는 듯한 외로움이 습격하듯 들이쳤다. 어디에도 포함되지 않는 자유 속에도 외로움이 있었다.

그렇더라도 당장은 존재론적 위치에 대해 파고들 여유가 없었다. 제과점 앞에서 존재를 논하는 것은 더 이상 불가능했다. 나는 이미 제과점 유리문을 통과해 내부로 들어서고 있었다. 벽을 넘어서자 농밀한 버터 향이 채워진 낙원이 펼쳐졌다. 후각은 여전히 형형하게 살아 있었다. 그저 기분이나 습관 탓일지도 몰랐다. 오랫동안 빵 냄새에 길들여진 감각의 습관 말이다. 그러나 살아 있음을 일깨우는 감각은 그것이 무엇이든 나쁘지 않았다.

마들렌과 감자 치아바타, 딸기 크루아상 사이를 나는 가로질렀다. 탐스럽게 부풀어 오른 다갈색 형체들은 아름다웠고 마음을 사로잡았다. 마들렌 한 조각을 맛보고 싶은 단순한 갈망이 일었다. 달콤하고 부드러운 마들렌의 기억은 아득한 과거에서 현재로 미끄러져 들어왔다. 그리고 마들렌의 추억을 더듬는 의식 사이로 한 직원이 눈에 띄었다.

직원은 빵 부스러기가 떨어진 테이블을 닦고 손님이 아무렇게나 밀어버리고 간 의자를 가지런히 정리하고 있었다. 들여다보고 있자니 직원의 얼굴이 익숙했다. 익숙하다고 생각하는 순간 기억이 반짝 빛을 냈다. 내 창구에 실업급여를 신청하러 왔던 여자, 홍지아였다. 여기에 오게 된 것은 마들렌 때문이 아닐지도 모른다는 생각이 스쳤다. 수많은 우연과 우연이 포개지면 하나의 방향이 생긴다.

그녀는 구두 가게 직원으로 일하다 개인 사정으로 퇴사했다. 그 구두 가게는 카페 거리에 있는 수제화 전문점으로 고가의 구두를 판매했다. 이탈리아에서 유학을 하고 돌아온 디자이너가 직접 운영하는 숍으로 입소문이 자자한 곳이었다. 한 켤레에 몇백만 원이 넘는 구두들이 즐비했고 명품을 안다는 여자들이 주로 드나들었다. 나로서는 신데렐라의 구두처럼 신을 일이 없었다. 워낙 고가여서 주변에 얼씬도 하지 않았으니까.

실업급여과, 상실의 인생들이 모여드는 곳. 직장을 잃은 인생들은 각자의 사연을 안고 실업급여과로 온다. 그리고 가끔 울음부터 터뜨린다. 상담이 곤란에 처하게 되는 경우는 세 가지다. 묻지 않은 말을 한다. 물으면 화를 낸다. 물어도 대답을 하지 않는다. 대기 인원이 늘어나는 와중에 세 가지 중 하나의 경우가 닥치면 당황하는 쪽은 담당자이다. 홍지아는 물어도 대답하지 않고 우는 경우였다. 이건 예후가 아주 좋지 않은, 서로를 힘들게 할 것이 분명한 징조였다. 창구 맞은편에 앉은 홍지아는 십여 분간 눈물만 쏟았다. 갑 휴지를 그녀 앞에 놓아줘야 할 지경이었다. 눈물을 훌쩍이면서 가까스로 입을 연 그녀는 구두를 훔쳤다는 누명을 썼다고 털어놓았다. 경찰에 신고까지는 하지 않겠으니 알아서 그만두라는 권유를 받고 그녀는 사직서를 썼다.

상담에서 누군가의 눈물은 경계해야 할 순간임을 말해주는 표지였다. 창구에 앉아 있다 보니 눈물의 배후를 읽어내는 것이 습관이 되었다. 경력이 쌓일수록 제일 먼저 눈물을 의심하게 된다. 창구의 영역 밖에서라면 눈물은 눈물일 뿐이다. 그러나 창구에서는 눈물을 눈물로만 받아들여서는 안 된다. 아카데미 주연상에 빛나는 배우도 울고 갈 눈물 연기 능력자들이 제법 많기 때문이다. 세상 가녀린 어깨를 떨면서 눈물을 흘리다가 신경질적으로 일어나 의자를 넘어뜨리며 가버린다. 눈물을 쏟고 돌아서서 깔깔거리며 통화를 하기도 한다. 때로 눈물 속에도 의도와 전략이 있다. 잘못된 전략을 택하는 것이 문제지만. 실업급여과에서 눈물이 얼마나 흔해빠진지 알게 되면 창의적 전략을 택할 텐데 말이다.

홍지아에게 필요한 건 눈물이 아니라 누명을 벗을 전략이었다. 스무 살이 넘은 여자가 눈물을 흘린다고 해결될 일은 없었다. 그건 실업급여과 밖에서도 마찬가지였다. 철딱서니가 없든지 대책 없는 감상주의자든지 둘 중 하나였다. 나는 눈물에 호락호락 마음이 물렁해지는 담당자도 아니었다. 그러나 그녀는 그녀대로 꿋꿋하게 눈물을 흘리는 데 여념이 없었다.

사업주와 근로자 사이에 팽팽한 대립각이 만들어질 때가 가장 난감하다. 실업급여 수급의 문제가 진실 공방으로 번지는 케이스다. 담당자는 가끔 주어진 여건 안에서 예리한 탐정이 되어야 한다. 상상력을 동원해야 하는 부분도 있다. 그러나 대부분의 인간관계가 그러하듯 우리가 더듬어 헤아릴 수 있는 영역이 너무나 적다. 작은 조각들을 모아 진실에 다가가려고 하지만 진실의 행방이 묘연할 때가 많다. 진실이야말로 투명한 영혼과 비슷하다. 보이지 않지만 존재하지 않는 것이 아니다. 그러나 그걸 들여다보는 건 누구에게나 허락되지 않는다. 게다가 감추어진 진실에 대해 아무리 떠들어봐야 CCTV 한 컷이면 게임 오버다. 근로복지공단에 상실사유 확인청구를 냈지만 홍지아는 패했다. 사업장에서 홍지아가 구두를 훔치는 CCTV 영상을 제출하면서 깔끔하게 결론이 났다. 사장님이 원하는 구두를 한 켤레 가져가도 좋다고 했다는 홍지아의 주장은 받아들여지지 않았다.

실제로 많은 사람이 직장의 물건을 훔쳐 해고가 된다. 그것이 빈번하게 일어나는 이직의 사유라는 것이 특이한 점이다. 회사의 빔프로젝트를 훔쳐서 해고가 된 건 놀랍지도 않았다. 컵라면, 휴지나 믹스커피 분말, 회사 냄비에 손을 대고 잘린 케이스도 있었다. 도무지 이해할 수 없어 고개를 갸웃거리게 되는, 하찮고 시시한 도둑질이 이직의 사유가 되는 경우가 생각보다 많다. 이해타산이 맞지 않는 비합리적 선택이 삶에는 넘친다. 시간이 결과를 빚어내는 순간에야 선택의 모습이 드러나기 때문이다.

"진실이 반대로 흘러가기도 하는군요."

홍지아가 창구를 떠나기 전 내뱉은 마지막 말이었다. 내 마음에는 여러 말들이 대기 중이었고, 틀에 박힌 몇 마디를 꺼내어 가볍게 던져줄 수도 있었다. 동정이나 연민의 말들을 기계처럼 내뱉는 것은 어렵지 않았다. 창구에선 진심 없이도 위로를 줄 수 있었다. 그러나 나는 입을 다물고 마음에 남아 있던 말들을 깊이 묻었다.

홍지아는 매장 테이블 밑으로 의자를 잘 넣어 정리하고 계산대로 돌아갔다. 돌아가는 중에도 의자나 테이블 끝을 잡고 반듯하게 정돈했다. 손님에게는 다정한 미소를 건넸고, 활기찬 음성으로 인사말을 던졌다. 창구에 앉아서 눈물을 쏟을 때와 사뭇 다른 모습이었다. 비즈니스 친절을 베푸는 것이라면 그녀는 대단한 프로였다. 마음을 주지 않고 미소를 짓는 것만큼 어려운 일도 없다. 홍지아가 구두를 훔치지 않았을 거라는 생각이 스쳤다. CCTV 따위의 분석으로 알아낼 수 없는, 심정적 추론이지만 그랬다.

진실에 도달할 수 없다는 것이 절망스러울 때가 있었다. 하나의 진실을 놓치면 누군가의 삶의 결이 달라졌다. 상담자의 영역은 진실을 좇는 엄격한 곳이기도 했다. 그녀가 정말로 구두를 훔쳤을까. 오래도록 무거운 질문이 나를 놓아주지 않았다. 답을 찾을 수 있는 순간은 끝내 오지 않을지도 몰랐다. 그러나 진실에 가까워질 수는 있었다. 아니 진실은 인간을 찾아오도록 만드는 것이다. 마치 그녀를 만나기 위해 여기로 나를 데려온 것처럼. 내가 보지 못했던 것을 내게 보여주기 위해. 삶의 여정은 무작위의 먼 곳으로 가는 듯 보이지만 결국 진실과 가까운 곳으로 흘러간다. 이 해괴한 영혼 여행자가 된 데에도 인과적 진실이 있을 터였다.

제과점에서 병실로 복귀하는 데 몇십 초밖에 걸리지 않았다. 혼잡한 주안시청 사거리와 병원 앞 도로 정체를 거치지 않고도 병실로 돌아온 것이다. 물리적 세계에서 결코 따라잡지 못할 속도감이었다. 흥분으로 들뜬 말들이 쏟아졌다. 맙소사, 이제 어디든 이곳이 아닌 곳으로 갈 수 있었다. 하얀 형광등이 쏟아지는 병실 밖으로, 얼마든지.

목표 지점을 정확하게 머릿속에 떠올리는 것부터 시작되었다. 마치 내비게이션에 목적지를 입력하는 것처럼. 이동하는 순간의 원리를 기억하기 위해 주의를 집중했다. 어떤 힘이 작용한 건지는 이해 바깥의 일이었다. 물리학이나 운동 원리를 초월한 이동을 두고 논리를 들이댈 수는 없었다. 반복과 적용으로 낯선 순간에 익숙해질 뿐이었다. 사실 낯선 순간들에 익숙해지는 수많은 과정을 통해 생을 버텨내는 것이기도 했다.

4

눈에 익은 검은 실루엣이 소파 가득 차 있었다. 모로 누워 잠든 엄마의 풍만한 육체는 거대한 자루 같았다. 텔레비전에서는 쏟아지는 불빛들이 그 위로 찬란한 색을 넣고 있었다. 평소에도 엄마는 텔레비전을 보다가 소파에서 잠들곤 했다. 그것이 엄마가 하루를 마감하는 나름의 절차였다. 아버지는 안방에 누워 있었는데 방 안으로 들어서자 술 냄새가 훅 끼쳤다. 그것은 아버지식 하루 마무리였다. 저녁 식사 후 밤이 깊어지면 소주를 기울이다 잠이 드는 것이다.

두 사람은 마치 한집 안의 건조한 룸메이트처럼 각자의 위치에서 자신만의 방식으로 밤을 보냈다. 따뜻하고 정겨운 관계도 아니고 서로를 증오하거나 저주하는 사이도 아니다. 가끔 고성이 오가고 우당탕 문을 닫아버리기도 하지만 결국엔 밥상 앞에 앉아 함께 식사를 했다. 서로를 냉랭한 시선으로 쏘아보고 꼭 필요할 때가 아니면 말을 건네지 않고 다음에 기회가 되면 반드시 짐을 싸겠다는 각오라도 하는 듯 보였지만 끝내 눌러앉아 있었다. 두 사람 사이에 싸움의 앙금이라 부를 만한 고약한 적대감은 보이지 않았다. 무시하지 않을 정도로 서로를 인정하고 내버려두었다. 그렇게 두 사람의 삶이 원만하게 공존했다. 공존한다는 의미에는 서로를 향한 체념과 포기가 얼마간 섞여 있는 것이다. 서로의 영역을 인정하는 존중과 배려가 포함된.

보통의 나날과 다르지 않은 두 사람의 밤 풍경이었다. 다만 거실 한편에 작은 물그릇이 놓여 있고, 그 앞에 노란 부적이 붙어 있다는 것이 달랐다. 또 저런다는 성마른 불만의 목소리를 불러내는 부적이었다. 터무니없는 방식에 기대어 불행의 순간을 통과하려는 간절함은 인간을 강하게도 하지만 세상 둘도 없는 멍청이로 만들기도 한다.

아주 오래전 할머니가 무당을 찾아가 굿을 의뢰한 적이 있었다. 할아버지가 바람난 것을 잡아달라고 한 것이었다. 굿을 다섯 번이나 했지만 할아버지는 치매에 걸려서야 할머니 곁으로 왔다. 굿은 가성비를 따지기도 곤란할 정도로 무용했다. 그런데도 어머니는 할머니로부터 불안을 건너는 방식을 본받았다. 21세기를 살지만 삶은 명시적 시대 감각으로부터 뒤처지고 멀어지기도 한다. 어떤 순간에는 여전히 원시적 삶의 양식에 발을 붙이고 있었다. 재난이 인간을 압도하는 무시무시한 순간에는.

새벽 두 시 반, 텔레비전을 꺼야 하는데 리모컨이 보이지 않았다. 평상시에도 엄마가 텔레비전을 켜놓은 채 잠들면 나는 리모컨을 찾아 헤맸다. 리모컨은 엄마의 몸 밑에 깔려 있거나 소파 틈새에 끼어 있곤 했다. 다음 날 아침이면 나는 퉁명스럽

게 텔레비전을 끄고 자라고 잔소리를 퍼부었다. 이토록 변하
지 않는 일상이라니. 화가 치밀기도 하고 친밀하게 느껴지기
도 했다. 익숙함의 성벽 안에 안전하게 놓여 있는 것 같았다.

— 엄마, 내 말 정말 안 들려?

공기는 재빠르게 내 말들을 삼켰다. 나는 버럭 소리를 쳤다.

— 텔레비전 좀 끄고 자!

옆집 안방에서 깊은 잠에 취해 있는 아주머니가 쫓아오면
좋겠다고 생각하면서. 그러나 그런 해프닝은 없었다. 엄마가
코를 그르렁거리는 규칙적인 소음과 텔레비전에서 뿜어져 나
오는 말소리가 각각 힘차게 공기를 떠돌 뿐이었다.

어린 시절에는 내가 미운 오리 새끼라는 생각에 빠져들곤
했다. 어딘가에 백조처럼 우아하고 멋진 부모가 있을지도 모
른다는 부질없는 판타지를 품었다. 못난 오리 부모와는 달리
우월한 유전자를 가지고 있다는 판타지를. 그러나 동화를 덮
으면 DNA를 깨닫는 순간이 닥치는 것이다. 아무리 발버둥 쳐
도 미운 오리 새끼라는 정체성을 벗어날 수 없다는. 백조일지
도 모른다는 달콤한 착각에서 벗어나야 하는 현실이 버티고
있었다. 하지만 어쩌면 살아가는 동안 그 미운 오리마저 사랑
하게 되는 법을 배우는 것일지도 모른다.

얼마쯤 지나자 거대한 검은 실루엣이 소파 위로 솟구쳤다.
엄마는 상체를 일으켜 앉아 두리번거렸다. 허벅지 아래 깔린

리모컨을 금세 찾아내더니 번쩍거리며 빛을 뿜는 텔레비전을 껐다. 그러고는 잠을 쫓듯이 손으로 얼굴을 쓸어내리고 물그릇이 놓인 작은 단 앞에 공손하게 무릎을 꿇고 앉았다.

─엄마, 기도 같은 거 하지 마.

엄마의 다음 행동이 짐작되자 거친 목소리가 튀어나왔다. 고집스러운 엄마의 행동을 막는 건 애초에 불가능했지만.

"우리 이안이 얼른 깨어나게 해주세요. 제발요, 나무아미타불, 계룡산 신녀님, 아기 동자님……."

엄마는 한참을 두 손을 모아 빌다가 손바닥으로 눈물을 쓱쓱 문질렀다.

─그럴 시간에 잠을 자라고.

말할 수 있지만 닿을 수 없는 슬픔은 크다. 삶의 슬픔은 대개 서로에게 도달하지 못하고 흩어지는 언어 때문에 생긴다. 도착지에 이르지 못하고 해체되어버리는 언어 때문에. 내뱉었지만 의도대로 이르지 못했거나 마음 안에 찌꺼기처럼 남아버린 수많은 발화 때문에. 그래서 누군가를 이해한다는 것은 결국 그 사람의 말이 오롯이 전해지는 것이다. 입 밖으로 나오지 못하는 말까지 읽어내는 것이다. 그게 불가능하기 때문에 살아가는 내내 서로를 이해하지 못하고 더듬거릴 수밖에 없다.

엄마의 불안을 녹여줄 나의 말은 공기 속에서 흩어졌다. 기도는 한참 계속되었고 지켜보는 일조차 지겨워질 때쯤 엄마는 소파에 털썩 앉았다. 기도를 드릴 때의 신성하고 간절한 얼굴은 온데간데없었다. 넋이 나간 얼굴로 텔레비전을 켜고 채널을 이리저리 돌리던 엄마의 눈에 금세 눈물이 고였다. 대수롭지 않다는 듯 두툼한 손바닥이 눈물을 거칠게 닦아냈다. 그러나 엄마의 눈은 이내 담요처럼 묵직한 눈꺼풀에 덮여버렸다.

나는 손바닥으로 나발을 만들어 엄마 귀에 가져다 대고 큰 소리로 외쳤다.

—아, 정말! 텔레비전 끄고 자라고!

마치 내 목소리를 들은 듯 화들짝 놀라 몸을 일으키더니 엄마는 텔레비전을 끄고 소파에 모로 쓰러졌다. 미운 오리 부모. 엄마는 정말이지 그런 인물이었다. 이 괴이한 상태로 엄마를 들여다보고 있자니 그것이 자못 분명해졌다. 한편 이 풍경 바깥에 내가 존재한다는 것도 뚜렷해졌다. 어느 풍경 속에 고정적이고 확정적으로 존재한다는 것이 그리웠다.

5

출입문 옆에 붙은 전자시계는 아홉 시 이 분을 가리키고 있었다. 입구에는 번호표를 뽑으려는 사람들이 줄지어 있었다. 창구 뒤쪽에는 거대한 장막이 드리워져 안쪽의 범죄 현장을 감추어 주었다. 폴리스 라인도 장막 안에 숨겨졌다. 범죄 현장이지만 실업급여과가 문을 닫아걸 수는 없었다. 책상 위의 고객 순번기 대기 숫자는 머뭇거림도 없이 계속 증가하고 있었다.

엘리베이터가 열리면 한 무리의 사람들이 쏟아져 나왔다. 삼 월이지만 두툼한 패딩 점퍼 속에 어깨를 움츠린 채였다. 그들은 마치 재난 지역에서 구조 보트를 찾는 사람들처럼 두리번거리며 난감한 표정을 지었다.

얼마 전 폐업한 대형마트 직원들이었다. 지난달부터 근처 대형마트가 폐업할 거라는 풍문이 돌았다. 대형마트가 시내 한복판에 속속 들어설 때는 취업의 호황을 누렸지만 이제는 대형마트가 죽어가고 있는 형편이었다. 한 시기가 세상 너머로 이울고 있는 중이었고, 트렌드의 종말이 입체적으로 다가왔다.

실업자였던 한때, 나는 엄마와 그 대형마트에서 쇼핑 카트를 밀면서 유유자적 여름의 더위를 피하기도 했다. 오싹할 정도로 냉기가 감돌고 쾌적했다. 매끈하게 정돈된 통로마다 놓인 시식 코너를 돌아다니는 재미도 쏠쏠했다. 한낮에도 주차장 입구부터 막혀 몸살을 앓던 곳이었다. 한때 주안시의 핫플이 소멸의 길로 들어선 것이다. 언제까지나 대평원을 지배할 것 같던 공룡이 사라지듯. 온라인 쇼핑과 배송이 트렌드의 중심으로 떠올랐으니 당연한 수순이었다.

실직자들은 사회 변화의 패턴을 뚜렷하게 나타내는 지표였고 창구에 앉아 있으면 그 사실이 극적으로 다가오곤 했다. 전성기를 누리던 것들이 소멸의 길로 접어드는 모습을 보고 있자면 무상했다. 성과나 반짝거림은 순간이었고 기어코 폐허 속으로 들어섰다. 어떤 빛나는 성취도 결국 퇴색하고 뒷모습을 보이기 마련이었다. 화려한 이력을 가진 것들도 상실과 소멸을 피할 수 없다는 깨달음은 날마다 찾아왔다.

일 월부터 삼 월은 상실의 시기다. 한 시기의 상실이 거대한 흐름으로 밀려온다. 계약이 종료되고 고용보험 상실이 이루어진 실직자들이 몰리는 성수기였다. 그중에도 실업급여과의 극 성수기는 단연코 일 월이다. 센터 앞의 긴 줄이 하나의 신호다. 상당수가 계약 기간이 종료된 퇴사자들이었다. 불과 몇 년 전, 나도 그들 중 하나였고 민원인 의자에 앉아 번호 대기 화면을 주시하고 있었다.

"기간제니까 우리처럼 끝없이 일해야 하는 사람들을 이해할 수 없겠죠. 나는 기간제가 부럽더라."

한때 함께 일했던 대학교 정규직 직원이 했던 말이었다. '미쳤군. 그럼 네가 기간제 직원을 해'라는 말이 나의 마음에서 들썩거렸다. 소문에 의하면 그 직원은 인문대학 학과장의 딸이었고 힘들이지 않고 정규직 자리를 꿰찼다. 그 직원이 기간제를 부러워했을 리 없었고 오히려 우리가 다른 영역에 있는 사람들이라는 숨은 의미가 읽혔다.

"그렇죠. 근데 어차피 인생도 기간제 아닌가요?"

이백 년을 사는 것도 아니고, 길어봐야 백 년. 그래봐야 모두 기간제 삶을 살고 있었다.

인생에는 죽음이라는 끝이 기다리고 있다. 인생이 해고장을 내밀면 받아들여야 한다. 모든 살아 있는 것은 종말을 향해 나아갈 뿐이다. 그렇게 생각하면 상실을 견딜 수 있었다. 평등한 종말이라는 대전제는 쓸쓸한 모든 상실을 포괄하는 멋진 변명이 되었다. 누구도 결코 종말을 피할 수는 없었고 창구에서 이 단순한 명제는 구체화되어 살아났다.

열 시부터는 회의실에서 면담이 있었다. 나는 거대한 물의 흐름을 거스르듯 사람들을 뚫고 회의실로 향했다. 마치 강을 거슬러 회귀하는 연어처럼. 회의실에는 본부에서 온 직원 두 명이 자료를 들여다보고 있었다. 미간에 주름을 잡고 앉아 있는 본부 직원에게서는 한숨이 터져 나왔다. 나는 그 옆자리에 숨어들어 앉았다. 숨었다기보다 숨겨졌다고 해야 옳겠지만.

2부

우리는 결코 소통할 수 없는 상반된 두 길을 통해 그 얼굴에 이르렀고, 그래서 결코 같은 얼굴을 볼 수가 없었다.

마르셀 프루스트 『잃어버린 시간을 찾아서: 게르망트 쪽』 중에서

1

천안의 한 저수지에 잠겨 있던 차량이 끌려 올라온 것은 오후 햇살이 마지막 빛을 내고 있을 무렵이었다. 부식이 시작된 차량이 뭍으로 올라오고 운전석 문을 통해 한 남자가 발견되었다. 인근 주민이 저수지에서 낚시를 하다가 좌측 사이드미러가 떠오른 것을 신고하면서 수색이 시작되었다. 겨울 가뭄 탓에 수위가 낮아졌고 그 덕에 차량 일부가 노출된 덕이었다. 뿐만 아니라 저수지에서 괴상한 냄새가 피어오르기도 했다. 안개에 묻힌 아침 녘부터 고요한 공기 속으로 파고드는 불쾌한 냄새가 낚시꾼들의 미간을 구기곤 했다.

운전석에 죽어 있던 남자는 국과수로 옮겨지기 위해 들것에 실렸다. 서경우와 김정모 형사는 차량 내부를 뒤졌지만 특별한 것은 없었다. 블랙박스는 제거된 상태였고 흉기나 살인 도구도 나오지 않았다. 과학수사대가 도착해 차량 감식을 꼼꼼히 하고 있었지만 기대할 만한 건 없을 듯했다. 주변 CCTV 메모리도 보존기간이 지났을 터였다. 차량의 부식 상태로는 적어도 수개월 전 사고가 있었던 것으로 보였다. 수개월이 지난 상태라면 목격자를 찾는 것도 쉽지 않을 것이었다. 미제 사건으로 남을 조건들이 쌓여 있었다. 쉽지 않은 산을 여러 개 넘어야 했다.

부검 결과지가 서경우 형사 손에 들어온 것은 일주일 뒤였다. 지문은 부패로(혹은 의도적으로) 훼손되었고 익사처럼 보였지만 사망 원인은 명백한 경부 질식사, 살인 가능성이 제기되었다. 죽은 이의 신원은 박지강. 신분증을 통해 확인된 차량 소유주였다. 박지강의 가족들은 연락이 닿지 않았다. 여동생이 있었지만 미국에 거주하는 것으로 확인되었다. 서경우는 박지강의 마지막 통화 기록을 의뢰해놓고 박지강의 집으로 향했다. 차량이 등록된 주소는 주안시의 한 오피스텔이었다.

오피스텔은 말끔하게 비워져 있었다. 오래 비워둔 공기의 냄새가 훅 끼쳤다. 공기가 고이면 집은 묘한 냄새를 뿜었다. 서경우는 코를 찡긋거리며 오피스텔 내부로 들어섰다. 15평 오피스텔 내부에 가구나 개인 물품은 모두 치워진 상태였다. 누군가 의도적으로 정리한 게 분명했다. 깨끗하게 치웠다는 건 무언가를 지우기 위해서였다. 그런 치명적인 공기 속에는 오히려 신경을 긁는 날카로운 무언가가 배어 있었다. 욕실에서는 오랫동안 물을 틀지 않은 하수구 냄새가 났다. 물때나 곰팡이는 없었다. 락스를 풀어서 마지막 청소를 끝낸 게 확실했다. 머리카락 한 올 나오지 않으면 DNA를 확보할 수도 없었다. 감추기 위해서는 청결해야 한다는 걸 잘 아는 이의 짓이다.

서경우는 오피스텔 관리인을 만나 CCTV를 확인할 수 있는지 물었다. 나이 든 관리인은 형사 신분증을 확인하자 허리를 숙이며 공손해졌다. 얼마 뒤 서경우는 오피스텔 책임자와 전산 관리자 등을 만났다.

그날 밤, 서에서는 CCTV를 확인하기 위해 세 명의 팀원이 밤을 새웠다. 아침 햇살이 창문으로 스며들 때가 되어서야, 서경우는 넉 달 전 오피스텔을 나서는 박지강의 마지막 모습을 확인했다. 적어도 오피스텔을 나설 때까지 박지강은 살아 있었다. 오피스텔이 범행 현장은 아니라는 의미였다. 박지강은 새벽 두 시경 차를 몰고 주차장을 빠져나갔다. 그것을 끝으로 되돌아오지 않았다.

살인은 겉으로 보이는 것보다 더 많은 서사를 품곤 했다. 단순 충동에 의한 경우도 있지만 거대한 서사의 한 조각에 불과한 경우도 있었다. 이런 경우 여러 겹의 테두리 속에 살인이 숨겨져 있다. 겹겹의 테두리를 무너뜨려야만 본질로 갈 수 있다.

삶의 진실에 다가가는 방식과 비슷하다. 이런 순간에는 희열과 두려움이 몰아쳤다. 서경우의 몸이 부르르 떨렸다. 누군가의 치밀한 플롯이 형사의 본능을 건드린 것이다.

본부에서 온 직원 두 명이 회의실로 들어서 자리를 안내받았다. 먼저 자리를 차지하고 앉은 직원은 본부 특별민원 대응팀에서 나온 5급 사무관 박가음이었다. 다른 한 명은 7급 주무관 김한나였다. 두 사람은 노트북과 필기도구를 테이블에 내려놓고 작은 한숨부터 내뱉었다.

테러 현장에 있던 직원들은 면담이 끝나면 오 일간의 특별 휴가를 받게 될 터였다. 심리상담도 의무 배정이 이루어졌다. 이미 센터에서는 대체 인력 파견 명단을 확정했다. 오후 한 시부터 새 인력들이 창구에 긴급 투입될 예정이었다. 타 부서에서 직원들을 차출해 창구를 채워주는 식이었다. 파견 명단에 이름을 올린 직원들은 불평 없이 간단히 짐을 꾸렸다. 본부에서는 어느 때보다 빠르게 일정을 정리했다. 복면들이 난입하고 공무원이 총격을 당하는 초유의 사태였다. 금요일 저녁 긴급 비상 연락망이 가동되어 본부 회의를 거쳐 대책이 마련되었다. 관리과 직원들은 밤늦도록 센터를 점검하고 경찰 조사에 협조했다. 주말 동안 행정안전부에서도 국가재난대응팀이 파견되어 상황을 조사하고 있었다.

박가음은 자료를 뒤적여 요약된 내용을 확인했다. 금요일 사건을 겪은 인원은 여섯 명. 과장은 청에서 열리는 회의에 참석 후 그곳에서 바로 퇴근했고, 팀장은 다섯 시에 조퇴를 한 상황이었다. 서무는 다섯 시 삼십 분에 퇴근하는 유연 근무자였고, 7번 창구 직원은 그날 연가를 내고 출근을 하지 않았다. 7번까지의 창구 직원 중에서 세 명은 그날 바로 병원으로 이송되었고, 오늘 상담이 진행될 인원은 총 세 명이었다. 박가음은 그들의 인사 정보를 메모했다. 병원에서 치료 중인 5번 창구 직원은 손목 골절과 타박상 등으로 사 주 동안 입원 예정이었다. 그러나 경찰 조사는 받을 수 있을 정도의 상황이라고 전해졌다. 3번 창구 직원은 신체적 상해는 없었으나 정신적 고통을 호소했고 휴직에 들어갈 예정이라고 알려졌다. 4번 창구 직원은 아직 의식을 회복하지 못한 상태였다.

본부에서는 단서가 될 만한 무언가를 만들어 오라고 압박했다. 직원들의 공모 여부에 대해서도 은근한 조사 지시가 있었다. 조사 똑바로 해. 공모자가 있다는 걸 밝혀보라고. 위기가 기회가 될 수도 있지. 우리가 공을 세울 수도 있는 거라고. 특별민원에 해당하는 케이스 싹 다 모아 오고. 이런 긴급한 상황에서 공적을 논하는 것이 박가음은 내키지 않았다. 어쨌든 이번 상담에서 용의자로 특정할 만한 특별민원 대상자들의 명단이라도 뽑아내야 했다.

특별민원 대응 매뉴얼이 개발되었지만 현장에서는 제대로 작동하지 못했다. 사실 매뉴얼과 현실은 섬과 섬처럼 동떨어져 있었다. 현장에서 매뉴얼을 실현한다는 게 얼마나 요원한 일인지 박가음도 모르지 않았다. 매뉴얼은 매뉴얼일 뿐이라는 걸. 다만 매뉴얼이 있다는 것만으로 할 만큼 했다고 말할 수는 있다. 매뉴얼의 존재 이유는 책임 공방에서 자유로워지는 데 있었다. 그러나 특별민원 관리 부족으로 누군가 책임을 지고 물러나야 할 판이었다. 그것이 어느 선이 될 것인지를 두고 정부도 골머리를 앓고 있을 터였다. 이런 사태에서 책임지는 인간이 없으면 여론이 가만 내버려두지 않았다.

박가음은 아침을 거른 배 속에서 빈 내장들이 내지르는 소리를 듣다못해 커피를 몇 모금 넘겼다. 본부 브리핑을 생각하니 불편함이 진하게 올라왔다. 재난을 당한 직원들에게서 무언가를 끌어낼 수 있을지 미지수였다. 불가능할 것 같다는 예감이 차올랐다. 이런 달갑지 않은 재난을 조사하기 위해 파견된 것부터 운이 없었다. 하고 싶지 않은 일을 해야 하는 것은 막막함이 되었다.

서무가 문을 열고 상담을 시작해도 되는지 물어왔다. 긴장감이 박가음의 얼굴 위로 드리워졌다. 박가음은 김한나에게 준비가 되었는지 확인했다. 김한나는 노트북을 들여다보면서 괜찮다고 답했다.

2

회의실로 들어선 재윤은 본부 직원들 맞은편 가운데 자리를 차지하고 앉았다. 긴 머리를 얌전하게 묶고 검은색 정장을 입고 있었다. 눈빛이 맑고 깨끗했지만 왼쪽 광대 부위에 푸르죽죽하게 멍이 앉아 있었다. 금요일의 사건을 극적으로 드러내는 상징처럼 보였다.

목소리만으로 누군가를 알아내는 게 가능한 일일까. 몇 가지 조각들이 더해지면 목소리의 정체를 그려내는 것이 불가능한 것은 아니다. 중저음에 키 178센티미터 정도, 각진 레고 인형 같은 어깨. 복면 속 얼굴은 퍼즐처럼 가려져 있었지만 재윤은 한 남자를 떠올렸다. 복면을 쓴 그가 목소리를 낼 때마다 재윤은 놀라기보다 정체를 추리할 만한 단서를 찾고 있었다.

재윤이 대학 시절에 사귀었던 남자는 전자공학과 학생이었다. 친구의 소개로 만나 일 년 정도를 사귀다가 헤어졌다. 벌써 십 년도 더 지난, 과거 깊은 곳으로 떠밀려 간 연애사였다. 기억의 아주 먼 곳에 잠겨 있던 전자공학과 대학생이 다시 현재로 들어온 것은 두 달여 전이었다.

한 남자가 창구 맞은편에 앉았을 때 재윤은 그를 단번에 알아보았다. 그 시절 공과대학생이었고, 몇 가지 외모의 변화는 있었지만 그가 누구인지를 덮을 만큼 대단한 것은 아니었다. 주름이 덧보태진 얼굴과 달라진 헤어스타일 속에 옛 모습이 겹쳐 있었다. 눈이 마주쳤을 때, 남자도 과거를 기억해냈다는 것을 재윤은 감지했다. 그의 눈빛이 깊게 흔들렸기 때문이다.

우연은 가끔 얄궂은 짓을 한다. 기억 속에 머물러야 할 사람을 현재로 소환한다. 물론 현재까지 오는 동안 해묵은 감정들은 깨끗하게 떨어져 나갔다. 시간의 풍화작용이 감정마저 깎아낸다는 사실이 축복이었다. 그러나 과거를 다시 마주해야 하는 건 불편했다.

자판을 두드리는 손가락이 떨리고 있었지만 재윤은 들키지 않기 위해 노력했다. 모니터를 들여다보면서 마음을 누그러뜨렸고 남자의 시선을 피했다. 몇 분 후면 모르는 타인처럼 창구에서 사라질 사람이었다. 재윤은 그렇게 남자를 모른 척 보내겠다고 생각했다. 과거를 대하는 가장 현명한 방법은 과거를 과거 속에 잠기도록 두는 것이었다. 상담자로서의 선을 벗어나서도 안 되었다. 재윤은 매뉴얼대로 움직이는 타입이었고 매뉴얼 밖의 것들은 가지를 쳤다. 상담이든 삶이든 매뉴얼 밖으로 빠져나가는 순간 때문에 곤란을 당했다.

"신분증도 함께 주시겠습니까?"

남자는 허둥대는 손길로 지갑을 뒤적이더니 창구 테이블에 신분증을 올려놓았다. 재윤은 신분증과 신청서를 끌어당겨 자판 앞으로 가져왔다. 그런데 놀랍게도 남자의 신분증 이름은 이현기, 전자공학과 대학생 박지강이 아니었다. 재윤은 남자를 다시 건너다보았다. 남자는 핸드폰에 시선을 꽂은 채 태연하게 앉아 있었다.

"본인 맞으십니까?"

"네? 맞는데요."

기억하는 모든 것이 대학 시절의 남자 친구였다. 그러나 객관적인 자료 속에서 그는 그가 아니었다. 재윤은 모니터로 시선을 옮겼고 고용보험 이력을 확인했다. 사 년 전, 고용보험 기록상 첫 취득이 이루어졌고 넉 달 전 상실 신고되어 있었다. 이직한 회사는 국내 유명 에어컨 업체였다. 데이터만으로 그가 누구인지 분석하는 것은 어렵없는 일이었다. 재윤은 상담이 매뉴얼을 크게 벗어나게 되리란 걸 예감했다. 예외가 닥치는 것은 불안했다.

"저, 혹시 박지강 님 아십니까?"

"네?"

"박지강 님 아시는지 물었습니다."

남자는 미간에 주름을 잡고 재윤을 응시했다.

"모르는데요. 실업급여 받는 데 무슨 문제가 있습니까?"

"H 대학에 다니지 않으셨나요?"

"아니요."

남자는 단호한 목소리로 말하고 허공으로 시선을 돌렸다. 섣부르게 확신하는 것은 위험했다. 비슷한 사람들은 얼마든지 있을 수 있었다. 과거의 아주 먼 곳에, 흐릿해져버린 윤곽으로 남은 남자였다. 잘 보존되었다고 해도 기억은 대체로 불안정한 것이기도 했다. 대학 시절 한 강의에서 영상 분석학 강사는 기억만큼 믿지 말아야 할 것이 없다고 했다. 기억의 왜곡이 관계나 사건을 오염시키는 것이다. 그럼에도 일 년 동안 만났던 사람을 헷갈릴 만큼의 인지 장애가 있지는 않았다. 게다가 지침서를 줄줄 외우는 '매뉴얼 재윤'에게 기억력 의심은 가당치도 않은 일이었다.

"접수는 되셨고 앞으로 진행하시는 방법 안내드리겠습니다."

상담의 마지막 절차만 남아 있었다. 그러나 개운치 않은 무언가가 드리워져 있었다. 애초에 잘못된 지침을 적용하고 있는 것 같은 꺼림칙한 느낌이었다. 앞에 앉은 남자의 눈빛을 마지막으로 탐색했다. 재윤은 자신을 외면하는 눈길 속에서 그 옛날의 박지강을 읽었다. 눈길을 피하는 인간을 의심하지 않기란 어려운 일이었다. 다만 매뉴얼을 벗어난 일들이 성가시고 귀찮다는 것이 문제였다. 누군가의 정체를 파는 일은 위험하기도 하지만 생각만 해도 피로했다. 재윤은 매뉴얼을 따르는 방식을 선호하지만 삶은 대개 매뉴얼 밖에 있었다. 지침서가 보여주지 않는 수많은 케이스 때문에 인생은 피곤해졌다.

신분증 사진도 의심을 부추겼다. 창구에 앉아 있는 사람과 이목구비가 사뭇 달랐다. 그렇지만 그런 케이스는 허다했고 섣부르게 민원인을 의심해서는 안 되었다. 무고한 민원인을 의심하는 것도 잘못이지만 의심하는 것을 들키면 곤란해졌다. 의심하더라도 들키지 않는 것이 의심하지 않는 것보다 중요했다. 의심을 들키려면 확실한 패를 손에 쥐고 있어야 했다.

상담을 종료하고 외면하든가, 남자의 신분을 파헤치고 진실을 확인하든가. 재윤은 두 가지 중 하나를 선택해야 했다. 두 경우 모두 불편한 결과에 이를 것이라는 게 확실했다.

재윤은 접수가 끝났다고 안내했다. 남자는 허둥대며 자리에서 일어나 창구에서 멀어졌다. 남자의 허둥거리는 뒷모습이 재윤을 자극했다. 재윤은 곧바로 따라가 엘리베이터를 바라보고 서 있는 남자의 등을 향해 "박지강"이라고 불렀다. 남자가 자연스럽게 뒤를 돌아보았다.

"당신 박지강이잖아."

남자의 표정이 어두워지더니 고개를 저었다.

"도대체 뭡니까? 왜 이러는 건가요?"

"나 누군지 몰라? 그럴 리가."

순간 재윤은 자신의 눈빛이 흔들리고 있을 거라고 추측했다. 남자의 태도가 너무나 확고했고 주저함이 없었다.

"나 참, 당신이 누군데? 내가 왜 알아야 하지?"

"설마 내가 못 알아볼 거라고 생각하고 이러는 거야?"

물러설 곳이 없을 때는 직진해야 했다.

"어이가 없어서. 아, 여기 관리자 누구야? 책임자 누구냐고?"

남자의 목소리가 신경질적으로 공기를 갈랐다.

"아, 다 모르겠고. 나 민원 넣을 거야."

"그러세요. 민원을 넣으면 당신이 누군지 밝히기 더 좋겠네."

확신은 때때로 독이 되어 돌아오곤 했다. 삶은 확신하는 순간순간을 배신했다. 인간에 대한 확신은 그중에서도 단연 독으로 변질되기 쉬웠다. 과거 박지강이 돌아섰을 때 재윤은 그 쓸쓸한 독의 시간을 겪었다. 누군가를 알았다고 생각한 시간은 아픈 끝으로 들이닥쳤다.

그에게서 전화가 온 것은 놀랍다기보다 미심쩍은 일이었다. 그날 오후, 수화기 너머에서 다짜고짜 퇴근 후에 만나자는 목소리가 건너왔다. 누구냐는 질문에 고해성사라도 하듯 박지강이라는 답변이 돌아왔다. 박지강이 아니라던 처음의 기세는 꺾여 있었다. 쉽게 꺾인 것이 의구심을 일으켰다.

퇴근 시간 엘리베이터에 오르는 순간까지 재윤의 마음은 갈팡질팡하고 있었다. 그러나 결국 1층 출입문을 나온 재윤의 발길은 센터 근처의 카페로 향했다. 박지강이 누구인지 들어야 했다. 그가 머물렀던 과거의 시간을 미스터리로 남길 수는 없었다. 박지강은 담담한 얼굴로 재윤을 기다리고 있었다.

여지를 주지 않기 위해 재윤은 곧바로 질문을 던졌다. 질문의 형식이었지만 공격이었다.

"어떻게 된 거지? 과거 속의 박지강이 거짓인 건가 아니면 현재의 당신이 거짓인 건가?"

"그건 내가 묻고 싶은 말인데. 너 뭐냐? 공무원이라도 된 거냐?"

재윤은 박지강의 반격이 당황스러웠다. 그의 정체성을 캐는 순간 자신이 누구인지 드러날 수도 있었는데 거기까지 생각지 못했다. 대학을 졸업하고 각종 알바를 전전하다 육아 휴직에 들어간 공무원의 대체자가 되었다. 벌써 다섯 달이 넘었지만 가끔은 타인의 삶을 사는 것 같은 기분에 잠식당하곤 했다. 두 달 뒤 휴직자가 돌아오면 재윤은 실업급여 창구에서 수급자 자리에 앉아야 했다. 끝의 시간이 턱밑까지 와 있었다. 마치 누군가에게 쫓기는 것 같은 기분을 떨칠 수 없었다. 그러나 대체자라는 단어는 목구멍 아래로 밀어 넣어야 했다. 해야 할 말을 잘 골라야 하는 상대였다.

"공무원이니까 앉아 있지. 대답이나 해, 당신이 누군지."

"친구가 얼마 전 교통사고를 당했어."

그 말만으로 다음을 추리하는 것은 어렵지 않았다. 아픈 친구는 실업급여를 신청할 수 없고 그 친구를 대신해서라는 변명이 따라올 것이었다. 변명의 세계는 언제나 뻔하고 누추하다. 아이러니하게도 박지강 역시 대체자로서 창구에 나타난 셈이었다. 그러나 실업급여 수급에 대체자는 존재할 수 없었다. 그것이 부정수급에 해당한다는 것을 그도 알고 있을 터였다. 창구에서 재윤을 마주하면서 일이 완전히 꼬여버렸다는 것도.

"내가 대신 실업급여를 신청하러 갔어. 그게 다야. 그놈 병원비도 있어야 하고."

"그래? 지금 부정수급 시도를 실토한 거야."

재윤의 목소리가 날카로웠다.

"범죄자 취급하네."

"범죄 맞아. 자진 신고하고 알아서 취소해."

박지강이 단호한 어조로 말했다.

"그럴 수는 없지."

"왜?"

"얘기했잖아. 걘 병원비도 없어. 이거라도 받아야 한다고."

"감성팔이는 집어치우지."

누구에게나 사연이 있다는 것, 어른이 되면 가장 먼저 깨닫는 슬픈 사실 중 하나였다. 실업급여과에서 흔하게 접하는 명제이기도 했다. 날마다 마음을 허물어뜨리는 사연들이 거대한 퇴적물처럼 책상 위에 서류들로 쌓였다. 하루에도 몇 번, 눈물 없이 들을 수 없는 사연을 안고 민원인들이 창구에 앉았다. 응급실에 생과 사를 넘나드는 다급한 환자들이 늘 들이닥치는 것처럼.

"그냥 눈감으면 되잖아?"

"신분 도용은 꽤 심각한 범죄야."

"공무원 됐다고 잘난 척은. 아는 사이에 그것도 안 돼?"

다른 여자를 사랑하게 되었다며 그가 헤어지자고 했을 때 재윤은 한동안 이별을 받아들이지 않았다. 더 잘하겠다고, 더 좋은 여자가 되겠다고 애원했다. 사랑의 종말이 비극인 이유는 시차를 두고 마침표를 찍기 때문이었다. 누군가는 먼저, 누군가는 늦게 끝에 이른다. 크고 작은 시차들이 발생하면서 슬픈 파국으로 치닫는다. 재윤은 그 시차를 인정하지 않으려 아우성쳤다. 그러나 지겹고 구질구질하다는 독설이 날아온 후 재윤은 끝을 인정했다. 끝이라는 걸 부정하던 저항의 결과는 허망하고 썼다.

"진짜 박지강은 뭐 하는 사람이야? 이렇게까지 해야 하느냐고, 돈 때문에."

박지강의 얼굴이 잠깐 일그러졌다.

"그래, 돈 때문이지. 내가 고상한 직장인이 아니라고 그 얼굴을 하고 보는 거야?"

"고상한 직장인 따위엔 나도 관심 없어. 이렇게 지저분한 끝은 아니길 바란 거지."

과거 속 순간들이 오염되는 것 같았다. 어떤 방식이든 과거
가 더럽혀지는 것은 슬픈 일이었다.

"뭐가 그렇게 진지해? 복수라도 하겠다는 거야?"

인생은 이렇게 되돌려줄 기회를 주는 것일까. 칼자루를 이
번에는 재윤이 쥐고 있었다.

"불쌍한 인간한테 무슨 복수를 해?"

재윤은 박지강의 날카로운 시선을 뒤로하고 카페를 빠져나
왔다. 며칠 뒤 동기들로부터 박지강의 소식을 들었다. 그가 주
식투자로 상당한 돈을 날리고 직장마저 잘렸다는 소식이었다.
당시는 박지강의 어머니가 암 투병을 하던 시점이었다고 했
다. 삶이 등을 돌리는 순간은 매섭다. 재윤은 누구보다 그걸 몸
으로 깨달으며 컸다. 아니, 삶은 늘 등을 돌리고 있었다. 핑곗
거리가 있다는 것은 누구나 가진 패였다.

복면에게서 읽히는 여러 요소가 박지강을 지목하고 있었
다. 키와 실루엣, 음색의 외형적 조건만이 아니라 분노와 집요
함까지 닮았다고 재윤은 생각했다. 박지강은 집요하게 전화를
걸어왔고 애원했다가 위협하기를 거듭했다. 회유와 협박의 끝
에 그는 말했다. 원한다면 우리가 잘해볼 수도 있어. 잘해볼 수
도 있다는 말보다 최악은 없었다. 최악을 두 번이나 겪어야 하

는 건 쓰렸다.

사건이 벌어진 금요일 밤, 경찰들은 복면들의 동선을 확인하느라 분주했다. 직원들은 얼이 나간 채로 당시의 상황을 읊조렸다. 본부와 관리과 직원들도 속속 센터로 향하고 있었다. 경찰들은 CCTV 확보를 위해 시설팀에 연락을 넣었고 나머지 직원들을 귀가시켰다. 추가 조사는 서에서 순차적으로 이루어질 예정이었다. 사무실을 정리하는 직원들은 여전히 누군가에게 쫓기는 사람들 같았다. 재난을 겪은 이들은 도망자의 처지와 다르지 않았다.

금요일 밤의 도로는 늦도록 혼잡했다. 재윤은 경찰차 뒷좌석에 앉아 있는 것만으로 마음이 풀어졌다. 옆자리에 희진이 있었지만 각자 창문 밖으로 시선을 던지고 있었다. 재난의 현장에서 빠져나왔다는 것이 믿기지 않을 만큼 재윤의 마음은 고요하고 평화로웠다. 만원 버스로 귀가하는 퇴근길에서는 느낄 수 없는 조용함이었다. 사람들이 자동차를 소유하는 이유를 알 것 같았다.

가끔 재윤은 이 끔찍한 세상이 닫히기를 꿈꾸었다. 모든 인간이 재앙 앞에서 평등하게 사라지기를. 어마어마한 혜성이 떨어지든가 쓰나미 같은 대재앙이 덮쳐 지구가 종말로 치닫기를. 삶의 시작은 선택할 수 없다는 점에서 슬프고 불공평했다. 적어도 끝은 공평해야 했다.

첫돌을 갓 넘길 즈음 재윤은 할머니와 남겨졌다. 아버지는 전국의 공사판을 떠돌았고 어머니는 재윤을 버리고 사라졌다. 가끔 술에 취한 채 들르던 아버지는 음주 운전으로 사람을 치고 도주하다 사망했다. 재윤이 다섯 살이 되었을 때의 일이었다. 재윤의 기억 속에는 없는, 머나먼 전설처럼 할머니에게 전해 들은 이야기였다.

할머니는 얼마 전까지 건물 미화원으로 일했다. 허리가 휘고 관절염으로 오래 걷지도 못하는 몸으로 긴 마포 자루를 놓지 않았다. 가끔 술에 절어 며느리를 향해 욕설을 퍼부었지만 재윤의 곁을 지켰다. 재윤에게 가족은 여러 빛깔로 존재했다. 가족이라는 단어에는 절망도 희망도 포함되었다. 따뜻함도 냉혹함도 함축되어 있었다. 절망만 주었다면 쉬웠을 것이다. 증오하고 분노하는 것은 어렵지 않았다. 반대의 감정들이 밀고 들어와 분노를 무너뜨릴 때 곤란해졌다.

경찰차에서 내려 좁은 골목에 위치한 낡은 빌라 담벼락을 올려다보았다. 총기를 든 복면들이 들이닥쳤지만 살아남았다. 무사히 살아남았다고 해야 하지만 그렇지 않았다. 지저분하고 답답한 빌라로 돌아온 것은 무사한 일이 아니었다. 복면이 박지강이든 아니든 방아쇠를 당겨주기를 기다렸는데 그런 행운마저 주어지지 않았다. 테러범들에게 희생되었다는 근사한 명분을 안고 세상을 저버릴 절호의 기회는 불행히도 재윤을 빗나갔다. 손에 들린 가위를 들고 덤볐지만 기껏해야 얼굴을 얻어맞은 것이 전부였다. 여전히 재윤이 돌아가야 할 곳은 아픈 할머니가 누워 있는 빌라였다. 벽과 벽 사이 간격만큼 비좁은 삶이 기다리고 있었다. 거실에서 부엌까지, 고작해야 네 걸음이면 벽을 만나는 빌라가 재윤에게는 삶의 크기였다. 삶의 크기를 한 걸음 정도 넓히는 것조차 버거운 일이었다. 아니, 삶은 쉽게 한 걸음을 허락하지 않았다.

박가음의 건조한 목소리가 재윤에게 닿았다.

"혹시 좀 특이했던 상담 케이스가 있을까요?"

박지강이 복면이었을까. 그가 복면이라는 것은 직관에 기초한 가능성일 뿐이었다. 그날의 확신은 이제 어렴풋하고 흐릿해져버렸다. 신분 도용의 범죄자를 테러리스트라고 제멋대로 확대하여 의심할 수는 없었다. 직감에 의존한 추정이라면 옳지 않은 일이 될 터였다. 재윤은 불필요한 생각을 털어내듯 고개를 가로저었다.

"민원인이 연락을 해왔거나 부당한 요구를 한 적은 없으시죠?"

"네, 없습니다."

재윤의 목소리는 차분했다.

호찬이 회의실로 들어섰을 때 박가음과 김한나는 심각한 얼굴로 이야기를 나누고 있었다. 2번 창구 담당자인 호찬이 두 사람의 맞은편에 자리를 잡았다.

"힘드셨죠? 주말 동안에도."

호찬은 당연한 얘기를 물어오는 것에 귀찮음마저 느꼈다. 주말 내내 먹었던 삼 분 오뚜기 죽이 떠올라 지겨움도 휘몰아쳤다. 뭔가를 떠들어댄다고 한들 복면들을 검거하기는 어려울 터였다. 아직 용의자의 윤곽이 나오지 않았다면 그건 검거에 실패했다는 의미였다. 골든타임이 지나버린 사건을 해결하는 일은 드물었다.

호찬은 중학교 2학년 때 화재로 집을 잃었다. 겨울 저녁 켜두었던 소형 난로 때문에 오리털 파카에 불이 붙었고 집 전체를 태웠다. 난로를 켜둔 채 잠들어 있던 호찬은 어머니와 함께 가까스로 불구덩이에서 빠져나왔다. 보일러를 틀어도 웃풍으로 등허리가 시린 단독주택이었다. 난로 없이는 겨울을 나기 힘들다는 것이 유일한 단점인 집이었다. 그것이 화재의 결정적 이유가 되었지만. 이혼하면서 아버지가 어머니에게 위자료 대신 넘기고 간 집이었다. 지하철역에서 가까웠고 작은 마당이 있어 상추와 파 같은 채소를 심었다. 어머니는 그 집을 떠나지 못할 것 같다고 했다. 그런 집이 검게 그을린 폐허가 되었다. 그 집에 잠겨 있던 어머니와의 추억마저 까맣게 타버렸고, 십오 년의 시간이 해체되었다.

대학을 졸업하자 동기들은 지하 월세방이나 고시원으로부터 해방되는 열망에 사로잡혀 있었다. 그들은 편의점에서 라면으로 끼니를 때우면서 주식이나 비트코인에 투자했다. 그러나 호찬은 집이라는 구조물에 집착하지 않기로 했다. 어떤 갈망은 그것을 좇는 것만으로 사치스러웠다. 함부로 갈망을 품는 것도 대가를 요구했다. 갖고 싶은 무언가를 좇는 일도 결국 쫓기는 것과 다르지 않았다. 그것이 돈이든 사랑이든 집이든. 부모의 세계 속에서 호찬은 그 유령과도 같은 존재를 보았다. 사치스럽고 터무니없는 갈망으로 황폐해지기도 한다는 걸.

호찬은 여러 고시원을 거쳐 지금은 캠핑카에서 거주했다. 캠핑 마니아인 삼촌이 캠핑카를 샀다가 미국으로 이민을 가면서 헐값에 넘기고 갔다. 캠핑카에서의 생활은 단출하고 소소했다. 꼭 필요한 도구들만 갖춘 미니멀한 라이프였다. 고시원 시절 옆방에서 넘어오던 코 고는 소리나 핸드폰 진동음은 투명인간들과 동거하는 것처럼 기괴한 느낌을 일으켰다. 소음으로부터 해방되는 것도 도시에서는 쉬운 일이 아니었다. 지금의 캠핑카는 고요한 우주처럼 적막했다. 낮 동안의 시끄러움이 적막으로 씻기는 밤이면 생의 균형이 이루어진 기분이었다.

캠핑카에서 거주하지만 여행을 하지는 않았다. 부모님이 이혼하기 전, 마지막 전쟁을 치른 곳은 용인의 한 놀이공원이었다. 행복의 감탄들이 오가는 판타스틱 월드라는 그곳은 호찬에게 불행의 한 단면을 극적으로 보여주었다.

호찬이 바이킹에서 내려왔을 때 아버지가 주먹을 휘둘러 어머니를 쓰러뜨렸다. 몇몇 사람들 사이에서 야유와 탄식이 쏟아졌다. 어머니 입술에서 피가 터져 흐르고 있었다. 험악하게 인상을 쓰던 아버지는 군중을 뚫고 어디론가 사라졌다. 얼마 뒤 두 사람은 이혼 서류에 도장을 찍었다. 원만한 관계의 표피 아래 내재된 분열과 이해 충돌은 거대한 빙산과도 같았다. 마지막에 이르는 과정에서 인간은 지저분한 바닥을 서슴없이 드러내기도 했다. 사랑하는 이의 바닥을 보는 것도 상처였다.

아이스크림을 물고 놀이공원을 뛰어다니던 행복한 기억은 부모의 싸움으로 훼손되었다. 행복을 꿈꾸게 하는 장소는 순식간에 의미를 잃었다. 행복에서 불행까지는 그리 멀지 않았다. 고작 몇 발자국, 행복의 지점에서 몇 발자국만 내디디면 불행이 버티고 있었다. 행복은 너무 쉽게 사라졌고 보존의 노력을 무위로 만들었다. 호찬은 행복해지기 위해 애쓰지 않기로 했다. 세상에 대한 애정이나 희망은 점점 희미해졌다. 거기에 비례하여 삶의 두께도 얕아졌다. 크게 불행하지도 않았지만 행복도 없는 단조로운 삶이었고 호찬은 그래서 다행이라고 생각했다.

때로 웃지 않는다는 이유로 불친절하다는 평을 듣기도 했다. 담담한 어조를 유지하고 무뚝뚝한 표정을 짓고 있는 호찬을 갑질 신고하는 민원인들도 있었다. 가끔 거울 앞에서 입술 근육을 움직여 웃는 연습을 했지만 막상 업무 중에는 얼굴이 굳어지곤 했다. 근육이 부르르 떨리며 경련이 일어나기도 했다. 특별히 불친절을 의도한 것은 아니지만 웃음의 작동 기제가 고장 난 것 같았다. 웃음 근육도 단련되지 않으면 굳어버리는지 몰랐다. 그날 복면들이 불친절 운운했을 때 호찬은 태연할 수만은 없었다. 재난의 서곡을 불러온 원인이 자신일까 하는 의문이 마음을 떠다녔다. 친근하게 웃지 않는다는 이유만으로 적을 만들 수도 있었다. 그 안에 복수를 꿈꿀 만한 누군가가 있었을지도 모를 일이었다.

주말 동안 호찬은 종일 캠핑카 침대 위에서 벗어나지 않았다. 생각나면 가끔 인터넷을 뒤적거렸다. 추측이 자유롭게 춤추는 기사들이 끊임없이 쏟아져 나오고 있었다. 복면들이 불친절에 대한 복수를 감행했다는 것이 이슈였고, 화두는 직원들의 비도덕성으로 치환되어버렸다. 공무원 갑질로 인해 예정된 재난이라는 기사부터 불친절 민원의 다양한 예시들이 열거된 기사도 등장했다. '복수'라는 단어가 주는 강렬한 인상과 선

정성 덕분에 대번 여론이 들끓었다. 복수를 해줘서 다행이라는 댓글들이 속속 달렸다. 직원들이 겪었던 공포와 두려움은 모두 증발했다. 문제의 본질은 희미해졌고 가학적 댓글들이 난무하고 있었다. 하나의 플롯을 비틀어 전혀 다른 구조로 변용시키는 것이 일상화된 세상이었다.

캠핑카는 전원주택 단지의 한 공터에 세워져 있었다. 공터에는 각종 공사용 자재가 쌓여 있고 쌍둥이 같은 대형 덤프트럭 두 대가 앞뒤로 놓여 있었다. 캠핑카에서 작은 창문으로 내다보면 흙먼지 날리는 황량한 공터가 펼쳐졌다. 그 끝에 주택 잡지 표지에 쓰일 법한 검은색 벽돌과 우드로 마감한 주택이 자리하고 있었다. 그 주택의 미려한 외관을 감상하기 적절한 위치에 캠핑카가 세워져 있었다. 그 집이 지겨워지면 어디로든 떠날 수도 있었다. 언제든 떠날 준비가 되어 있다는 것만으로 해방감이 찾아들곤 했다. 뿌리를 내리지 않은 유목민 같은 처지였지만 그것이 주는 자유가 있었다. 그러나 자유가 있어도 어디도 가고 싶지 않았다. 어쩌면 그래서 떠나지 못하는지도 몰랐다. 다른 곳이 다른 삶을 말하는 것은 아니라는 걸 알고 있으니 떠날 수 없었다.

호찬은 동료 이안의 오랜 팔로워였다. 업로드된 사진에 좋아요를 누르는 것이 하나의 생활 패턴이 되었다. 인스타에서 이안의 취향이나 즐기는 식단, 스타일을 접했다. 켜켜이 쌓이는 조각들이 선택적으로 편집된 모습이라고 해도 상관없었다. 서로의 실체를 알기 위해 팔로우를 하는 것이 아니었다. 오히려 삶의 일부를 전시하면서 다른 부분의 삶은 숨기는 것이었다. 부분들이 전면에 나타날 때 뒤로 물러나 있는 후면들이 있기 마련이었다. SNS에서는 그 전면에 내세운 삶에 좋아요를 보내는 것이었다. 후면에 남겨진 것들이 추하고 역겨울 수도 있다는 것을 모를 만큼 호찬은 순진하지 않았다. 어차피 누군가를 안다는 것은 보이는 부분의 총합을 아는 것에 불과했다. 보이지 않는 조각들의 모습은 유추와 상상력으로 채워질 뿐이었다. 인간이 자신을 드러내는 일은 왜곡과 오해의 구조일 수밖에 없었다.

현실 속 이안과의 간격은 SNS에서보다 멀었다. 격식을 차린 인사나 업무 대화가 가끔 오갔을 뿐이었다. 호찬은 적정한 거리에서 유지되는 관계에 만족했다. 관계가 허물어질 걱정이 없다는 게 안전함을 느끼게 했다. 좋아하는 상대를 모른다는 것만큼 안전한 것도 없었다. 모르는 상대에게는 터무니없는 기대를 품지 않을 수 있었으니까.

좋아요를 누를 수 없는 주말은 재난의 연속이었다. 이안의 삶은 흐름을 멈추었고 SNS도 마찬가지였다. 호찬의 시간도 어딘가에서 멈춘 것 같았다. 침대 위에서 한 발짝 움직이는 것도 힘겨웠다. 안전이 찢기고 분열된 시간을 겪은 인간의 주말은 창백하게 흘러갔다. 일상에 금이 가는 것은 재난 그 자체였다. 불행으로부터 멀어지기 위해 행복도 함께 놓아버렸지만 허사였다. 불행으로부터 달아나는 것은 삶이 계속되는 한 불가능했던 것이다.

"그날 퇴근 시간에 대해서 자세히 이야기해주실 수 있을까요? 사소한 것부터 의심스러운 것까지요."

박가음의 목소리는 차분했다. 호찬은 어디서부터 시작해야 할지 혼란스러웠다. 그날을 다시 되짚는 것만으로 속이 울렁거렸다.

"아, 왼손잡이였던 거 같은데. CCTV에 있지 않나요?"

그날의 CCTV는 하드웨어가 사라지면서 아무것도 남지 않았다. 경찰이 곧바로 시설팀에 연락해 퇴근했던 직원들이 센터로 돌아왔지만 CCTV 본체는 사라지고 없었다. 시설팀은 여섯 시에 정상 퇴근했고 지하의 시설실에는 침입의 흔적조차 보이지 않았다. 보안 시설을 어떻게 뚫고 들어와 본체를 가져갔는지 가닥조차 잡을 수 없었다. 본부에서는 내부 조력자가 있을 가능성을 배제하지 않고 있었다. 그러나 그것은 어디까지나 오프더레코드에 해당하는 기밀 사항이었다. 내부 공모자에 대해 공식화되는 순간 혼란은 가중될 것이었다.

"혹시 최근에 특별민원이 있었나요? 사소한 거라도 괜찮아요."

박가음도 다급한 마음을 걸러내지 않고 드러냈다. 본부에서는 어떻게든 용의자의 가닥이라도 잡고 싶어할 터였다. 호찬도 본부 관계자의 마음을 충분히 읽어낼 수 있었다. 찾고자 하면 여러 민원인이 있었고, 아니라고 생각하면 아무도 없었다. 평범한 사람들을 잠정적 범죄자로 상상하는 것은 끔찍한 일이었다. 크고 작은 소동이 일어나곤 하지만 총을 겨눌 만한 사안은 아니었다. 아니, 누군가는 총을 겨누고 싶을 만큼 절망스러울 수도 있었다. 직장을 그만두게 된 것만으로 누군가는 전부를 잃은 것일 수도 있었다. 그러나 이유가 없어도 총질을 해대는 세상이니 특정인을 떠올리는 일조차 무의미했다.

박가음이 서류를 뒤적거리며 물었다.

"특별민원으로 보고됐던 건이 하나 있던데요. 선생님 창구 민원인 중에 오석중이라고."

서너 달 전, 이십 대의 한 여자가 직장 내 성희롱으로 직장을 그만뒀다. 사업장에서는 성희롱과 괴롭힘을 인정하고 가해 직원을 징계하는 결정을 내렸다. 그러나 괴롭힘이 끝나지 않으면서 여자는 스스로 회사를 나왔고 실업급여를 신청했다. 여자의 이름은 김진아. 김진아는 그간의 문자 메시지 내역, 메일, 회사의 징계위원회 결정 등을 증빙 자료로 제출했다.

며칠 뒤, 깔끔한 슈트 차림의 한 남자가 창구에 앉았다. 세련되고 스마트해 보이는 스타일 때문에 눈길을 끌었다. 지나치게 격식을 차린 듯 단정한 슈트가 오히려 이질감을 자아냈다. 후드 점퍼나 추리닝의 편한 차림으로 방문하는 보통의 민원인들과 달라서 눈에 띄었다. 비즈니스 미팅이라도 마치고 나온 사람처럼 보였다.

"우리 회사에서 나온 김진아라고 있는데 실업급여 받으러 왔죠?"

수급 신청서를 내밀면서 남자가 물어왔다. 호찬의 머릿속에 김진아가 누구였는지 금방 떠올랐다. 호찬은 허리를 세우고 자세를 다듬었다. 남자의 이름은 오석중. 그의 이직 사유는 징계해고. 지점장이었던 그는 김진아에게 지속적으로 문자 메시지를 보냈고 만나달라고 괴롭혔다. 만나주지 않으면 죽겠다는 위협도 있었다. 오석중의 문자 메시지는 주말에도 멈추지 않았다. 문제는 그가 유부남이었고 김진아는 그에게 거부 의사를 밝혔다는 점이다.

"타인의 정보는 알려드릴 수 없습니다."

오석중은 번들거리는 눈빛으로 이죽거렸다.

"내가 알아본 바에 의하면 왔거든요. 지난주 목요일."

"거듭 말씀드리지만 타인의 정보는……."

오석중은 불쾌한 목소리로 중얼거렸다.

"그게 뭐 대단한 정보라고 지랄은. 됐습니다."

그날 석연치 않은 느낌이 버석거리며 호찬의 마음에 남았다. 그렇지만 무언가를 속단할 수도 섣부르게 움직일 수도 없었다. 창구에서는 아무것도 할 수 없는 순간들이 종종 있었다.

일주일 후 김진아가 실업급여과에 방문하는 날, 오석중도 나타났다. 그는 엘리베이터 앞에서 김진아를 가로막고 보안요원을 밀어내며 목소리를 높였다. 이 여자 때문에 내가 회사에서 잘렸는데 왜 날 가막는 거야, 씨발. 호찬도 그를 말리려고 다가갔지만 광기 어린 분노의 폭발을 가라앉히지 못했다. 기형적 갈망과 분노가 뒤섞인 오석중의 표정은 매서웠다. 결국 두 명의 경찰이 오석중을 끌어낼 때까지 그는 소란을 피웠다. 그 와중에도 매끄러운 슈트에서 윤기가 흐르고 있었다. 다른 곳에서 만나 인사를 나눴다면 호감을 살 수도 있을 터였다. 광기 어린 눈빛과 사뭇 다른 젠틀한 차림이었다. 마치 슈트가 인간의 이면을 은밀하게 감싸고 있는 것 같았다. 아름다움 안에 모순과 불균형이 잠복해 있는 것을 목격하는 일은 슬펐다. 그것이 종종 세상을 혼란으로 물들이기 때문이었다.

오석중이 경찰들과 사라지고 김진아는 피신해 있던 회의실에서 나왔다. 그녀는 몇 번 휘청였다. 김진아에게 소란은 아직 진행 중인 것처럼 보였다. 끝이 오지 않는 게 이토록 두려울 수도 있었다. 어떤 끝은 스스로 만들 수 없고 그것이 삶의 통증이 되기도 한다. 선택과 의지가 인과적으로 끝에 이르지 못하는 비극은 너무나 자주 일어나는 일이다.

"내가 회사를 그만둔 거 최선이었던 거죠?"

김진아의 목소리는 생각보다 씩씩했다. 질문이라기보다 자기 확인에 가까운 말이었지만 호찬은 진심을 담아 고개를 끄덕였다. 웃어줄 수는 없었지만 고개를 끄덕이는 것쯤은 할 수 있었다. 가끔 삶에서 타인의 응원이 필요한 순간이 있다고 호찬은 생각했다. 고통 속에서 한 발을 내딛는 일은 너무나 힘겹기 때문이다. 등을 붙잡는 현실을 떨치고 내딛는 한 발은 그렇게 온 우주의 힘을 끌어모아야 한다.

호찬의 이야기가 계속되는 동안 박가음은 오석중에 대한 정보를 꼼꼼하게 기록했다. 오석중이 복면 중 하나일 가능성이 있을까. 의심과 회의가 호찬의 마음을 떠다녔다. 의심하는 마음도 사막 한복판처럼 황폐해졌다.

호찬이 손목시계를 힐끗 들여다봤다. 병원에 있을 이안의 상태가 궁금했다. 지금쯤 의식을 회복했을 수도 있었다. 의식을 찾지 못하는 시간이 길어진다는 것은 죽음과 가까워진다는 뜻이기도 했다. 불길함이 끼어들 때마다 인스타의 좋아요가 넘치는 세상이 그리웠다. 재앙 따위와 무관한 매끄러운 좋아요의 세계 속으로 복귀하고 싶었다.

4

    박가음 앞에 앉은 직원의 얼굴이 창백했다. 마치 방금 테러 현장에서 구출되어 막 도착한 사람 같았다. 상처가 얼굴 속에 고스란히 드러나는 인물인 듯했다. 감추거나 숨기는 데 익숙하지 않은 사람이었다. 박가음이 상담을 진행해도 되는지 물었고, 직급과 이름을 확인했다. 고희진, 행정 8급 공무원이었다.

    복면들이 왔던 금요일 밤, 경찰차에 몸을 싣고 집으로 돌아가는 길은 아득했다. 하나의 신호를 받기 위해서 붉은 브레이크등이 켜켜이 줄지어 서 있었다. 자동차들의 실루엣이 어둠 속의 거대한 강물처럼 흘러 다녔다. 삶이 계속되고 있다는 단적인 비유처럼 보였다. 부모를 빼앗아 간 교통사고 이후에도 삶은 그렇게 흘렀다. 어떤 사고나 재난도 세상을 멈추게 하지 않았다. 도로 위의 기나긴 삶의 행렬은 계속되었다. 누군가 삶의 행렬을 놓치거나 벗어나는 것을 세상은 개의치 않았다. 어제 삶의 흐름 속에 있었지만 오늘 튕겨 나갈 수 있었다. 말하자면 오늘 살아 있다는 것이 내일의 삶을 보장하는 것은 아니었다. 생각해보면 그건 대단히 중요하고 공포스러운 삶의 불확실성이었다.

    금요일 밤 열 시 오십 분, 희진이 도착했을 때 집은 어둠에

묻혀 있었다. 희진은 센서 등이 꺼질 때까지 현관에 우두커니
서 있다가 거실 스위치를 올렸다. 집으로 무사히 돌아왔다는
게 마음을 뜨겁게 했다. 집으로 돌아가야 한다는 생각이 복면
들과 대치하는 순간에도 마음을 단단하게 잡아주었다. 돌아갈
곳이 있다는 것은 하루의 위안이었다. 집에서 남편과 딸이 기
다리고 있을 거라는 기대는 어긋났지만. 희진은 하얗게 형광
등 빛이 쏟아지는 거실로 걸어 들어갔다. 다리가 후들후들 떨
려서 의도적으로 힘을 줘야 했다. 육신에 새겨진 공포는 여전
히 몸을 지배했다.

소파에 털썩 앉아 몸을 기댔다. 가족의 온기가 없는 거실
이 황량했다. 은행과 시어머니의 돈을 빌려 집을 지었고, 지금
도 이자를 갚느라 빠듯한 살림이었다. 시어머니는 이자를 받
아 가는 것은 물론이고 갖은 잔소리를 얹어서 집에 대한 자신
의 지분을 일깨웠다. 유리가 더럽다는 둥 책에 먼지가 앉았다
는 둥 화분 받침에 물때가 많다는 둥 시어머니의 잔소리가 곳
곳에 배어 있었다. 이런 집이 너에게는 과분하다는 말로 희진
을 아프게 한 적도 있었다. 그런 거실에서 따뜻함을 기대하는
것이 애초에 불가능한 것인지도 몰랐다. 그런데 아이러니하게
도 이곳으로 돌아와야 한다는 생각뿐이었다.

잠시 뒤 현관문이 열리는 소리가 조용한 공기 속에 퍼졌다.
희진은 소파에 앉은 채 가까스로 몸을 돌렸다.

"어디 갔다 와?"

"저녁 먹고 영화 봤어."

남편의 건조한 목소리가 다가왔다. 혜라는 핸드폰으로 무언가를 들여다보느라 엄마의 얼굴을 볼 생각도 하지 않았다. 아는 척 좀 하라는 말을 하려는 순간 혜라의 얼굴에 놀라움이 번졌다.

"엄마, 엄마네 센터에 복면들 왔어? 지금 난리네. 엄마네 센터 같아."

"그게 무슨 소리야?"

희진의 남편은 황급히 혜라의 핸드폰을 빼앗았다. 두 사람은 한동안 핸드폰을 향해 시선을 모으고 있었다.

"와우, 완전 꿀잼. 뭐야, 무슨 일이 있었던 거야? 총도 들고 왔어?"

혜라는 흥미진진한 얼굴로 희진의 옆에 붙어 섰다.

"엄마한테 무슨 일 있었는지 걱정은 안 되니?"

"살았으면 된 거지. 총 맞은 사람도 있어?"

"정말?"

희진은 두려웠던 기억으로 잠시 어지러웠다.

"빨리 말해줘. 정말 총도 들고 왔어? 완전 재밌었을 거 같은데."

"혜라야, 지금 이게 게임 얘기가 아니야!"

"누가 게임이래? 그러니까 더 재밌겠다고. 엄마는 멀쩡하잖아."

궁금증으로 조급해진 남편이 물었다.

"정말 누가 총에 맞았어?"

희진이 재난의 현장에서 돌아온 것에 두 사람은 무감했다. 총알이 날아다니는 죽음의 현장에 있었다는 것을 전혀 이해하지 못했다. 가족일수록 이해의 한계점이 명확했다. 그들은 엄마로서의 엄마만, 아내로서의 아내만 보았다. 두려움에 떨고 있는 한 인간에 대해서는 관심이 없었다. 가족이 불편한 타인의 영역에 서 있는 것처럼 느껴지는 순간이었다. 가족이라는 소우주도 깊은 외로움을 품은 막막한 공간이었다.

남편은 소파에 드러누워 메이저리그 야구 경기를 시청하기 시작했고, 혜라는 핸드폰에서 시선을 떼지 않은 채 방으로 들어가버렸다. 거실의 공기는 야구 해설자의 목소리로 술렁거렸다. 희진의 귀에도 익은 야구 해설자의 음색이었다. 한껏 고조된 음성이 흥미진진한 경기 상황을 실시간으로 전하고 있었다. 야구 해설자의 어조를 따라 남편에게서 깊은 탄식이 흘러나왔다. 희진은 무거운 몸을 끌고 방으로 들어가 하얀 시트가 깔린 침대에 드러누웠다. 팽팽한 침대는 몸을 탄탄하게 지탱해주었지만 저절로 허리가 웅크러들었다.

고등학교 3학년 수능을 마치고 면접을 본 날 저녁, 중앙선을 넘어온 음주운전 차량과 교통사고가 나면서 희진의 부모는 세상을 떠났다. 희진이 친구와 영화관에서 〈스타워즈〉를 보고 있을 때였다. 견고해 보였던 세상은 순식간에 무너졌다. 스스로 만들지 않은 삶의 재앙이 느닷없이 닥칠 수도 있었다.

희진은 사망보험금으로 대학을 다녔고 중소기업에 취업도 했다. 이겨낸 것도 견뎌낸 것도 아니었다. 견뎌야 한다는 생각조차 사라진 상태였다. 어쩔 수 없는 흐름대로 흘러간 것이었다. 어떤 의지나 살아 있다는 자각 없이 하루하루 흘러오고 흘러갔다. 태양이 뜨면 집을 나섰고 세상 속에 있었다. 시간이 계속 앞으로 나아갔고 그 시간 속에 몸을 던졌다. 멀쩡하게 살아온 것 같기도 하고 아닌 것 같기도 했다. 돌아보니 고통스러운 시간을 뚫고 나와 있었다.

희진은 일찌감치 가정의 테두리 안으로 들어가기를 갈망했다. 허물어졌던 가정의 울타리를 다시 세워 올리고 싶었다. 그래서 지금의 남편에게 청혼받았을 때 망설임 없이 동의했다. 잃어버렸던 우주를 되찾을 수 있다고 희망을 품었다. 하지만 그 우주 속에는 여전히 무언가가 결핍되어 있었다.

칠 년 동안 육아에 전념했지만 자신의 존재감은 희미해졌다. 남편은 둘째를 가지고 싶다고 했지만 육아는 살을 깎아내는 일이었다. 늦은 밤 아이의 울음소리에 머리를 쥐어뜯으며 깨어났다. 수면 부족으로 머리카락이 뭉텅뭉텅 빠졌고 피부는 버석거렸다. 자신의 존재는 점점 빛을 잃고 있었다. 아이를 중심으로 공전하는 삶이 우주의 전부였다. 행복하면서도 행복하지만은 않은 양면의 삶이었다. 행복의 순간은 오로지 행복만으로 구성되지 않았다. 행복에도 불순물이 끼어들었다. 아이로 인해 반짝반짝 행복했지만 그 이면에 낡아가는 삶이 있었다. 결국 희진은 다른 방향으로 물길을 바꾸기로 했다. 그렇게 공무원이 되어 직장 생활을 시작했지만 삶의 균형은 여전히 어긋나 있었다.

혜라는 언제부턴가 속을 감추고 비밀 속에 숨었다. 엄마가 뭘 아냐는 말을 쉽게 내뱉었다. 알려고 해도 알게 하지 않았다. 혜라는 창구 맞은편에 앉아 있는 민원인을 닮아가고 있었다. 벽을 쌓은 타인의 마음을 읽어내는 일은 고단했다. 읽을 수 없는 마음을 계속 마주하는 일도 쓸쓸했다. 부부관계도 조난당한 배처럼 침몰하고 있었다. 내뱉지 못하는 말이 내부에 쌓였고 남편의 얼굴조차 가물가물해졌다. 창구에서 잠깐씩 스쳐가는 민원인의 얼굴처럼. 남편은 평일에는 회사 일로, 주말에는 사회인 야구 동호회 활동을 이유로 틈을 주지 않았다. 그러면서 스스로를 야구 없이는 살 수 없는 사람이라고 규정했다. 관계의 메마름은 언어 속에 고스란히 드러났다. 비옥한 관계는 서로를 향한 충분한 언어를 토대로 구성된다. 파국으로 치닫고 있다는 분명한 기호들이 두 사람 사이를 가로질렀다. 그러나 그 기호들을 외면하는 것조차 삶의 한 부분이 되어가고 있었다.

재난을 겪은 사람에게 건네는 위로는 없었다. 꼭 위로가 필요한 건 아니었다. 함께 아침을 먹자고 말하거나 옆에 있어주는 것이면 족했다. 무사히 돌아와 다행이라고, 늦어서 걱정했다고 토닥여주는 말이면 더할 나위 없었다. 함께 있다는 것을 확인해주는 몇 분 동안의 대화. 그 정도면 마음에 온기가 돌아올 것 같았다. 마음을 긁고 간 공포의 잔해들을 덜어낼 수도 있을지 몰랐다. 그러나 기대의 끝은 슬픔으로 다가오곤 했다. 슬픈 순간들 대부분은 기대한 것과 다른 모습으로 들이닥치는 현실에 있었다.

주말 오전 남편은 야구를 하러 나갔고 혜라는 방에서 나오지 않았다. 방문을 두드렸지만 귀찮게 하지 말라는 목소리만 건너왔다. 그들이 두고 있는 마음의 간격이 느껴졌다. 물리적 거리보다 선명하게 느껴지는 마음의 간격 때문에 외로워졌다. 육아를 하던 순간순간 들이닥쳤던 고립감처럼 가족의 곁에 있지만 가족 때문에 외로웠다. 산후우울증 진단을 받았을 때, 남편은 냉담하게 비아냥거렸다.

"다른 여자들 모두 애 잘 키우는데 왜 너는 하나도 힘들어하냐? 아이 넷 키우는 친구네도 잘 사는데 엄살 좀 피우지 마."

희진은 의사소통이 차단된 세계에 홀로 남겨진 것 같았다.

그 시간으로부터 악착같이 달아나 지금에 이르렀다. 그런데 여전히 그때로 회귀하는 순간들을 마주했다.

평상시의 주말 풍경과 다르지 않았지만 희진은 불편한 느낌을 지울 수 없었다. 하루 종일 침대에 누워 잠을 자려고 애를 썼지만 허사였다. 집 안의 온도는 여전했고 방 풍경도 달라진 것이 없었다. 희진의 내면만 허물어져 있었다. 이안의 가슴팍을 물들이던 검붉은 핏물이 희진의 마음에 떠다녔다. 물리적 외상이 없다는 이유로 희진의 가족은 상처를 이해하지 못했지만.

"복면들 중 한 명이 왼손잡이였다고 하던데 맞습니까?"

"아니었던 것 같습니다."

"그럼 다른 거 기억나는 게 있습니까?"

"아니요."

"목소리는 어땠나요? 특징이 있었나요?"

희진은 그날의 일들을 처음부터 끝까지 천천히 되새겼다. 복면 중 한 명이 입었던 점퍼에 대해서 상세한 설명도 덧붙였다. 등에 닻 문양이 새겨진 국방색 점퍼였다. 점퍼를 제외하면 기억에 남는 이미지는 없었다. 불과 며칠 전의 일인데 머나먼 과거처럼 흐릿했다. 공포는 많은 것을 암흑 속에 가두었다.

"복면들이 센터를 떠나고 경찰들이 도착하기까지 시간이 얼마나 걸렸는지 기억하십니까?"

사이렌 소리가 들리고 경찰이 입구에 모습을 드러낸 건 한

참 뒤였다. 십여 분 정도. 기다림 속에서 느끼게 되는 심리적 시간차였을까. 기억을 어디까지 믿어야 할지는 자신할 수가 없었다. 희진은 도움이 되지 못해서 미안하다는 말을 남기고 회의실을 나섰다.

5

　박가음의 본부 브리핑은 다음 날 오후 세 시로 잡혀 있었다. 그 전에 기안 문서를 작성하려면 서둘러야 했다. 박가음은 서류 가방을 뒷자리에 던져놓고 핸들을 잡았다. 센터를 빠져나와 몇 개의 골목과 3차선 도로를 지나는 동안 운전에만 집중했다. 낯선 도시였고 의외로 도로는 자동차들로 붐비고 있었다. 얼마 뒤 세종시로 돌아가는 경부고속도로로 접어들었다.

　톨게이트를 빠져나오자마자 김한나가 물었다.

　"오늘 상담으로 브리핑 내용이 나오겠어요?"

　운전하던 박가음에게서 한숨이 흘러나왔다. 면담에서는 건질 만한 게 없었고, 오히려 혼란만 가중됐다. 제각각의 기억 속에서 복면의 정체는 깊은 어둠 속으로 잠긴 것 같았다. 재난은 인간의 판단력이나 감성을 마구 흔들어버리는 듯했다. 두려움이 각각의 방식으로 기억을 왜곡하는 것이다.

"이해할 수가 없어. 불친절에 대한 복수라고 하기에는 수상한 게 많아요."

박가음의 손가락이 리듬을 타듯 핸들을 톡톡 두드렸다. 민원인이 총기를 소지하고 나타났다는 것부터 설득력이 없었다. 상처받은 민원인의 복수라고 하기에는 치밀하게 세팅된 설계처럼 보였다. 앰뷸런스 사이렌이 울리고 경찰이 도착하기까지 상당한 시차가 발생했다. 먼저 울린 사이렌은 가짜일 가능성이 높았다.

"그쵸, 가장 이상한 점은 뭐라고 생각하세요?"

"지나치게 조직적으로 움직였다는 거죠. 전산팀이 뭔가 수상한 걸 찾으면 얘기가 더 진전될 것 같은데."

"CCTV 본체를 가져간 것도 전문가 냄새가 나요. 도주로를 미리 확보하고 시간 계산을 철저하게 하고 있었어요. 일반 민원인들이 그렇게 할 수는 없죠. 전문 조직이 개입한 게 확실해요."

박가음의 목소리가 가라앉았다. 트레일러 한 대가 아슬아슬하게 차선을 넘나들었다. 졸음운전을 하고 있는 게 분명했다. 박가음은 트레일러를 지나치며 신경질적으로 클랙슨을 몇 번 울렸다. 트레일러가 고속도로 위에서 살상 무기가 될 수 있다는 걸 뉴스에서 수없이 확인하곤 했다. 느슨했던 마음이 바짝 긴장했다. 아니, 이미 브리핑 관련 기안 작성으로 말초신경까지 초조한 것 같았다. 크게 건진 게 없는 상담 내역을 쥐어짜야 할 판이니 그럴 만했다.

고속도로 위를 달리는 동안 박가음의 머릿속은 사건을 재구성하고 있었다. 천안논산고속도로로 갈아타기 위해 우측으로 빠지는 지점에 다다라서야 세종에 가까워졌다는 것을 깨달았다. 공주 IC에서 빠지면 세종시까지 십오 분 정도면 도착했다. 세종시 입구에서 느닷없이 휘황하게 나타나는 도시의 외관을 보고 있자면 매번 놀라웠다. 논과 밭과 야트막한 산에 둘러싸인 도로를 달리다 보면 갑작스럽게 고층 아파트들이 즐비한 도시 풍경이 다가왔다. 부드러운 등허리 같은 산의 흐름이 뒤로 밀리고 고층 아파트가 막대그래프처럼 나타났다.

박가음의 마음은 컴퓨터 앞에 가 있었다. 오늘 안에 어떤 보고서를 써야 하는지, 허허벌판 같은 빈 문서를 어떤 단어들로 채워야 하는지 갈피가 잡히지 않았다. 박가음은 우선 상담 내용을 토대로 스토리를 재구성해보기로 했다. '조짐도 없이 불행한 일이 닥치기도 한다'라고 시작하는 스토리였다.

시계를 확인한 형사 진욱은 박지강을 테러 용의자로 신고한 고용센터 직원을 마주 봤다. 신고자에 대한 조사였지만 조력자일 가능성도 배제할 수 없었다. 공모 가능성을 염두에 두고 파고들어야 했다. 공모자가 배신자가 되는 경우는 흔하디흔했다. 공모자를 배신자로 끌어내는 것도 형사의 역할 중 하나였다. 심리전에서 우위를 점해야 가능한 일이었다. 특히 내부자의 공모 가능성이 제기되는 시점이니 주의를 기울여야 했다. 진욱은 녹음기와 노트북을 앞에 켜놓고 앉아 재윤의 이야기를 따라갔다.

"실업급여를 신청하러 왔을 때, 그 박지강이라는 남자의 신분증 이름은 이현기였다는 거죠?"

재윤은 그렇다고 짧게 답하고 교통사고로 입원한 친구 대신 실업급여를 신청하겠다던 박지강에 대해 두서없이 늘어놓았다. 재윤의 목소리가 가늘게 떨렸다. 마치 용의자라도 되어 형사 맞은편에 앉은 것처럼 주눅이 들어 있었다. 무엇이라도 자백해야 할 것 같은 압박감이 재윤의 가슴을 조았다.

"어떻게 아는 사이죠?"

재윤은 머뭇거렸다. 그러다가 사귄 적이 있다고, 마치 그것이 중대한 범죄라도 되는 듯이 고백했다.

"조금 더 자세히 들을 수 있을까요? 박지강이 어떤 사람인지부터."

박지강이 어떤 사람인지는 재윤도 알 수가 없었다. 누군가를 사랑한다는 것은 누군가를 아는 일과는 굉장히 달랐다. 지나고 보니 그렇게 느껴졌다. 누군가에 대한 제한적 무지 때문에 사랑하고 행복한 것이었다. 자신이 사랑하고 싶은 모습만 보고자 하는 의도 혹은 의지 때문에. 재윤은 내키지 않는 과거를 끄집어내어 느릿느릿 이야기를 이어갔다. 형사의 얼굴은 여전히 의심을 놓지 않고 있었다. 재윤은 대화의 모든 순간이 마치 줄다리기 같다는 생각을 했다. 조금씩 줄을 당겨서 상대를 끌어와야 했다.

"당시 끈질기게 전화를 해왔고, 전화 녹음이 남아 있습니다."

혹시 모를 상황을 대비해둔 것이 잠시나마 위안이 되었다. 곧 위안은 스치듯 사라지고 인간에 대한 회의와 절망이 재윤을 찾아들었지만.

저수지에서 건져 올린 차에 죽은 박지강이 발견되었다는 것을 진욱은 이미 확인했다. 부검에 의하면 놀랍게도 사망 시기가 네 달 전이었다. 유령이나 망자가 실업급여를 받겠다고 나타날 리는 없었다. 아니, 차라리 유령이라고 한다면 이토록 씁쓸하지는 않았을 것이다. 진욱은 전혀 예상하지 못한 각도에서 칼이 들어온 것 같다고 느꼈다. 하나의 가능성이 흩어지면 많은 것을 버려야 했다. 버리는 것도 앞으로 나아가는 방법이지만 막막한 건 어쩔 수 없었다.

오후 두 시, 경찰의 긴급 브리핑이 실시간으로 방송되었다. 사이버수사대 보안 과장의 브리핑은 십여 분간 이어졌다. 고작 십여 분의 브리핑일 뿐이었는데 보안 과장은 연신 땀을 닦았다. 복면들이 개인정보와 기업정보 등을 유출했다는 것이 브리핑의 내용이었다. 경찰은 개인정보 유출 관련 몇몇 해커들을 용의자로 주목하고 알리바이를 확인하는 중이었다.

범죄의 목적이 불친절과는 관계없는 개인정보 해킹에 있다는 발표였다. 직원들의 주의를 분산시키는 목적으로 불친절이라는 카드를 썼다는 분석이었다. 수사의 방향을 흐트러뜨리려는 의도도 있을 것이라고 추정했다. 전략적으로 치밀하게 설계된 범죄라는 말이었다.

언론들은 재구성된 사건에 대해 뜨겁게 떠들어댔다. 경찰은 개인정보 유출 관련 기밀을 유지하고 있었다. 국가기관에 총을 들고 나타나 전산을 털었다는 것만으로 정부에 부담을 줄 수 있는 사안이었고 언론 비공개를 가이드라인에 넣었다. 그러나 일부 언론에 수사의 내용이 흘러들었고, 정부는 수사 상황을 긴급 보도하는 것으로 방향을 바꾸었다.

희생양이 된 직원들에 대해서도 동정론이 일었다. 각 센터가 테러나 범죄에 취약하다는 비판도 이어졌다. 범죄 전문가들은 향후 재발 가능성마저 있다고 진단했다. 총기 사건에 강력하게 대응해야 한다는 반응들이 뒤따랐다.

브리핑 마지막에는 서이안의 소식이 전해졌다. 병원의 주치의는 모든 바이털 수치가 안정적이고 호흡이나 혈류도 문제가 없다고 발표했다. 이론적으론 건강한 상태를 유지하고 있으며 곧 의식을 회복할 것이라는 의견도 개진했다. 연기가 어색한 신인배우처럼 부자연스러운 어조였다. 브리핑이 끝나자 기자들의 질문이 쏟아졌다. 그럼 왜 깨어나지 못하는 것이냐. 뇌사상태라고 볼 수 있느냐. 재수술이 필요한 것은 아니냐. 마치 해당 병원의 무능을 공격하는 것처럼 보였고, 주치의는 안경을 올려 쓰며 곤란한 표정을 지었다. 대답은 머뭇거렸지만 분명하게 맥을 짚었다. 꽤 안정적인 상황이고, 수술은 성공적이었으니 깨어나는 것은 시간문제일 뿐이라고.

국무총리가 병실을 방문했었다는 부속실 브리핑도 이어졌다. 국무총리가 서이안의 아버지 서유수를 만나 위로의 말을 전했다는 내용이었다. 화면에는 서유수가 국무총리와 악수를 나누고 있는 모습이 비쳤다. 손을 내밀고 있는 서유수의 표정은 몹시 고통스러운 것처럼 일그러져 있었다.

3부

이제 우리의 서러운 혼들은 지치고
피곤하네.

윌리엄 버틀러 예이츠 「지는 잎」 중에서

1

믿을 수 없는 일이지만 순간 이동에도 규칙이 있었다. 어떤 장소의 이미지를 구체적으로 떠올리면서 집중력을 끌어 올려야 했다. 눈을 감고 어둠에 몰입하면 가벼운 현기증이 몸을 휘감았다. 미끄럼틀을 빠져나가는 것 같기도 했고, 거친 바람이 몸속을 통과하는 듯한 느낌이기도 했다. 눈을 뜨면 원하는 장소가 눈앞에 펼쳐져 있었다. 전혀 가보지 못한 장소는 이미지를 형상화하는 단계에서 실패한 탓에 이동이 불가능했다. 규칙성이 가늠되자 순간 이동을 하는 것이 원활해졌다. 새로운 세상에 대한 적응도 용기가 필요한 일이다. 아니, 살아야 하니 살 수밖에 없는 것도 용기였다.

햇살 속에서 희진의 집을 마주하고 있었다. 온기를 머금은 햇살에는 묵은 겨울의 시간을 녹이는 부드러움이 있었고 나는 감미로운 공기에 둘러싸였다. 영혼 깊은 곳의 한기까지 씻기는 것 같았다.

　희진과 가까워지고 몇 번 저녁 식사 초대를 받았지만 그때마다 그녀의 남편과 딸은 집에 없었다. 희진은 혼자 저녁 먹는 걸 꺼리다 못해 두려워했다. 드넓은 거실과 식탁을 독차지하고 고독을 즐기고 싶은 나와는 대조적이었다. 인간은 타인의 이해와 충돌하는 각자의 두려움을 쌓아 올리고 산다. 두려움은 지문처럼 저마다의 무늬를 가졌다. 하나로 묶어버릴 수 없는 다양한 두려움의 빛깔이 존재했다. 그래서 두려움의 실체만으로 누구인지 말할 수도 있다.

　희진의 집 현관을 향해 움직이려는 순간, 뒤쪽에서 발소리가 다가왔다. 2번 창구 담당자 호찬이 느긋한 걸음으로 희진의 집 옆을 지나치는 중이었다. 그의 눈길은 희진의 집을 향해 꽂혀 있었다. 근사한 외관의 주택들이 늘어선 거리였다. 우드와 벽돌로 외벽을 마감한 주택들은 심플하고 모던했다. 호찬은 그 거리에서 유독 희진의 집만을 주시하며 걷고 있었다.

　마침 낮은 울타리 너머 현관문이 열리고 한 여자가 밖으로 모습을 드러냈다. 회색 트레이닝복을 걸치고 머리를 묶은 희진이 가벼운 걸음으로 계단을 내려왔다. 쓰레기로 보이는 비닐봉지 두 개가 손에 들려 있었다. 계단 끝에서 잔디 사잇길로 발을 디디던 희진이 우뚝 멈춰 섰다. 호찬과 희진은 잠깐 어, 하는 표정으로 서 있었다. 두 사람은 극적인 조우에 제법 놀란 듯 말을 잇지 못했다. 나는 가운데서 두 사람의 얼굴을 번갈아 바라보았다.

희진이 먼저 말을 건넸다.

"호찬 쌤 여긴 어쩐 일이세요?"

"저는……."

"이 근처 사세요?"

호찬이 고개를 끄덕였다.

"그랬구나. 아침 사러 나왔어요?"

희진이 호찬의 오른손에 들린 비닐 백을 가리켰다. 그는 슬 그머니 비닐 백을 뒤로 감췄다. 편의점에서 사 들고 온 아침거 리인 듯했다.

"아, 이따가 점심에 재윤 쌤 오기로 했는데 호찬 쌤도 우리 집 으로 올래요? 점심 같이해요. 그런 거만 먹으면 기운 안 나요."

희진의 얼굴에 미소가 스쳤다. 호찬은 선뜻 대답하기를 꺼 리듯 입을 달싹였다.

내가 호찬을 처음 만난 건 어머니의 실업급여 신청을 위해 센터를 방문했을 때였다. 무뚝뚝하고 화가 난 듯한 그의 표정 에 나도 인상을 구기고 있었다. 나중에 불친절 직원으로 신고

할까 생각하면서 이름을 알아두었다. 얼굴 근육에 문제가 있느냐는 질문이 목구멍까지 차올랐던 상담이었다. 임용되어 직원들과 인사를 나누던 날에도 그는 떨떠름한 표정을 짓고 있던 유일한 사람이었다. 뭔가가 못마땅한 듯한 얼굴이 그의 평상시 표정이라는 건 나중에 알았다. 그는 대체로 말이 없었고 컴퓨터 화면만 보고 있는 부류였다. 친밀한 동료도 없는 것으로 알려져 있었다. 도통 웃지를 않아서 다가가기 꺼려지는 캐릭터였다. 아니, 그는 스스로 고립되려는 것처럼 보였다. 사적인 영역을 엄격하게 구분하고 선을 지켰다. 그런데 희진이 선뜻 그를 집으로 초대했다. 호찬으로선 느닷없이 식사 초대를 받았으니 어리둥절할 법도 했다. 그가 머뭇거리는 사이 희진이 한 시까지 오면 된다고 덧붙였다.

희진은 쓰레기를 수거함에 던져 넣고 현관으로 발길을 돌렸다. 나는 희진을 따라 안으로 들어가려다 방향을 바꿔 호찬의 뒤를 쫓았다. 희진의 집 앞을 얼쩡거리는 그에 대해 알고 싶은 호기심이 뾰족하게 날을 세웠던 터였다.

호찬은 희진의 집을 지나쳐 공터를 가로질렀다. 공터 끝에는 두 대의 덤프트럭과 공사 자재들이 산적해 있었다. 덤프트럭 왼쪽으로 흰색의 캠핑카 한 대가 서 있었는데 그는 그곳을 향해 성큼성큼 걸어갔다. 캠핑카 앞에 이르자 주저 없이 문을 열고 안으로 들어섰다.

캠핑카 내부는 비좁아서 앉을 곳뿐 아니라 발 디딜 곳도 마땅치 않았다. 나는 주방 싱크대 위에 올라앉아 캠핑카 내부를 탐사하듯 둘러봤다. 아늑함과 갑갑함의 경계 어디쯤에 있는 내부는 캠핑카 특유의 운치가 있었다. 하지만 집의 역할을 하기에는 턱없이 부족해 보였다.

호찬은 캠핑카에서 오래 생활해온 듯 불편한 기색 없이 움직이고 있었다. 좁은 침대 위로 올라앉을 때 머리를 숙이는 행동이 매끄러웠다. 침대 위에 자리를 잡자마자 그는 커튼을 열어젖혔고 창문 너머로 오랫동안 눈길을 주었다. 그가 시선을 모으고 있는 유리창 너머에 근사한 외관의 주택이 있었다. 방금 지나온 희진의 집이었다. 그의 눈길은 희진의 집에 닿은 채 움직이지 않았다.

밤눈처럼 은밀하고 조용하게 누군가를 사랑하고 바라보는 일은 얼마든지 가능했다. 눈이 쌓이듯 고요하게 사랑의 마음이 쌓일 수도 있었다. 문제는 희진은 유부녀였고 호찬의 애정이 닫힌 세계를 향해 있다는 것이었다. 그러나 그가 어떤 사랑을 하든 내가 관여할 바는 아니었고, 그럴 처지도 되지 못했다. 오히려 타인의 영역에 함부로 발을 디디고 있는 것은 그가 아니라 나였다. 나는 도둑질을 들키기라도 한 것처럼 놀라서 출입구로 향했다.

그 순간 그도 입구로 다가서고 있었다. 잠깐의 순간, 그와 나의 손이 스쳤다. 흐릿하지만 그의 손의 온기가 전해졌다. 훈훈한 바람이 스친 것처럼 금세 빠져나간 온기였다. 그러나 손끝에 전기처럼 닿았다가 사라진 따뜻함은 분명한 실체를 갖고 있었다.

으악. 찰나의 시간이 스치고 곧바로 그가 소리를 질렀다.

그는 들고 있던 핸드폰을 내동댕이치고 나를 똑바로 응시했다. 눈과 눈이 정면으로 마주쳐 상대의 눈동자 속에 비친 서로를 인식할 수 있을 정도였다. 눈동자와 눈동자가 서로의 혼란과 놀람을 담아내며 빛나고 있었다.

내 존재는 투명 인간에 가까웠고 영혼의 조각에 불과했다. 며칠간 여기저기를 활보하고 다녔고, 여러 사람을 마주쳤지만 누구도 나의 형체를 인지하지 못했다. 마법과도 같은 영적 세계 속에서 나는 혼자 살고 있었다. 타인의 눈에 띄지 않는 공기 같은 존재였고 그걸 확인하는 순간마다 혼돈과 불안이 내부에서 요동쳤다. 그러나 내가 편입된 괴상한 차원을 인정해야 한다는 결론에 이르렀다. 만일을 대비해서 이 불가사의한 영역을 인정하고 받아들여야 했다. 만일이란 깨어나지도 죽지도 못하는, 삶과 죽음 두 영역 바깥의 어딘가에 기약도 없이 머무르게 되는 상황을 뜻했다. 삶과 죽음의 교집합, 혹은 삶도 죽음도 없는 중립적 영토에 혼자 존재하는 상태 말이다. 모든 시간과 공간, 합리와 불합리, 의미와 이성을 넘어서고 해체하는 공

간. 나는 이 세계를 '제로의 공간'이라고 나름대로 명명하기로
했다. 이름을 부여하는 것, 그것이 존재를 인정하는 첫 번째 행
위였다. 별을 발견하면 이름을 붙이듯이. 실제로 제로의 공간
은 우주에서 미발견된 하나의 별일 수도 있었다.

　제로의 공간을 인정하겠다고 했지만 이 세계의 구성원이 나
뿐이라는 고립감은 떨치기 어려웠다. 의사소통이나 감정 교류
가 좌절된 공간은 아무것도 없는 무의 세계다. 나 자신이 제로
의 공간에 있었지만 없는 것과도 같았다. 사실 그래서 제로의
공간이기도 했지만. 밤에 병실에 앉아 그런 생각이 스밀 때는
단절감이 들불처럼 번졌다. 그건 죽은 것과 다르지 않은 것이
었다. 누구도 실존을 인지하지 못하는 상태는 모두 죽음으로
수렴된다. 실존은 나를 둘러싼 인간들이 내게 부여하는 것이
기도 하다. 타자들이 나를 누구라 규정함으로써 나는 연속성
과 확실성으로 세계 속에 존재한다. 나의 존재를 누구도 인지
하지 못한다면 나는 인간 세계의 바깥에 머물러 있는 것이었
다. 그건 형식은 다르지만 죽음이라 할 수밖에 없었다. 그런데
불현듯, 그의 눈동자 속에 나의 형체가 또렷이 떠올랐다.

　―지금 나를 보는 거예요?

　호찬은 아무 대답도 하지 않았다. 언어를 잃어버린 사람처
럼 멀뚱거릴 뿐이었다.

　―이봐요, 유호찬 쌤.

그의 얼굴 앞에 손을 흔들어 보였다.

— 말을 좀 해요, 내가 보이면.

그는 고개를 흔들었다. 아직도 나를 마주하고 있다는 것을 믿을 수 없다는 듯 눈을 깜빡거리고 있었다.

"서, 서이안 쌤?"

— 맞아요. 나예요.

"으악!"

그는 다시 소리를 지르며 뒤로 물러났고, 침대 부리에 걸려 주저앉았다.

— 뭘 또 그렇게 놀라요? 나 서이안 맞다고요.

어색한 침묵이 스쳤다. 그의 얼굴에 혼돈이 배어났고 이마에는 깊은 주름이 잡혔다. 그가 정신을 가다듬은 듯 물었다.

"왜 여기 있어요?"

나는 침대에 걸터앉으며 말했다.

— 놀랍죠? 나도 놀라워요.

"퇴원한 겁니까? 의식이 돌아온 거예요?"

어디서부터 설명해야 할지 난감했다. 누군가를 납득시킬 만한 논리적 플롯이 아니었다. 스스로에게도 불가해한 상황을 어떻게 설명한단 말인가. 다행인 것은 그가 남다른 시각적 분별력이나 영적 세계와 교류하는 특별한 능력을 지니고 있다는 것이었다. 그렇지 않고서야 그의 시각에 내 존재가 담길 수 없었다. 그가 범상치 않은 어떤 능력의 소유자라면 무엇이든 얘기를 해도 좋을 것 같았다.

그는 두서없는 내 얘기를 듣고 물었다.

"그러니까, 지금 내 앞에 있는 존재는 실제 서이안의 영혼 같은 거다? 지금 이런 말인가요?"

— 말하자면 그렇죠.

"그런 건 그냥 허구잖아요, 영적 존재 이런 거 모두. 난 믿지 않아요."

호찬은 믿지 않는다는 단호한 표정을 지었다.

— 그럼 난 뭐죠?

그가 고개를 설레설레 흔들었다.

"퇴원을 했겠죠. 그래서 나를 놀리고 있는 거고."

— 내가 할 일이 없어서 여기서 당신을 놀리고 있다고? 사람 말을 원래 그렇게 안 믿어요?

"그렇지는 않지만, 믿을 걸 믿으래야지."

나는 설명할 길이 없다는 생각에 조급함마저 느꼈다.

— 지금 호찬 쌤만 나를 보는 거라고요. 호찬 쌤이 뭔가 신묘한 능력이 있든지 그런 거라고요.

"말도 안 돼요. 사기 치지 마요."

— 사기요? 나 참, 내가 지금까지 저기 계속 앉아 있었다고요.

호찬의 눈이 커졌다.

"날 지금까지 훔쳐본 거예요?"

─훔쳐보다니, 내가 그렇게 몰상식한 인간은 아니고······. 아니, 그게 아니고.

"여기 계속 있었다면서요?"

─그러니까, 계속 있었는데 그게 훔쳐보는 거랑 좀 다른······. 호찬 쌤은 날 못 보고 있었어요. 그러다가 방금 우리가 스쳤죠?

"아니, 어디서 약을 팔고 그래요? 대체 어떻게 여기까지 온 겁니까?"

─내가 무슨 약을 팝니까?

대화는 계속 헛바퀴 돌 듯 같은 자리에 머물렀다. 그가 수긍하고 인정할 만한 전개 상황은 분명 아니었다. 상상력이 채울 수 있는 서사가 아니니 그럴 수밖에 없었다. 믿을 수 없는 이야기를 믿게 하는 건 그야말로 사기다.

"이건 사긴데, 그럼 어떻게 이렇게 말짱하게 돌아다녀요?"

─아, 좋아요. 이렇게 하죠. 아까 희진 쌤한테 점심 먹으러 오라고 초대받았죠?

"네, 맞아요. 이안 쌤도 거기 초대받은 거죠?"

─거기로 오세요. 나 먼저 가 있을게요. 지금 여기서 바로 사라질 거예요. 저 문으로 나가는 게 아니라.

나는 문을 손가락으로 가리켰다. 직접 눈으로 보게 하는 것이 이해시키는 가장 빠른 길이었다.

"완전 사기 맞네."

그는 의심이 가득 담긴 눈길을 보냈다.

인간의 이해는 대부분 그런 한계에 갇힌다. 눈으로 보기 전에는 믿을 수 없다는. 그러나 이 불가해한 세계 속으로 편입하고 보니 인간의 이해란 편협했다. 합리적 이해가 미치지 못하는 세계가 분명 존재한다. 이해 너머의 세계에 더 많은 것이 있을 수 있다. 상상력 너머의 너머 완전히 다른 세계가 있다. 때때로 불가해한 세계를 마주하고 그곳에 발을 넣기도 하는 것이 삶의 여정이었다. 알고 있거나 봐오던 세상의 감각과는 다른 삶의 여정에.

호찬 앞에서 사라지기 전, 그에게 도넛을 산 뒤 한 시에 희진의 집에 방문하라고 일렀다. 도넛은 왜 사야 하냐고 그가 물었지만 나는 그게 예의라고 잘라 말했다.

—자, 그럼 나는 먼저 가볼게요. 나를 똑바로 보고 있어요! 내가 여기서 쓱 사라지더라도 기절하지 말고요.

제정신이 아니라고 말하고 싶어 하는 그의 얼굴을 앞에 두고 나는 눈을 감았다. 정신을 집중하고 희진의 집 식탁을 떠올렸다. 눈앞에서 벌어지는 기묘한 일을 확인하고 그가 혼절이라도 하는 건 아닐지 걱정이 스쳤다. 하지만 이왕 이렇게 된 바에는 어떻게 되든 그를 납득시켜야 했다.

잠깐의 현기증이 몸을 감쌌고 바람이 회오리치듯 내부를 훑으며 빠져나갔다. 눈을 떴을 때는 6인용 우드 식탁이 눈앞에 펼쳐졌고 희미한 라벤더 향이 났다. 경험이 쌓이자 이제 순간이동은 신속하고 매끄럽게 진행되었다. 이해하는 것과 적응하는 일은 확실히 다른 것이었다.

2

약속한 한 시가 되자 벨이 울렸고 현관문 뒤에 호찬이 서 있었다. 희진은 환하게 웃으며 그에게 안으로 들어올 것을 권했다. 그는 희진의 옆에 서 있는 나를 건너다보면서 발을 떼지 못했다. 유령이라도 목격한 듯 하얗게 질린 얼굴이었다. 희진은 그의 시선이 허공에서 굳어 있는 것을 의아하게 바라보았다.

나는 호찬에게 몸을 기울여 속삭였다.

—이제 믿겠죠? 사기 아니라고요. 근데 그렇게 귀신 본 얼굴을 하고 있으면 안 돼요.

희진이 먼저 안쪽을 향해 발걸음을 뗐고, 그는 얼떨결에 알겠다고 말했다. 희진이 고개를 돌려 물었다.

"뭘요?"

"아닙니다."

나는 웃음기 가득한 목소리로 말했다.

— 그렇게 큰 소리로 말하면 안 되죠.

기가 막힌 상황 속에서도 호찬이 어리둥절해 있는 것이 꽤 유쾌했다. 나의 존재를 인지하고 확인해줄 누군가가 생겨났다는 흥분도 섞였다. 인간으로서의 정체성을 회복한 것 같은 흥분이었다. 게다가 그의 한 손에는 커다란 도넛 상자가 들려 있었다. 나의 말이 방향성을 갖고 의미를 획득했다는 뜻이어서 도넛은 도넛 그 이상으로 각별했다. 상자를 빼앗아 도넛을 먹어치우고 싶은 강한 충동은 억눌러야 했다.

현관부터 매끈한 대리석 바닥이 반짝였다. 나는 미끄러지지나 않을까 걱정이 되어 저절로 조심스러운 발걸음이 되었다. 그러다가 영혼은 넘어지는 존재가 아니라는 깨달음이 찾아와 피식 웃음이 났다. 복도 코너를 돌면 한 면이 창으로 이루어진 널찍한 거실이 드러났다. 거실 가운데에는 베이지색 가죽 소파가 차지하고 있었다. 소파에 앉아 있던 재윤이 호찬에게 시선을 던졌다.

"피해자 모임 같네."

희진이 농담이라는 듯 웃었다. 그들 눈에 보이지 않지만 나까지 참석했으니 희진의 말대로 피해자 모임에 가까웠다. 고통스러운 사건이 실재했다는 것이 상기되었지만 세 사람과 함께 있다는 느낌은 위로가 되었다.

호찬은 사들고 온 도넛 상자를 희진에게 건네면서 나를 힐 끗 바라보았다. 이게 맞냐고 묻는 표정이었다. 그와의 의사소 통이 완벽하게 이루어지고 있는 상황이었고 나는 환한 미소를 지어 보였다.

— 나 지금 도넛이 너무 먹고 싶거든요. 냄새라도 맡아야지.

"냄새도 맡아요?"

희진이 물었다.

"뭐라고요?"

— 그렇게 말하면 안 되지. 희진 쌤 얼굴 봐요. 미친 사람 쳐 다보듯 하잖아요.

호찬은 희진의 표정을 살피고 굳어졌다.

— 듣기만 해요.

"네."

희진이 물었다.

"네?"

— 대답도 하지 마요.

"네."

희진이 다시 되물었다.

"네?"

나는 웃음기가 사라진 어투로 말했다.

— 나 참, 정신 차려요.

호찬은 고개를 끄덕인 뒤 기다란 소파 끝에 불편한 기색으로 앉았다. 어깨를 잔뜩 웅크린 것은 나와의 접촉을 피하기 위한 것으로 보였다. 마치 전염병 환자를 멀리해야 하는 것처럼. 그의 모든 어색한 행동들은 내가 존재한다는 확실한 표지였다. 역설적으로 그가 놀라워할수록 나의 존재도 뚜렷하다는 의미로 읽혔다.

세 사람은 기차에서 우연히 옆자리에 앉은 타인들 같았다. 거실에 둘러앉은 채 가끔 시선을 주고받았다. 시선이 닿으면 어색하게 미소 지었지만 서먹함을 해소하지는 못했다. 호찬은 불편함을 떨치려는 듯 집 안 여기저기로 시선을 던졌다. 소파 뒤쪽으로 천장까지 닿는 거대한 책장에 책이 촘촘히 꽂혀 있어 시선을 붙들었다. 책의 숲 같은 집이었다. 그 왼쪽으로 빗자루로 써도 될 만큼 이파리가 거대한 야자수 화분이 놓여 있었다. 천장의 반이 2층까지 뚫려 있어 시원한 개방감을 주었다. 벽에는 미술관에서 막 가져다 건 듯한 커다란 유화들이 걸려 있었다. 밖에서 보는 외관만큼 아름답게 잘 다듬어진 내부였다. 잡지에 실려도 손색이 없을 터였고 영화 세트장 같은 느낌마저 주었다. 희진은 단단히 미쳤거나 진짜 완벽한 사람일 터였다. 집을 이렇게 호텔처럼 세팅해놓고 숨을 쉬고 있다는 것이 놀라울 뿐이었다. 언젠가 대체 왜 그러고 사냐고 했더니 다 이렇게 사는 거 아니냐고 희진이 되물었다.

"미쳤어, 이렇게 살게?"

나는 희진을 놀렸지만 그녀의 완벽주의에 내심 충격을 받았다. 완벽해지려고 애를 쓰는 것은 쓸쓸해 보였다.

내가 호찬에게 속삭였다.

— 멋진 집이죠?

호찬은 나를 향해 대답했다.

"네."

질문도 없는데 혼자서 대답을 하는 그에게 희진과 재윤의 시선이 모였다. 나의 존재를 알 리 없는 그녀들에게는 호찬이 괴상한 버릇을 갖고 있는 것처럼 보일 터였다.

— 대답은 말고.

그가 고개를 끄덕였다.

재윤이 말했다.

"이안 쌤은 여전히 의식이 없다죠?"

모두 말없이 동의의 눈빛만 주고받았다. 내 이름이 불리자 영혼의 입자들에 숨이 들어오고 온기가 되살아나는 것 같았다. 나 여기 있다고 힘을 끌어모아 소리치고 싶었다. 그렇게 한들 나의 말이 그들에게 닿을 수 없다는 좌절감만 되돌아올 뿐이겠지만. 호찬은 은밀하게 나를 곁눈질했다. 그도 비밀을 발설하고 싶은 갈망에 휩싸여 있는 것이 틀림없었다. 그의 입술이 달싹거리다가 굳게 닫혔다. 그는 미친놈이 되는 대신 비밀을 유지하는 길을 택한 듯했다.

"빨리 의식을 찾아야 하는데. 그런 상태가 오래가면 이십 년도 간다고 하더라고요."

나는 소리를 높였다.

—이십 년?

호찬이 다급하게 말했다.

"설마, 그렇게까지는 가지 않겠죠. 문제가 없다니까 곧 일어날 겁니다."

나를 향해 말하고 있다는 것이 느껴졌다.

"난 정신과 예약했는데, 혹시 필요하면 정신과 전화번호 줄까요?"

정신과 치료를 말하면서 희진의 얼굴에 미소가 스쳤다. 희진은 호찬과 반대 지점에 서 있는 캐릭터였다. 난처하거나 곤란해지면 미소부터 지었다. 소리치는 민원인에게 미소를 짓는 캐릭터였으니 예사롭지는 않았다. 그러나 겉으로 보이는 평온함이 전부가 아니었다. 웃음에 웃음 이외의 것도 포함하고 있다는 것, 웃음이 즐거움만 함축하는 것은 아니라는 것보다 서글픈 일은 없었다. 웃음의 이면조차 웃음인 순수의 세계는 진작에 끝났다는 게 느껴졌다.

"호찬 쌤은 어때요?"

호찬은 덤덤한 목소리로 말했다.

"아, 네. 저는 괜찮습니다. 그럭저럭 잘 자는 편입니다."

나는 그에게 소곤거렸다.

—강철 멘탈이네. 잠이 오는 게 이상한 거 아닌가?

그는 당황한 얼굴로 더듬거렸다.

"아, 뭐 그럭저럭. 실은…… 잘 못 자죠."

귀신에 홀린 듯 표정도 목소리도 불안했다.

—오늘 밤은 확실히 못 자겠네. 귀신을 봤으니. 정말 병원에 가야 할 수도 있어요.

나는 호찬을 향해 농담을 던졌다. 아니, 그것은 스스로를 위무하는 농담이었는지도 모르겠다. 농담 뒤에 숨어 불안을 녹이려 한 것이다.

"복면 중 한 명이 왼손잡이였나요?"

희진이 고개를 갸웃거렸다.

"아니요."

"난 그렇게 봤는데."

"뒷면에 닻이 그려진 점퍼였죠?"

"전갈 같았는데?"

"전갈이요? 닻이었는데."

"어허, 우리 한 공간에 있었던 거 맞아요?"

"CCTV 데이터가 하나도 없다고 하던데요."

재윤과 희진이 주고받는 대화 속에 호찬이 한마디 섞었다.

"설계된 범죄의 냄새가 나긴 해요."

희진이 쓸쓸한 어투로 말했다.

"어쨌거나 놈들은 우리의 두려움을 공격하는 게 얼마나 위협적인지 알고 온 거죠."

"그렇죠, 불친절!"

불친절에 대한 복수 카드는 금품을 갈취하는 것보다 파급력이 있다는 것을 그들은 알고 있었다. 약점을 분명하게 파고든 것은 전략적이었다.

"개인정보 해킹이 목적이라면 우리 민원인은 아니라는 건가?"

"아니길 바라지만, 아직 단정할 수는 없죠."

점심 식사가 현관 앞에 배달될 때까지 세 사람은 두서없는 생각을 쏟아냈다. 복면들에 대한 이미지는 저마다의 기억 속에 다르게 자리 잡고 있었다. 그러나 누구도 자신이 옳다고 내세우지는 않았다. 소득 없이 던져지는 이야기들만 테이블 위를 오갔다. 나의 기억도 뭉개지고 흐릿했다. 기억 위로 장막이라도 드리워져 있는 것 같았다. 공포는 다양한 방식으로 뒤끝을 남긴다.

배달 요리가 식탁에 차려졌을 때는 절망스러웠다. 탕수육과 류산슬과 짜장, 짬뽕 등 화려한 요리들이 펼쳐졌지만 나는 닿을 수 없는 영역에 있었다. 손을 뻗어도 음식에 미치지 못하고 허우적거릴 뿐이었다. 음식을 향한 단순한 갈망조차 인간을 좌절시키고 외롭게 할 수 있었다. 그것은 내가 어느 지점에 서 있는지 철저하게 각인시켰다.

─대체 뭘 이렇게 많이 시킨 거야? 난 먹을 수도 없는데 완전 고문이네.

세 사람은 테이블에 둘러앉아 식사를 시작했지만 음식은 더디게 줄었다. 먹고자 하는 의욕을 모두 상실한 사람들 같았다.

내 목소리를 들을 리 없는 이들을 향해 나는 소리쳤다.

─아니, 음식을 먹으라고!

호찬은 내 재촉을 의식한 듯 젓가락을 움직였다. 마치 조종당하는 로봇처럼 기계적으로 음식을 떠 넣었다.

이런 순간엔 식욕이 있든 없든 무작정 먹어야 했다. 당장 젓가락질을 할 수 있다는 것도 내게는 축복으로 보였다. 음식을 받아들일 준비가 된 육신으로 식탁 앞에 앉은 것만으로 멋진 일이었다. 식탁 앞에 앉은 많은 사람이 그 단순한 진실로부터 멀어지곤 하지만.

희진이 모두를 향해 입을 열었다.

"저기, 식욕도 없고 재미도 없는데 우리 어디 기분 전환하러 가지 않을래요? 우리도 며칠간 실직이라고 생각하고 그냥 마음껏 자유로워지면 어때요?"

재윤이 흥미롭다는 듯 물었다.

"어디로?"

"어디든 재미있는 곳으로. 날씨도 좋은데 우리 너무 조난자들처럼 굴고 있는 거 같아요."

3

캠핑카는 커다란 선물 상자처럼 서 있었다. 희진과 재윤은 어린아이처럼 들떠서 표정이 밝아졌다. 호찬의 얼굴은 여전히 굳어 있었지만 가벼운 걸음으로 다가가 캠핑카 문을 열었다. 한 공간에 근무하면서도 전혀 알지 못했던 세계였다. 재난이 아니었다면 들여다볼 기회가 주어지지 않았을 터였다. 불행한 일 속에도 한 조각 긍정적인 면도 포함되어 있었다. 새 영역에 발을 디디기도 하고 경계했던 마음을 허물기도 한다.

희진과 재윤이 캠핑카 침대에 앉았다. 당연한 것처럼 보조석에는 투명 인간이 자리를 잡았다. 나는 안전벨트를 매던 습관대로 벨트를 끌어당기려고 손을 뻗었다가 미끄러졌다.

캠핑카가 주택가를 벗어나 대로변에 합류했을 때 호찬에게 말했다.

—근데 이상하죠? 다른 사람은 나를 볼 수 없는데.

"그러게요."

— 대답은 하지 말아요.

"알았어요."

— 아니, 이 사람아. 하지 말라니까요!

대답을 하지 말라고 했지만 실은 대답이 절실했다. 대화의 순간을 관통하는 현실감각이 나의 정체성을 되돌려주었다. 소통만으로 죽음의 문턱에 있다는 두려움이 완화되었다. 그가 나의 목소리에 응답을 보낼 때마다 적막한 세계의 모서리가 조금씩 깨져나가는 것 같았다. 존재한다는 확인은 이토록 단순명료했다. 서로를 향한 응답만으로 충분했다. 이 광활한 우주의 어둠과 막막함을 가로질러 오는 누군가의 응답은 기적이었다. 우주에서 보자면 창백한 푸른 점 위에 먼지 같은 존재지만 혼자가 아니라는 사실만으로 삶을 버텨낼 수 있었다.

놀이공원 입구는 판타지 세계의 관문처럼 보였다. 형형색색의 쾌활한 분위기를 내는 놀이기구들을 보니 판타지 세계에 빨려 들어간 것 같았다. 인공 감미료를 듬뿍 친 듯한 놀이기구들의 알록달록한 형체가 유익하게 느껴지는 순간이었다. 즐거운 비명과 흥겨운 음악은 공기를 장악하고 있었다. 인위적 천국의 맛. 상처받은 어른들에게도 가끔 그런 맛이 필요했다. 그래야 지옥 같은 순간들이 중화된다. 영혼의 세계에서 들여다보고 있자니 불행의 와중에도, 아니 불행의 순간이기에 놀이공원이 매우 유용했다.

바이킹에 올라앉아 나는 원 없이 소리를 질렀다. 무자비한 낙하와 솟구침 속에는 저항과 해방의 희열이 담겨 있었다. 공기의 저항을 뚫고 하늘을 향해 솟구쳤다가 중력에 굴복하는 하강. 그 하강으로부터 다시 시작되는 중력으로부터의 해방. 어찌할 수 없는 구속과 거친 일탈을 오가는 진자운동의 세계. 이보다 멋지고 쾌감을 일깨우는 놀이기구는 없을 터였다.

희진과 재윤이 머리카락을 산발한 채 바이킹에서 내려왔다. 마치 거대한 전투에서 승리하고 한잔 걸친 전사들 같았다. 그들은 눈자위를 닦아내면서 흐느적거리며 걸었고 너무 웃어서 눈물이 난다고 했다. 호찬은 바이킹 아래 남아 펜스에 몸을 기대고 하늘 위를 오가는 진자운동을 구경하고 있었다. 그녀들은 호찬에게 바이킹을 못 타는 졸보라고 놀렸고 어깨를 들썩이며 웃어댔다. 나도 배를 잡고 웃었다. 바이킹의 후예라도 되는 듯이 당당한 기세로 그녀들은 승선 입구에 다시 줄을 섰다.

나는 남겨진 호찬에게 물었다.

—바이킹 한번 타지 그래요? 설마 진짜 졸보예요? 귀신보다 무섭진 않을 텐데.

"나 여기까지도 꽤 용기 내서 온 겁니다. 바이킹 진짜 별로거든요. 어릴 때 바이킹 타고 내려왔는데 부모님이 싸우고 있었어요. 그 뒤로 놀이공원은 끔찍하다고 생각했고요. 행복감을 느낄 것 같은 공간에서 펼쳐지는 이면의 불행을 봐버린 거죠. 눈에 보이는 행복이 얇은 표피에 불과하다는 걸 알아버렸어요. 아름다운 것을 아름답게 볼 수 없는 눈을 가졌다고 해야 하나. 좋았던 순간만큼 슬픔이 찾아오는 게 인생이라고 생각해요."

호찬의 목소리는 담담했다.

—음, 강렬하고 우울한 바이킹의 기억이네요. 근데 마지막 기억을 바꾸려면 바이킹에 올라야 해요. 이 조합 난 찬성이에요. 회사 동료 두 여자, 영혼으로 만들어진 여자와 함께 바이킹을 탔다는 기억으로 불행한 기억을 조금 덮어보면 어때요?

어떤 외부 세계에 대한 이해는 그것에 얽힌 경험에서 비롯된다. 현재의 시각과 이해는 기억의 무늬를 품고 있다. 과거의 무늬들이 촘촘히 쌓여 세계를 바라보는 시각을 구성한다. 그러나 과거의 무늬에 덧칠을 하는 것은 현재다. 과거 자체를 바꾸지 못하지만 과거를 바라보는 각도를 바꾸어볼 수는 있다.

해가 서쪽 하늘 끝에 걸리고 온기가 급격하게 빠져나갔다. 삼 월의 놀이공원은 스산한 저녁 햇살 속으로 잠겼다. 경쾌한 음악이 흘러 다니고 웃음소리가 곳곳에서 울렸지만 어딘지 서글픈 느낌을 지울 수 없는 풍경이었다. 희진과 재윤은 놀이기구를 타는 데 흠뻑 빠져서 몰려다녔다. 어느새 머리 위에 놀이공원 굿즈 숍에서 판매하는 머리띠를 두르고 있었다. 핑크 방울이 그녀들의 움직임을 따라 좌우로 요동치면서 반짝거렸다.

그녀들은 롤러코스터까지 정복하겠다며 앞자리를 차지하고 씩씩하게 웃어 보였다. 핑크 방울이 허공 속에서 반짝거리며 멀어졌다. 웃고 있는 그녀들에게서 웃음 너머의 슬픔도 보였다. 행복의 이면을 알아버린 사람들은 온전히 천국을 즐길 수 없는지도 몰랐다.

희진과 재윤이 롤러코스터 꼭대기에 있을 때 호찬이 물었다.

"그곳에 사는 건 어떤 건가요? 두려워요?"

—말해 뭐해요. 기괴한 상태라는 게 두려운 게 아니라 이 기괴함을 나밖에 느낄 수가 없다는 게 두려워요. 이건 죽은 것과 별로 다르지 않은 거 같아요.

호찬의 표정이 굳어졌다.

"그런 말 마요. 그럼 난 귀신과 얘기를 하고 있는 거라고."

—맞아요, 내 정체는 귀신이라고요. 그걸 지금 안 건 아니잖아요?

"어허, 아니라니까. 죽지 않았으니 귀신이 아니에요."

정말 살아 있다고 말할 수 있는 것일까. 나조차도 내 존재에 대한 의구심으로 가득했다.

—내 생각엔 호찬 쌤이 특별해 보여요. 무당이나 뭐 영적인 존재를 보는 그런 거예요?

"절대 아니죠. 난 그런 능력 없어요. 그리고 그런 영적인 존재 안 믿는다고 했잖아요. 뭔가 과학적인 게 있을 겁니다."

―과학 풀 뜯어 먹는 소리 말아요. 과학이 모든 걸 말해주지는 않아요. 당신의 두려움도 과학이 설명해주지는 못하죠.

병실로 돌아간 것은 늦은 오후였다. 병실은 깊은 적요 속에 젖어 있었다. 여전히 병실 침상에는 말라비틀어진 못생긴 육신이 타인처럼 누워 있었다. 고요 속에 몸이 잠긴 것처럼 평온해 보였다. 그 낯익은 타인이 안쓰럽다가 어처구니가 없었다. 얼굴 위에 손을 흔들어보고 귓가에 이름을 불러도 보았지만 육신은 반응하지 않았다.

4

십 년 동안 열여섯 번 직장을 옮긴 남자가 실업급여를 신청하러 온 적이 있었다. 남자의 신분증을 받아 들고 전산을 확인했을 때 나는 잠시 말을 꺼내지 못했다. 전산에 오류가 난 건가 하는 의심이 스칠 지경이었다. 그러나 전산은 인간의 말보다 정확하게 과거 이력을 보여주었다. 남자가 열여섯 번이나 직장을 그만둔 이유는 오직 한 가지, 폐업이었다. 새로 취업한 직장마다 폐업을 한다는 남자의 말은 사실이었다. 판매직과 영업직, 생산직, 배송직. 여러 직종으로 직장을 옮겨 다녔지만 기묘하게도 남자가 들어간 회사는 얼마 못 가고 모두 폐업했다.

고용보험 전산에 드러난 남자의 이력이 온통 붉은색이었다. 폐업을 앞둔 업체만 찾아다닐 수는 없는 노릇이니 경이로운 이력이었다.

"제가 불운을 몰고 다니는 거 같다는 생각이 듭니다."

"영세 업체들은 폐업이 워낙 잦습니다. 그러니 너무……."

"아무리 그래도 열여섯 번은 심하지 않습니까? 제가 들어가기만 하면 폐업을 합니다."

남자가 머리를 긁적이며 겸연쩍은 표정을 지었다.

"제게는 놀랍기는 하지만, 선생님은 더 이상 폐업에 놀라지는 않으실 거 같은데요?"

"놀라지는 않지만 같은 결과가 매번 되풀이되는 걸 견디기 어렵습니다. 저한테 세상은 매번 똑같은 결과만 내어주는 거죠. 시작부터 끝을 보게 되는 겁니다. 새로 직장을 구하는 것도 지겹고요. 언제 폐업하게 될지 모른다는 불안을 안고 삽니다. 근데 그게 매번 맞아떨어지고. 이 정도면 그냥 폐업의 원인이 저라는 생각이 듭니다. 십 년의 세월 동안 지긋지긋했습니다."

정형화된 미래 속에 갇힌 삶. 뻔한 결말을 향해 달려가는 것은 시시한 일이었다. 남자는 한국을 떠나 뉴질랜드에 직장을 구하러 간다고 했다. 뉴질랜드에서 양털 깎는 일을 하려고 계획 중이었다. 유난히 좁은 어깨를 가진 남자는 목이 굵어서 몸의 균형이 꽤 어색했다. 손가락은 짧고 마디가 굵어 양털을 깎는 일을 잘 할 수 있을지 알 수 없었다.

"그런 일은 폐업이 없을 겁니다. 양은 끊임없이 키워질 거고 양털은 늘 필요하죠. 폐암에 걸릴 수 있긴 하지만 지상에서 가장 안정된 직업이죠. 더 이상 회사가 끝장나는 꼴을 못 보겠습니다. 넌덜머리가 납니다."

"폐업은 없지만, 폐암이 있을 수 있다고요? 괜찮으시겠어요?"

"지금 저한테는 폐업만 아니면 됩니다."

남자의 목소리에 결의가 담겨 있었다. 나는 남자에게 해외 구직활동 계획서 양식을 전달했다.

한국에서의 직장 생활을 포기하고 캐나다나 미국으로 구직하러 떠나는 케이스들이 꽤 있었다. 주로 트레일러 운전직이나 IT 기업의 전문직으로 옮기는 경우였다. 양털을 깎으러 가겠다고 나서는 사람은 처음이었다.

호주의 포도 농장으로 떠난 두 명의 여자가 있기는 했다. 한국 농촌에서 깻잎을 따는 외국인 노동자들처럼. 스물여덟 살 동갑내기 여자들이었는데 한국으로 돌아올 생각이 없다며 떠났다. 그들은 두어 번 직장을 옮겨봤지만 미래가 보이지 않는다고 말했다. 수많은 이력서를 쓰고 가까스로 취업을 해봐야 그렇고 그런 직장의 계약직이고 미래가 후진 건 변하지 않는다고.

"직장이 어디냐, 하는 주홍 글씨를 새겨 넣고 사는 나라잖아요. 그렇지 않아요? 직장이 후지면 그냥 후진 인간으로 보잖아요. 담당자님은 이런 안정적인 데서 일하니까 잘 모르겠지만."

스물여덟 살의 머리가 짧은 여자가 검은 눈동자를 반짝이며 내게 말했다. 세상이 어떻게 인간을 재단하고, 직장이 무엇을 말해주는지 나도 모르지 않지만 아무 답변도 하지 않았다. 계약직을 전전하며 살았던 나의 이력은 이제 공무원의 삶 뒤에 감춰져 있었다. 그러니까 쉽게 여기가 낫지 않겠냐는 답변을 줄 수는 없었다. 그녀들은 호주 브리즈번으로 떠났고 포도 농장에 취업했다.

양털을 깎기 위해 떠나겠다던 남자를 목격한 것은 병원 휴게실에서 흘러나오는 뉴스에서였다. 공항에서 불법 무기류를 소지한 채 비행기를 타려던 조선족 폭력배가 윤 모 씨라는 한 남자를 인질로 잡은 것이다. 조선족 A는 공항 검색대에서 제지당하던 중 윤 씨의 목에 칼을 들이대며 인질극을 벌였다. 일부 사람들이 그 순간을 실시간으로 SNS에 올렸다. 영상 속에서 검은 야구 모자를 쓴 A가 윤 씨의 목을 뒤에서 움켜쥐고 있었다. 칼은 뿌옇게 처리되어 화면 가운데 구름이 낀 것처럼 보였다. 공항 안전 요원과 대치 중 인질의 목에 상처가 났다는 아나운서의 설명이 흘러나왔다. 긴 대치 끝에 A는 경찰서로 연행되었고 인질은 병원으로 옮겨졌다. 인질의 목적지는 뉴질랜드.

주안시에 거주하던 사십 대 남자로 직장을 구하기 위해 뉴질랜드로 떠나는 중이었다고 했다.

인질로 잡혀 있던 윤 씨가 양털을 깎으러 떠난 실업자라는 사실을 나는 대번에 알아챘다. 칼날은 목을 긋고 지나갔지만 목숨을 위태롭게 할 만큼 치명적이지 않았다. 굵은 목 때문이었는지 아닌지는 가늠하기 어려웠다. 다만 불운을 몰고 다닌다는 윤 씨의 하소연은 극적으로 입증된 셈이다.

윤 씨가 119 구급대에 실려 병원으로 향하는 화면이 되풀이되었다. 뉴스를 지켜보던 휴게실의 환자들은 남자가 운이 지지리도 없다고 떠들었다. 좋은 곳에 가려고 공항에 갔을 텐데 변을 당하다니 억수로 재수가 없다고 한 노인이 혀를 찼다.

공항을 이용하는 수많은 사람 중에 왜 하필 윤 씨였을까. 윤 씨는 새로운 세계로 떠나려는 길목에서 발이 묶였다. 그야말로 시지프스처럼 벗어나지 못하는 삶도 있었다. 발버둥 쳐도 운명의 끈에 붙들리고 마는.

병실로 돌아갔을 때 폐업처럼 삶을 닫아버린 나의 육신은 침대 위에 누워 있었다. 끝을 향해 간다는 걸 알면서도 도망치지 못하는 것, 운이 없다는 건 그런 것이다. 그러니까 애초에 인간은 모두 운이 없는 나약한 피조물에 불과했다. 태어나는 순간 머나먼 곳에서 죽음이라는 화살이 당겨져 날아오기 시작한다. 세상에 발을 디딘 순간부터 살아갈 시간을 상실해간다.

어떤 누구도 죽음의 화살을 피해 갈 수는 없다. 살아 있다는 것은 죽음의 불편한 유예에 지나지 않는다. 병실은 죽음으로부터 달아나지 못한다는 걸 깨닫게 하는 공간이었다. 사각의 틀에 갇힌 육신이 죽음을 벗어날 수 없다고 말하고 있었다. 지금 내게도 잠깐 유예의 시간이 행운처럼 깃든 것일까.

5

호찬은 짧게 비명을 지르며 핸드폰을 떨어뜨렸다. 이번에도 그는 갑작스러운 나의 출현을 당혹스럽게 받아들였다.

―아니, 처음도 아닌데 뭘 또 그렇게 놀라요?

"예고도 없이 오니까 그렇죠."

호찬이 핸드폰을 주워 들었다.

―예고를 할 수가 있어야죠? 근데 방금 핸드폰에……. 내 인스타 들어갔어요?

호찬은 들키지 말아야 할 것을 들켰다는 듯 난감한 얼굴이 되었다.

―혹시 팔로워예요?

"맞아요."

―와우, 아이디 뭐예요?

"호호호 숫자 99……."

—아, 호구님이군요!

"아, 호구가 아니고……."

—호호 '호구' 구잖아요.

호찬은 미간을 좁히며 인상을 썼다.

—센터에서는 왜 말 안 했어요?

그는 잠시 멍한 표정이었다.

—난 호구님이 호찬 쌤이라고 생각도 못 했어요. 근데 그게 뭐 수상한 일이라고 숨겨요? 더 수상하게.

그는 나를 외면하듯 핸드폰을 들여다보며 딴청을 피웠다.

—아, 내가 할 말은 아니지만 희진 쌤은 유부녀라는 거 잊지 말아요.

"네?"

—희진 쌤 유부녀라고요.

"알죠, 유부녀인 거."

호찬의 목소리는 신경질적으로 들렸다.

—그래요. 알면 됐어요.

"세상엔 정말 보이지 않는 게 많네요."

—아무튼 알아서 하시겠지만…….

"얼마든지 알아서 하죠."

—그래요, 그럼 됐어요. 호구님, 이제 나는 인스타는 안 할

154

거예요.

호찬이 따지듯 물었다.

"왜요?"

—죽음에 가까이 있으니까 지금껏 내가 잡고 있던 게 무엇인지 알게 되었다고나 할까. 어떤 사건이 우리를 흔들어놓을 때 진짜가 보이는 거 같아요. 이상하죠. 흔들려야 진실이 보인다는 게요. 삶이 진실을 보게 하기 위해 우리를 흔드는 것 같기도 하고. 보이지 않던 것을 보면 원래대로 돌아갈 수 없어요. 기다리지 말아요. 깨어나는 것도 가능할지 알 수 없지만.

나는 비관적으로 고개를 가로저었다.

호찬은 핸드폰으로 무언가를 뒤적이더니 들뜬 표정으로 말했다.

"아, 제가 뭘 찾았는데……. 미국의 한 여자가 쓴 『삶의 건너편』이라는 책이 있어요. 911 사고 때 병실에서 육십 일간 깨어나지 못했던 자신의 얘기를 썼대요. 코마 4단계였다고 하는데, 깨어나지 못하는 동안 자신의 영혼이 사람들 사이에 섞여서 생활을 했다는 겁니다. 정확하게 이안 쌤하고 같아요. 여자가 육십 일간 주변에서 있었던 일을 모두 기억하고 있었다고. 동생이 남자 친구한테 차인 일, 친구가 교통사고를 당한 일. 그런 걸 다 같이 경험했다고 주장한 거죠."

—육십 일이요? 그걸 지금 희망이라고 얘기하는 건가?

내 목소리가 뾰족하게 날이 서 있었다. 이런 불가사의한 일이 다른 누군가에게도 일어났었다니 어떤 메커니즘이 밝혀질 수도 있을 것이다. 그러나 그것이 제로의 공간을 떠도는 나를 구제해줄 치료법이 되지는 못했다. 육십 일이나 깨어나지 못한 여자의 사례를 듣고 나니 낙관하기는커녕 오히려 암담할 뿐이었다. 불확실성은 희망이 될 수 없었다. 일부 의사들의 인정 속에서도 치료에 대한 단서는 찾지 못했다는 말이었다.

"내일 어디 가고 싶은 데 있어요?"

―아, 호구님이 어디든 데려가주겠다는 말로 들리는데?

"맞아요. 나 여행 같은 거 안 가는 사람인데 한번 해보죠. 이안 쌤이 여느 사람들처럼 삶을 느낄 수 있으니 그렇게 해봐요. 이것도 삶의 일부라고 생각하면 될 거 같아요."

―그럼 별 보러 갈래요? 캠핑카니까 가능할 거 같은데.

"별이요?"

왜 하필 별이었을까. 제로의 공간이 어느 우주처럼 느껴졌던 탓일지도 모르겠다. 호찬은 인터넷에서 별을 볼 만한 여행지에 대해 정보를 모으고 맛집 리스트를 뽑았다. 여행을 계획하고 있자니 정상적 삶의 궤도 위에 있는 것 같은 착각마저 일었다. 삶이 아직 끝나지 않았다는 것을 확인하는 순간이었다. 여행은 삶의 지속성을 말해주는 강력한 상징과도 같았다. 망자에게는 불가능한.

다음 날 아홉 시 경부고속도로를 달리는 캠핑카가 남쪽으로 향하고 있었다. 캠핑카가 목적지로 향하고 있는 곳은 군위였다. 도넛과 마들렌 등이 담긴 커다란 봉투는 좌석 아래 놓여 있었고 후감을 자극하는 버터 향이 퍼져 나와 차 안을 떠돌았다. 후감은 살아 있다는 것을 강렬하게 인지시켰다.

─제과점을 완전히 털어온 거 같은데요?

"제일 쉬운 일이잖아요. 이런 사치면 얼마든지 할 수 있죠."

먹을 수 없다는 것만 빼면 완벽한 순간이었다.

"근데 그날 왜 정미 쌤 대신 총을 맞은 겁니까?"

─내가 정미 쌤 대신 총을 맞았다고요?

"아닙니까? 우리 모두 그렇게 기억하는데?"

그때 나는 3번 창구 직원 안정미의 에피소드에 한두 마디 거들어주기만 할 생각이었다. 안정미는 지겹다는 말을 입에 붙이고 사는 직원이었다. 같은 말 되풀이하는 거 지겨워. 민원인들도 지겹고 상담도 지겨워. 센터의 직원들은 그녀가 내뱉는 '지겹다'를 지겨워하고 있었다. 상담 중에 지겹다는 말을 내뱉는 바람에 민원인을 자극하기도 했다. 그런 사람이기 때문에 복면들 앞에서 '지겨워'가 새어 나올 수 있었다. 말하자면 안정미는 안정미 자체로 폭탄이었다. 누구든 살아 나가야 뒷일을 도모할 수 있었는데 안정미라면 불확실했다. 안정미를 살려야 나도 살 수 있으니 도우려 한 것뿐이다. 대신해서 총을 맞을 생각 따위는 없었고 상상조차 하지 않았다. 의도가 다르게 읽히는 것은 흔한 일이지만 오해는 완전히 다른 서사를 구축했다.

호찬은 진실을 듣고 흥미롭다는 듯 말했다.

"그러니까, 전혀 다른 이유로 총을 맞은 거네요?"

─그렇죠. 난 그런 의협심 따위 없는 겁쟁이라고요. 난 내 안위가 중요한 평범한 인간이거든요. 다들 상상력이 뛰어나네.

"언론에서는 이안 쌤이 히어로라던데."

─난 히어로 질색이에요. 보잘것없는 게 오래 가거든요. 난 그런 거 할 거라고요.

호찬은 핸들을 잡은 채 손가락으로 기사 몇 개를 찾아냈다. 동료를 위해 대신 총을 맞은 히어로라는 대목은 꽤 드라마틱하고 자극적이었다. 의협심과 동료애라는 끈끈한 어휘들만으로 감성을 자극하기 충분했다. 서사를 조금만 비틀면 영웅도 되었다가 공공의 적도 될 수 있었다. SNS에서 영웅을 만들고 무너뜨리는 건 손바닥 뒤집는 일보다 쉬웠다.

"우스운 건 사람들의 상상력이 실제보다 그럴듯하다는 거예요. 진실이 근사해야 하는데 하찮다는 거죠."

캠핑카는 톨게이트를 빠져나와 국도로 접어들었다가 덜컥거리며 비포장도로를 한참 올라갔다. 와일드한 도로 위를 달리느라 차체가 크게 흔들리면서 거칠게 툴툴거렸다. 마치 시간을 거슬러 고대 시대로 들어가고 있는 것 같았다. 사위는 온통 고요하고 깊은 숲의 적막뿐이었다. 그 적막을 뚫고 숲을 흔들면서 캠핑카는 정상을 향해 나아갔다.

하늘 전망대에 이르자 타이어가 자갈밭을 타닥타닥 구르는 소리가 퍼졌다. 긴 여정의 끝이 요란하고도 경쾌했다. 차에서 내려 밖으로 나오니 시야가 훤히 트여 지평선이 보였다. 발아래 산등성이들이 뼈가 굵은 동물의 등허리처럼 펼쳐졌다. 시작도 끝도 없이 산줄기가 만나고 흩어지며 이어졌다. 유려하면서 장엄한 산줄기는 태곳적 신비로움을 품고 있었고 그 안에 셀 수 없이 긴 시간이 녹아 있었다. 수억 년을 이어온 자연의 시간은 여전히 도도하게 흐르고 있었다. 등성이들 사이로는 마치 큼직하고 푸른 물방울처럼 작은 호수가 빛났다.

인간의 세상은 아득히 멀고 작았다. 거대한 자연계에 비하면 인간계의 일들은 하찮게 여겨졌다. 내 자신의 존재조차 잊혀지는 것 같았다. 가끔 높은 곳에 올라야 하는 이유가 와닿았다. 나와 호찬은 전망대 가장자리에서 조금씩 자리를 옮겨가며 시야 밖으로 빠져나가는 드넓은 풍광을 모두 담아내려 애를 썼다.

호찬은 캠핑카에서 접이의자 두 개를 꺼내왔다. 누군가 그를 보았다면 의아한 표정을 지었을 것이다. 우리는 캠핑카를 등지고 촘촘한 그물로 이루어진 의자에 앉았다. 생의 시간 속에 굵은 밑줄이 그어지는 순간이었다. 코마에서 깨어난 후에도 남아 있는 기억이 될지는 가늠할 수 없었지만.

— 나 그 총에서 뭔가를 봤는데.

"그 총?"

— 나를 쏜 총.

"정말요?"

붉은 인디언 문양이 총에 새겨져 있었다. 워낙 독특해서 기억 속에 굳게 자리했다. 기억이 테러범을 잡는 데 도움이 될 수도 있었다.

"글쎄요."

— 하기는 나도 잘 모르겠어요. 그냥 꿈꾼 것처럼 느껴지기도 하고.

그야말로 모든 것이 꿈처럼 어른어른했다. 육신은 병실에 하염없이 누워 잠들어 있고, 영혼은 군위라는 낯선 지방의 산꼭대기 전망대에 있었다. 이런 불가능한 현실이 꿈이 아니면 무엇이겠는가. 나는 대체 어디에 있는 것일까. 육체와 정신의 간극이 서울과 군위처럼 멀게 느껴졌다. 그러나 마음속을 떠도는 갖가지 감정들도 이내 바깥으로 흘러 나갔다. 광대하고 고요한 풍광은 다른 모든 것을 흡수했다.

호찬도 하염없이 아래를 내려다보았다. 고요하고 평화로운 여행자의 모습이었다. 어딘가에서 불행한 재난이 일어난다는 것을 믿기 어려운 평화로움이 내려앉았다. 느릿느릿 해가 기울다가 구름 사이로 사라졌다. 몽글몽글한 구름은 붉은빛으로 물들어 마치 꽃잎들이 하늘로 떠오른 것 같았다. 재난으로 삶이 무너지고 꺾이지만 그것이 전부는 아니었다. 기다리지 않아도, 예상하지 못해도 오는 행복이 있었다. 숱한 비루한 순간들을 견디게 할 만큼 반짝이는 순간들이 느닷없이 찾아오기도 한다.

―이 세계가 이렇게 좋으면 유감인데.

내부에서 부드러운 목소리가 흘러나왔다.

―난 지금 이 세계가 너무 좋네요. 이런 세상도 살아볼 만하다니. 이곳에 계속 있고 싶어지기도 해요.

"그래도 여기 현실로 와야 해요."

―지금 내게는 여기가 현실이니까 여기 있어도 될 거 같아요. 깨어나면 아무것도 기억 못 할까 두렵지만요.

"그럼 기억날 때까지 옵시다."

―여기서 나가지 못할 수도 있으니까 기대하지 마요.

"나도 사실 불안해요."

나는 호찬의 얼굴로 시선을 던졌다.

"이런 순간은 불행의 서곡처럼 느껴지거든요. 난 하루하루 실업자들을 보면서 삶이 다 이렇게 비루한 건가 생각해요. 평생을 일하고도 여전히 실업급여에 기대서 근근이 살아가는 노년을 맞아야 하고, 사장의 갑질에 쫓겨나고, 임금 체불로 가정이 파탄 나고. 삶은 끝내 차가운 냉골 같은 거라고 생각했어요. 노숙자들만 신문지 덮고 한 데서 자는 게 아니라고. 많은 영혼이 삶 속에서 신문지 한 장 찾아내 겨우 온기를 유지하다가 죽어가는 거라고. 세상의 반짝거림이 얼마나 허위인지 확인하고 또 확인하는 거죠."

　―이 사람 웃지를 못하던 이유가 있었네. 지금도 그런 생각 해요?

　"가끔 삶이 다른 면을 보여주는 거 같기는 해요. 냉골 위로 어쩌다 온기가 들어오는 거죠. 아직 삶이 끝나지 않았다고 말하듯이. 말하자면 삶이 밀당을 하는 건데, 이게 나를 또 불안하게 해요. 나는 기쁜 일이 생기면 늘 불안했어요. 기쁨 뒤에 도사린 불행을 알거든. 기쁨과 불행은 마치 원 플러스 원처럼 한 세트를 이루고 있으니까요. 삶은 결국 제로의 순간으로 끝나게 된다고. 삶이 내게 이런 행운을 베풀 턱이 없다고 경계하는 거죠. 놀이공원에서 생긴 트라우마 같은 거겠죠. 사실 그래서 지금도 조금 불안해요. 안 좋은 일이 기다리고 있을 거 같아요."

　―그럼, 한 세트니까 안 좋은 일 뒤에 다시 좋은 일이 있겠죠.

　잠깐은 눈에 보이는 것만 보고 생각하기로 했다. 한 치 앞을 볼 없다는 것이 용기를 주기도 했다. 한 치 앞을 볼 수 없으니 멋대로 상상하고 갈 수 있었다.

　어둠이 덮이자 별들은 검은 배경 위에서 자신들의 빛을 냈다. 우주의 머나먼 곳에서 시작해 누군가의 눈동자에 맺히는 빛나는 별의 순간은 황홀했다. 별의 순간은 거대한 우주의 비밀을 알게 된 것처럼 설레는 일이었다.

6

여행에서 돌아오고 삼 일 뒤, 뜻밖의 일이 닥쳤다. 테러 예고가 인터넷 커뮤니티에 올라온 것이다. 평온함을 그리 오래 줄 수 없다는 인생의 악랄한 지침이라도 있는 것처럼. 별을 보았으니 이제 피를 볼 시간이라고 경고하듯이. 인터넷 커뮤니티 사이트에 주안 고용센터에 다시 테러를 하겠다는 글이 올라온 것이다. 불친절에 대한 복수를 마무리하겠다는 내용이 포함되어 있었다. 업로드되고 한 시간 만에 삭제되었지만 글은 삽시간에 SNS에서 퍼져나갔다. 나는 병원 휴게실에서 뉴스를 보다가 실업급여과로 향했다.

아무것도 달라지지 않은 아침의 풍경이 펼쳐져 있었다. 평범한 듯 보이지만 평범하지 않은 실업급여과 한복판에서 나는 실업자들에 둘러싸였다. 아니, 엄밀하게 말하면 실업자들이 빽빽이 서 있는 상실의 숲으로 순간 이동을 했다. 테러가 예고된 순간에도 세상의 계속성은 유지되고 있었다. 세상이 멈추지 않았다는 확고부동한 사실이 물리적 깨달음으로 다가왔다. 코로나로 전 세계가 팬데믹에 빠졌을 때에도 실업급여과의 흐름은 계속되었다. 실업급여과를 멈추게 할 수는 있는 건 아무것도 없었다. 아니, 실업이 멈추는 건 있을 수 없는 일이었다. 그건 지구 종말의 순간에나 가능한 일이었다.

나는 호찬의 귓가에 속삭였다.

— 빌어먹을 뉴스 봤어요?

"알아요, 지금 여기도 꽤 심각해요."

테러가 예고된 마당에 민원인이 몰려들었으니 심각할 만도 했다. 본부에 마련된 대테러 전담팀과 경찰에서 IP를 추적하고 있다고 했지만 불안감이 식지 않았다. 본부에서는 긴급 지침이 내려왔다. 지침대로 방문을 자제해달라는 문자 메시지가 뿌려졌지만 폭탄이라도 떨어진 것처럼 책상 위의 전화기가 울어댔다. 실제 폭탄이 떨어지기 전까지, 아니 폭탄이 떨어져도 삶의 흐름은 계속되어야 했다.

오후에는 본부 관계자와 형사 두 명이 나타났다. 소장을 비롯한 몇 명의 수행원들도 함께였다. 내부를 둘러보고 한 무리의 사람들과 회의실로 향했다. 나는 벽을 통과하여 회의실로 들어갔다. 테러 예고범 손목에 수갑을 채우기 바로 전 단계에 있다고 형사로 보이는 남자가 전했다. 불곰을 닮은 듯 넓적한 남자의 얼굴이 점점 붉어졌다. IP 주소로 용의자를 찾아냈고 수색 중이라고 했다. 아직 확정된 것은 아니지만 오늘 중에는 검거할 수 있을 거라는 예견을 내놨다. 어쨌거나 현재까지는 검거에 실패했다는 말이었다. 혹시 모를 상황에 대비해 내일 센터 주변에 검문을 강화하겠다는 이야기도 있었다. 역시 센터 문을 닫아걸겠다거나 실업급여 지급을 중지하겠다는 계획은 없었다. 하기는 실업급여 지급을 멈추면 또 다른 재앙이 발생할지도 몰랐다. 지구가 자전을 계속해야 하는 것과 같았다. 세상에는 멈추면 안 되는 것들이 있었다.

오후 네 시가 되어서야 테러 예고범을 검거했다는 뉴스가 전해졌다. 싱겁게도 범인은 재수생으로 독서실에 웅크린 채 잠을 자다가 수갑을 찼다. 그는 잠을 쫓기 위해 장난삼아 글을 썼다고 진술했다. 고작해야 독서실에서 침 흘리며 졸고 있는 한심한 재수생을 검거하려고 초비상사태에 직면했던 것이다. 재수생은 금요일의 복면들과도 무관했다. 그는 그날 학원에서 수학 강의를 듣고 있었다. 테러 예고범의 검거 소식에도 불구하고 센터의 안전을 확인하는 전화는 끊이지 않았다. 당분간 센터가 혼란에 빠지게 될 것은 뻔했다.

다음 날 센터는 뜻밖에 한산한 아침을 맞았다. 전화는 울려댔지만 대기 의자는 텅 비어 있었다. 테러 예고범이 잡혔지만 불안은 여전히 잠재했다. 그러나 파열된 일상의 내부에도 불구하고 아무 일 없는 것처럼 보였다. 그것이 불안의 모습이기도 하다. 아무것도 없는데 무언가 있는 듯한.

복도로 몸을 밀어 넣었을 때 병실을 두리번거리던 한 여자
와 부딪힐 뻔했다. 아니, 하마터면 여자의 몸속으로 빨려들 뻔
했다고 해야겠다. 가까스로 옆으로 빠져나가 끔찍한 일은 피
했다. 여자는 병실을 기웃거리다가 엘리베이터 방향으로 멀어
졌다. 그 뒷모습이 분명 내 기억 속에 있었다. 뒷모습이 낯이
익다는 건 창구에 왔었다는 말이었다. 그러나 에르메스 백에
샤넬 트위드 자켓, 크게 부풀린 헤어, 화려하기 그지없는 여자
가 창구를 다녀간 적은 없었다. 여자의 뒤를 재빠르게 따라가
닫힌 엘리베이터 문을 통과했다. 여자가 엘리베이터 거울에
얼굴을 이리저리 비춰보고 있었다. 순간 여자가 누구인지 뚜
렷하게 기억 속으로 흘러 들어왔다. 잊고 싶은 얼굴은 잘 잊히
지 않는다.

말이 어눌한 장애인 남자와 함께 실업급여를 신청하러 왔던
여자로 이름은 박영옥이었다. 당시에는 꽤 낡은 카디건을 걸
치고 있었다. 복장은 허름했는데 피부는 상당히 팽팽하고 투
명해서 대조적이었다. 남자의 이름은 김유석. 답변조차 제대로
하지 못하는 지적 장애인이었다. 그는 멍한 눈빛으로 먼 곳을
응시하곤 했다. 박영옥은 장애인 남편이 회사를 그만둘 수밖
에 없는 억울한 사연이 있다고 주장했다. 노예처럼 착취당했

고 월급도 제대로 받지 못했다고. 실업급여가 없으면 당장 굶어 죽게 될 거라고, 한 가족이 불행에 처했는데 보고만 있는 게 국가냐고.

끔찍하고 불편한 사연인데 와닿지 않았다. 언어와 인간 사이에 미세한 분열이 느껴질 때가 있다. 그들 사이에 가로놓인 분열, 숨겨진 틈이 너무 쉽게 읽혔다. 관리가 잘된 매끈한 피부와 상반되는 발화 사이의 틈을 신뢰할 수 없었다.

박영옥이 언성을 높이는 동안에도 김유석은 크게 동요하지 않았다. 어깨를 가끔 움찔거렸지만 허공을 떠도는 눈빛에 감정이 배어 있지 않았다. 때로 눈동자를 이리저리 굴리기도 했지만 버릇처럼 보였다.

"우리도 좀 살아야 할 거 아닙니까?"

"우리도 살아야 합니다."

김유석은 반향어를 몇 번 내뱉었으나 여전히 무미건조하고 심드렁한 표정으로 허공만 주시했다. 자신의 처지에 대해 이야기하고 있었지만 절실함도 진심도 느껴지지 않았다. 외부의 상황에 무감한 표정이 장애 때문인 건지 분간할 수가 없었다.

자료를 검토하고 연락을 주겠다는 말로 나는 상담을 종료했다. 박영옥은 일을 똑바로 하는지 지켜보겠다고 쏘아붙이고 돌아섰다.

김유석의 이직 사업장은 박영옥의 주장을 반박했다. 박영옥은 사업장에 들이닥쳐 급여를 올려달라고 행패를 부렸다. 요구를 들어주지 않자 사무실의 서류들을 마구 집어 던졌고 장애인을 노예처럼 부린다고 소리쳤다. 인권위원회에 신고하겠다고 으름장을 놓고 급여 인상 계약서를 쓰라고 했다. 사업장에서 경찰에 연락을 넣자 박영옥은 김유석을 데리고 가버렸다.

"유석 씨에게는 아내가 없어요. 박영옥이라는 여자에 대해 아는 직원이 있는데 사기 전과에 빌딩도 몇 채 있다고. 우리도 박영옥이나 유석 씨나 험하게 대하지 않으려고 노력했고, 월급 꼬박꼬박 입금했습니다. 입금 내역도 남아 있고요. 박영옥 그 여자가 유석 씨 월급이며 동사무소에서 나오는 기초장애연금 흥청망청 쓰는 걸로 알고 있어요. 가끔 유석 씨 얼굴에 멍도 들어 있었어요."

사업장에서는 확인서와 증빙 자료를 제출했다. 며칠 뒤 나는 김유석에게 전화를 걸었다. 실업급여 수급이 인정되지 않았다는 고지를 하려고 했는데 불쑥 김유석이 말을 걸어왔다. 저기, 저기, 라고. 그러나 그게 끝이었다. 도움이 필요하냐고 물었지만 전화가 끊어졌다. 다시 전화를 걸어볼까 갈등이 스치는 사이 전화기가 울렸고 수화기를 들자마자 다짜고짜 박영옥의 목소리가 밀려들었다.

"당신, 재수 없게 내 남편 건드리면 가만 안 둬. 어디서 개수작이야. 일이나 똑바로 할 것이지. 상담할 때부터 마음에 안 들었어. 우리한테 불친절했다고."

아무리 벽을 쌓아도 어떤 말들은 기어코 내부로 뚫고 들어왔다. 내부를 흔들고 들쑤시고 구겨놓는다. 변명이나 항의의 말을 하기도 전에 전화는 끊겼다. 발화가 되지 못한 말들이, 분노에 전 말들이 내부에 켜켜이 내려앉았다. 전화를 걸어 박영옥을 향해 험한 말들을 마구 쏟아낼 수도 있었다. 포화상태의 말들을 쏟아내고 싶은 갈망이 일었다. 그러나 감정을 검열하고 제한된 세계에서 안전하게 머물러야 했다. 순탄한 삶을 살기 위해서는 그래야 했다. 경험치가 쌓인다는 건 그렇게 한 발씩 물러난다는 의미였다. 벽을 더 탄탄하게 올리고 숨을 곳을 마련한다는 것이었다. 나는 그렇게 살겠다고, 겹겹이 방어벽을 치고 안전선 안에 머무르겠다고 생각했다.

박영옥이 걸을 때마다 뾰족한 구두가 요란한 소리를 냈다. 실직한 장애인 가장과 살아가는 슬픈 사연의 주인공이 아닌 것은 확실했다. 주차장에 도착한 박영옥은 핸드폰으로 누군가에게 전화를 걸어 소리를 질렀다.

"그러니까 담당이 누구라고? 김재석?"

소음을 뚫고 온 익숙한 이름 김재석, 5번 창구 직원의 이름이었다. 김재석이라는 이름은 흔했고 내가 잘못 들은 것일 수도 있었다. 그러나 '담당'이라는 단어로 보자면 5번 창구 직원 김재석일 가능성이 높았다. 김재석을 담당자로 실업급여를 신청한다는 말일 수도 있었지만 호기심은 거기까지였다. 오지랖 따위를 떨지 말아야 했다. 게다가 김재석이 그 김재석이라고 해도 내게 큰 흥미를 일으키지는 않았다.

김재석은 복면들이 왔던 날 경찰에 신고를 하려다가 그들에게 팔이 꺾여 입원 중이었다. 그는 공무원 십이 년 차의 직원으로 딸을 둔 가장이었다. 이혼했다는 풍문이 있었지만 자세한 것은 알려지지 않았다. 가끔 민원인들에게 자신이 시를 지었는데 읽어주겠다고 하는 괴짜로 알려져 있었다. 상실감을 상쇄하는 데는 시가 최고라는 게 그의 터무니없는 궤변이었다. 실업급여를 받으러 온 실직자들에게 시를 읽어준다는 것만으로 괴상한 캐릭터인 건 분명했고 직원들 사이에서도 유별난 종으로 여겨졌다. 그 양반 어깨에 비듬 수두룩하게 떨어진 거 봤지. 시를 쓸 시간에 머리를 좀 감아야 할 거 같던데. 길에서 마주친다면 며칠간 도박장에 틀어박혀 있던 인물로 여겼을 것이다. 직원들은 뒤에서 수군거리면서 고개를 저었다. 일부의 민원인들은 그가 들려주는 짧은 시에 귀를 기울이기도 했다. 백발이 성성한 노인들은 영문도 모른 채 진지하게 시를 경청했다. 어떤 이들은 김재석을 쏘아보다가 담당자를 바꿔달라고 민원을 넣거나 불만족 신고를 하기도 했다. 주의를 받고 경위서를 제출하기도 했지만 여전히 그는 멋대로 굴었다. 주위의 시선을 의식하지 않는 고집스러움은 놀랍기까지 했다.

박영옥은 끊임없이 떠들어대며 차에 올랐다. 방금 세차를 한 듯 실오라기 하나 묻어 있지 않은 벤틀리였다. 보조석으로 몸을 밀어 넣을까 잠깐 고민하는 사이 시동이 걸리고 벤틀리가 주차장을 빠져나갔다. 카메라 플래시가 터지듯 차창에서 햇살이 반짝거렸고 벤틀리는 유유히 병원 정문을 빠져나가 골목으로 들어갔다.

7

첫 사연이 암울하면 이상하게도 그날은 하루종일 상담이 쉽지 않다. 창구 의자에 앉자마자 묻지 않은 말을 시작하는 민원인들의 사연은 대개 대하극이다. 한계에 다다른 풍선이 터지듯 그간 쌓아온 사연이 창구에서 터져버리는 것이다.

호찬의 상담은 대하극 15부작은 될 듯한 스토리로 시작했다. 입사부터 회사 문을 박차고 나오기까지의 장황한 서사였다. 사연의 끝에 연차나 초과근무 수당을 제대로 주지 않아도 견뎠는데 이제 와서 나가라니 기가 막힌다는 하소연이 덧붙었다. 실업급여과에서는 제법 자주 마주치게 되는 사연이었다. 세상에 수많은 '사장 놈'들이 있고 그들이 때로 근로자에게 보여주는 끝은 지저분하기 그지없다.

어쨌거나 이 끝에는 두 가지 길이 펼쳐진다. 순응하고 실업급여를 받거나 사장 놈에게 진한 복수를 하거나.

한 남자는 야구방망이를 휘둘러 사장의 머리통을 박살 냈고 실업급여를 받다가 살인미수 혐의로 감옥에 갔다. 사장이 머슴처럼 부려먹다가 내쫓았다는 게 이유였다. 온갖 갑질을 해대다가 '회사가 원하는 인간'이 아니었다는 사유로 사직을 권유한 것이다.

"빌어먹을, 칠 년을 다녔는데 지금에서야 아니라니. 회사가 원하는 인간이 뭔데? 그냥 개 같은 충성심을 지닌 노예 하나 원한 거잖아?"

남자의 말이 틀리지 않을지도 모르지만 굳이 이직의 순간에 야구방망이를 휘두른 건 어리석은 짓이었다. 스스로에게도 칼끝이 들어오는 복수의 끝은 폐허일 뿐이다.

종말의 순간은 다양한 결을 가진다. 문제는 종말 자체가 아니라 종말이 내포하는 각양각색의 무늬다. 어떤 종말은 상처의 기원이 되고 비극을 낳는다. 끝의 상처가 누군가를 베기도 한다. 야구방망이를 휘두른 남자는 출소를 하고 나면 실업급여를 계속 받을 수 있는지 묻는 편지를 보내왔다. 후회와 억울함이 행간을 오가는 편지였다. 출소 예정은 사 년 뒤였고, 실업급여를 연기할 수 있는 기한은 삼 년이었다. 남자는 콩밥을 먹으며 빌어먹을 사장의 뒷담화와 자신을 버린 국가 운운하며 푸념을 늘어놓을 것이다. 한 치 앞을 내다보지 못하는 생의 비극이라기보다 마지막에 대한 전략이 부재한 인간의 패패다.

창구의 남자가 흥분한 어조로 호찬에게 물었다.

"착하게 살면 당해요, 맞죠?"

"네, 그렇죠."

"이놈의 새끼가 날 완전 호구로 본 거죠? 손을 좀 봐줘야 하겠죠?"

남자의 큰 덩치가 투명 아크릴 가림막에 바짝 붙었다.

"네, 그렇죠."

"그럼 착하지 살지 말아야지, 그쵸? 그럼 어떻게 복수를 할까, 잉?"

가끔 민원인들은 담당자에게 수위 높은 질문을 던진다. 필터링되지 않은 질문들이 날것처럼 창구를 넘어온다. 담당자는 어느 선까지 답변을 줄지 각을 재야 한다. 당혹스러운 질문이라도 아마추어처럼 끌려가거나 주도권을 넘겨서는 안 된다.

"복수요?"

"당한 대로 해줘야지. 어떻게 해야 좋을까요? 저야 여태 일만 하던 사람이니 이럴 때 어떻게 사장에게 복수를 해야 하는지 도무지 모르겠고. 그래도 선생님은 뭐 좀 아시지 않겠습니까?"

남자는 결의에 찬 표정으로 호찬을 마주 보았다. 마치 제거해야 할 복수의 대상을 대면한 것처럼. 복수의 길을 가려는 결기가 남자의 눈에서 반짝였다. 원하는 답변을 해주기를 바라는 기대감도 섞여 있었다. 등골이 오싹할 법도 한데 남자를 응시하는 호찬의 표정은 미동 없이 평온했다. 평소처럼 웃음기 없었지만 동요하지도 않았다. 높은 파고를 이겨내고 고요하고 유유히 흘러가는 견고한 선박 같은 느낌이었다. 극적인 순간에도 우아하고 매끄러운 태도를 유지하는 건 경이로움을 자아낸다. 군위의 산꼭대기에서 별을 볼 때처럼 무언가가 내 마음속에서 반짝반짝 빛을 냈다.

"좋습니다. 정 복수하고 싶으시다면…… 제가 전화번호를 하나 드리죠. 이곳에서 선생님을 도울 겁니다."

호찬이 전화번호를 메모하고 남자의 앞으로 은근하게 밀어 놓았다. 남자의 황급한 손길이 메모지를 집어 들었다.

나는 다급한 시선을 호찬에게 던졌다.

—이봐요, 호찬 쌤. 지금 복수를 부추기는 건가요? 말려야지.

호찬은 대답이 없었고 나는 계속 떠들었다.

—살인 청부업자라도 소개하는 거야?

메모지를 응시하던 남자가 눈빛을 반짝이며 물었다.

"여긴 뭐 하는 곳이죠?"

"근로개선과입니다. 선생님의 복수를 합법적으로 도와드리죠. 법적으로 받을 걸 받고 깔끔하게 헤어지면 됩니다."

나는 싱긋 웃었다.

―아, 근로개선과!

남자는 메모지를 몇 초간 들여다보았다. 이따위가 무슨 도움이 되냐고 소리 지를 거라고 생각했는데 남자는 조용히 고개를 끄덕였다. 남자의 눈빛에 응결되었던 살의가 누그러져 있었다. 남자가 메모지를 소중히 접어 지갑에 밀어 넣고 일어났다.

"근데 선생님, 제가 회사를 그만둔 건 잘한 거죠?"

곰처럼 큰 덩치를 기울인 채 남자가 물었고 호찬이 침묵을 지켰다.

"그 말이면 될 거 같아요. 안됐다, 그런 거 말고. 쫓겨난 거라도 내가 잘못한 건 아니다. 잘했다. 이런 말을 들을 데가 없어요. 와이프는 징징거리기만 하지. 대체 회사 그만두면 어떻게 먹고 사냐고, 어떻게든 사장에게 살려달라고 애원하라고. 그래서 내가 이렇게 불안한 거거든요."

영화 〈헐크〉에 캐스팅될 법한 체구의 남자가 불안하다고 속삭였다. 복수 운운하던 기세도 모두 허세였는지 몰랐다.

"제가 드릴 말씀은 아닙니다만, 개인적으로는 놓아야 할 순간에는 놓아야 한다고 생각합니다. 직장이든 사람이든."

호찬의 목소리는 매뉴얼을 읽듯이 무미건조했다.

"그렇죠? 잘 그만뒀어요."

남자가 조용히 내뱉고 사라졌다. 큰 덩치의 발걸음이 사뿐 사뿐 발레리나처럼 가벼워 보였다. 창구에 앉아서 바라보게 되는 뒷모습은 분명 앞모습보다 더 많은 말을 한다. 뒷모습도 슬퍼하고 주눅이 든다는 걸 수없이 목격했다. 뒷모습까지 즐겁고 씩씩한 어른은 거의 없지만.

호찬을 무뚝뚝하고 도무지 웃을 줄 모르는 감정 빈곤층이라고 생각했던 적이 있었다. 그러나 그는 겉바속촉의 실사 인간으로 겉으로는 건조하지만 속으로는 촉촉하고 따뜻했다. 누구보다 촉촉하게 감정 공유를 하는 인간, 잘 구워져 나온 소금빵 같은 겉바속촉형 인간. 어느새 나는 지금껏 알지 못했던 한 인간을 들여다보고 있었다. 다른 각도에서 보고 있자니 다른 사람이었다. 누군가를 알아간다는 것은 그 사람을 다양한 시각에서 보고 있다는 뜻이기도 했다.

─소금빵 알죠?

"네?"

─소금빵.

호찬은 나의 뜬금없는 소금빵 타령에 어리둥절한 표정을 지었다.

"지금 소금빵 먹고 싶다는 겁니까?"

─아니, 겉바속촉…….

그러나 창구에 한 노인이 앉는 바람에 나는 입을 다물었다. 게다가 노인의 얼굴이 소금빵을 운운할 타이밍이 아니라고 말하고 있었다.

분노와 결의에 찬 표정으로 노인이 물었다.

"내가 폐암에 걸렸소, 선생. 자, 실업급여를 받을 수 있겠소?"

마치 검을 빼 들고 결투를 신청하는 칼잡이처럼 단도직입적인 질문이었다. 검은빛의 얼굴에 생생한 것은 오직 주름밖에 없었다. 폐암이라는 말을 꺼내지 않았어도 얼굴빛은 육신의 쇠함을 드러내고 있었다. 죽음이 육신에 한 발 걸치고 있는 것 같았다. 호찬은 한동안 답을 내지 못하고 허둥거렸다.

나는 혼자서 농담을 던져보았다.

─오늘 여기 불행한 사람들 모임이라도 있는 거 같아. 부적을 좀 써야 하나.

"선생님, 암은 언제 걸리셨어요?"

"지난주에 최종 선고를 받았소. 억수로 재수 없는 인생이야. 길어야 여섯 달밖에 살 수 없다는구려. 그러니까 내가 묻는 거요, 실업급여 수급이 가능한지. 그냥 단순하게 대답해주시오."

마치 더 살 수 없다는 걸 확인해달라는 말처럼 들렸다.

"못 받으십니다, 지금 당장은요."

"역시 빌어먹을 인생이야."

노인이 한숨을 쉬었다.

"내 아내는 이십 년 전 구질구질하게 사는 게 싫다고 도망

갔어. 여태 아이들을 키우며 혼자 살았소. 그리고 첫째가 가을에 결혼을 하지. 그때까지만 직장에 다니고 싶었수다. 딱 그때까지만. 내가 직장이라도 갖고 있어야 우리 첫째 기가 안 죽지. 근데 이게 무슨 빌어먹을 노릇인지, 차라리 병원에 가지 말았어야 했어, 허허."

노인은 헛웃음을 짓고 입을 닫은 채 앉아 있었다. 다문 입술 주변의 주름들이 삶의 상처처럼 깊었다. 사고나 질병은 삶의 무릎을 꺾는다. 그리고 죽음은 저항이나 거부가 무용한 지점에 있다. 다음이 없는 상실 앞에 서는 것이다. 그것을 스스로 확인하는 시간만큼 쓸쓸한 순간도 없었다.

"인생이 너무 불공평한 거 아닌가?"

"불공평하죠."

"허허, 젊은 친구가 왜 이렇게 솔직해? 공평하다고 말해주길 바랐는데. 다 두루두루 공평하게 이루어지는 일이라고. 그래야 덜 억울하지. 세상이 불공평해서 나만 이 꼴을 당했다고 하면 억울해서 어떻게 죽어?"

"그럼 공평한 걸로 하죠."

"뭘 또 그렇게 쉽게 변덕을 부려. 나 참, 내가 지금 후회하는 게 뭔지 알우?"

"아니요."

"한 번쯤은 멈췄어야 했다는 거야. 아내가 떠났을 때도 난

178

살기 위해 달리기만 했어. 전력 질주를 하지 않으면 세상은 기가 막히게 알아차리고 밀어낼 준비를 하거든. 난 회사를 그만두면 큰일이 나는 줄 알았어. 멈추면 그게 곧 죽는 거라고 생각했어. 어리석었어. 지금은 삶이 통째로 날아간 것 같아. 근데 실업급여도 안된다는 거잖우?"

노인은 냉소와 체념이 섞인 목소리로 웅얼거렸다. 어처구니없게도, 혹은 당연하게도 나는 노인에게서 아버지의 미래를 보았다. 아버지가 늙어가는 길이 어떤 것인지를. 어떤 상실은 현재만이 아닌 미래까지 무너뜨린다.

내일을 그려볼 수 없는 인간은 이미 죽음 속에 있다. 아버지가 손가락이 잘려 돌아온 시절도 그랬다. 삶이 내리막을 향해 흘러가리라고 아버지는 예감했다. 술과 한숨의 나날을 살아가게 되리라는 것을. 인생에 더 이상 눈부신 순간이나 반짝이는 일들은 없다는 것을. 퇴색하고 낡아가는 시간만이 남아 있다는 것을. 그것들을 모두 인정하고 받아들여야 한다는 것을. 의연하게 생의 상실 앞에 서는 것만이 남겨진다는 것을.

"선생님, 실업자 말고 그냥 한 인간으로 남은 시간을 보내시는 건 어떨까요?"

호찬의 표정은 딱딱했지만 목소리는 따뜻했다. 그 목소리의 온도는 세심하게 들어야 느낄 수 있는 것이었다. 나는 어느새 호찬의 언어들이 가진 온도를 읽고 있었다. 몇 도쯤 올라간 잘

데워진 온도의 언어보다 더 큰 위로는 없었다.

"난 그렇게 살아본 적이 없소. 실업자가 될까 전전긍긍하며
살았지."

남자 표정에 쓸쓸함과 회한이 섞여 있었다. 후회도 스스로
를 벨 수 있다. 하지 못한 것, 할 수 없었던 것, 해야 했던 것, 너
무 늦은 것. 그 모든 것이 때로 자신을 할퀸다. 영혼의 목소리
를 묵살하고 살아온 대가를 스스로에게 요구하는 순간이 닥쳐
오는 것이다.

쿵 소리를 내며 일어서던 노인은 잠깐 휘청였다. 창구 테이
블 모서리를 팔로 짚고 마지못해 발걸음을 떼었다. 발걸음은
몇 번이나 멈추었다가 느릿느릿 나아갔다. 누추하고 비루해진
끝을 마주하는 건 누구에게나 참담하다. 그러나 소멸의 순간
을 회피할 수는 없었다.

— 엄마가 왜 부적을 써 오는지 알 거 같아요. 저런 뒷모습을
보면서 살아가는 게 힘든 거였어.

밤이 되자 다시 적막을 술렁이게 하는 뉴스가 있었다. 휴게
실에서 보는 저녁 뉴스는 전국구 핫플이 되어버린 주안 고용
센터를 비추고 있었다. 이번 테러 예고는 두 개, 각각 다른 커
뮤니티에 올라왔고 심지어 삭제되지도 않았다. 모방범죄로 보
이며 현실화될 가능성이 없다고 경찰 관계자가 인터뷰를 했

다. 테러 예고가 최근 하나의 감염처럼 번지고 있으나 엄연히
중차대한 범죄임을 애써 설명했다. 첫 번째 사례를 거론하며
검거에 자신감도 드러냈다. 경찰은 밤을 지새우며 작성자를
찾아 분주할 터였다. 잘하면 하루 만에 용의자의 손목에 수갑
을 채우는 것이 가능할 수도 있었다. 그러나 재난은 이미 사람
들을 흔들고 무너뜨리고 있었다.

8

역시 센터의 아침은 혼란스러웠다. 평범한 하루를 기대하
는 것이 사치가 되어버렸다. 당분간 센터 방문을 자제하라고
했지만 마치 양치기 소년의 동화처럼 사람들은 테러 예고를
이제 믿지 않았다. 하루가 멀다고 예고 글이 올라오고 있었지
만 실제 테러는 없었다. 실업급여과는 그 어느 때보다 시끌벅
적했다. 오후에는 정규 방송국에서 취재를 나올 예정이었고,
SNS의 일부 방송인들까지 몰려들어 혹시 모를 핫한 순간을
기다리고 있었다. 머리 손질을 말끔하게 하고 대기 의자에서
은밀히 핸드폰 카메라를 들여다보는 이들이 한둘이 아니었다.

소란스러움을 뚫고 온 한 여자가 창구에 앉았다. 이십 대 초
반으로 흰 셔츠에 긴 생머리를 푼 모습이 수수한 외모였다. 호

찬은 여자의 신청서를 받아 들고 이직 내역을 빠르게 스캔했다. 이직 사유가 개인 사정이라 되어 있었다. 저희 사장님이 저에게 구두를 하나 가져도 좋다고 하셨어요. 근데, 제가 구두를 훔쳤다고 사직서를 쓰라 해서 쓴 것뿐인데 실업급여를 탈 수 없는 건가요. 여자의 목소리가 또박또박 나의 기억 속으로 걸어 들어가는 순간이었다. 등 뒤로 찬 바람이 훅 불어닥친 것처럼 서늘한 기운이 올라왔다. 나는 여자가 그만둔 업체명을 확인했다. 슈슈블리. 그곳은 베이커리 직원 홍지아가 그만둔 사업장이기도 했다. 두 사람의 이직 사유와 경로가 정확하게 일치했다.

흩어진 우연들이 모이는 지점. 어떤 일들은 우연의 모습으로 온다. 우연 속으로 끌고 가 기어코 해야만 하는 일을 맞닥뜨리게 한다. 우연 안으로 들어가면 다른 끝을 만나게 된다.

이십 대 초반의 사회 초년생. 고용된 지 일 년을 앞두고 있던 시점의 같은 사유 이직. 슈슈블리에서 일했던 두 직원의 공통점이었다. 어떤 패턴이 만들어지는 것은 의지와 의도가 개입하기 때문이다. 홍지아의 이직 사유가 겉으로 드러난 것과 다를 수도 있었다.

상담이 끝나고 호찬은 머그잔을 들고 탕비실로 향했다.

—상실 확인 청구에서도 민원인이 졌던 케이스인데.

"이거 사업주가 빌런인 것 같은데. 사업장이 권고사직 시키

182

면 안 되는 지원금을 받고 있거나, 퇴직금 안 주려고 하거나. 견적이 바로 나오네요."

실업급여 담당자에게는 조사권도 없고 이직 사유를 탐정처럼 파고드는 것도 일반적이지 않았다. 이례적이라면 이례적일 수 있지만 할 수 있는 걸 해야 했다. 호찬은 사업장 조사를 시작하기 위해 컴퓨터 앞으로 돌아갔다.

모니터를 들여다보는 호찬의 표정은 사뭇 진지했다. 최근 삼 년간 슈슈블리를 그만둔 직원들의 이직 사유는 모두 개인 사정이었다. 일 년 이상을 넘긴 직원도 없었다. 호찬은 이 년 전 그만둔 직원에게 전화를 걸어 이직 사유를 확인했다. 삼십 분이 넘도록 상담이 이어졌고, 간간이 그의 미간에 주름이 잡혔다.

"시나리오가 너무 조잡하잖아요? 모두 구두를 훔쳤다고 쓰는 건."

호찬의 목소리가 날카로웠다.

─그러니까. 최소한의 성의가 없어.

"나쁜 짓을 저지르는 인간들은 승리했다고 생각하면 되풀이하죠."

저녁 여덟 시, 호찬은 탕비실에서 다섯 잔째 커피를 내렸다. 텅 빈 사무실은 깊은 정적에 덮여 있었다. 커피를 내리거나 컵을 내려놓는 소음들이 정적 속에서 화산처럼 폭발했다. 간간이 깊은 침묵의 공간에 프린터기가 내뿜는 기계음이 격정적으로 퍼져 나갔다. 호찬이 내뱉는 말들은 사무실의 빈 공기 속에서 미세한 메아리를 만들었다. 이 깊은 적막의 세계에 혼자가 아니라는 사실이 위안이 되었다.

아홉 시가 넘었을 때 호찬은 책상 위 서류들을 캐비닛에 넣기 시작했다.

—알고 보니 워커홀릭이네.

"얼마 전에는 소금빵이라더니."

—맞아요. 소금빵이고, 워커홀릭이고, 호구죠.

타인을 읽어내는 일은 타인을 이해하는 하나의 방법이지만 읽었다고 해서 이해할 수 있는 것은 아니다. 전혀 다른 방향에서 읽을 수도 있고 상대도 모르는 것을 읽어낼 때도 있다. 호찬은 내가 읽은 것과 전혀 다른 사람일 수도 있었다. 그러나 나는 호찬의 조각조각들을 끌어모아 그의 형상을 만들어 나가고 있었다. 그의 조각들이 내 안에 쌓이면서 그의 영역이 넓어지고 있었다. 작은 조각들이 마음 안에서 영토를 확장하는 것은 의지와 무관하게 펼쳐지는 일이었다.

호찬은 센터를 빠져나가 어둠과 네온사인이 겹쳐 흐르는 거리에 서서 머뭇거렸다. 그러고는 저녁 먹고 갈까요, 하고 내게 물었다. 마치 내가 마주 앉아 식사를 할 수 있는 보통의 인간이 된 것 같았다. 순간 마음속에서 설렘이 푸드덕거렸다. 어딘가로 날아갈 준비를 하는 새의 날갯짓처럼.

　―차돌 된장찌개 먹어요.

"좋아요. 메뉴를 정해주는 사람이 있으니 편하네."

　―내가 사람이긴 한 거죠?

사람이라는 단어에 묘한 감정이 실렸다. 호찬은 싱긋 웃고 식당이 있는 방향을 향해 걷기 시작했다. 웃을 줄 아네, 라고 나는 농담을 던지며 호찬의 뒷모습을 향해 덧붙였다.

　―감정 취약계층이라고 생각했는데 웃음 근육이 완전히 뭉개진 건 아니었어. 호찬 쌤이야말로 이제 진짜 사람이 되어가고 있는 거 같은데요?

고기 냄새가 진동하는 식당가 골목으로 들어설 때까지 묵묵히 걷던 호찬이 걸음을 멈추고 걱정스럽게 물었다.

"정말 배가 고프지는 않아요?"

그의 걱정은 내게 존재론적 기쁨으로 치환되었다. 그는 괴이한 존재를 온전히 인간처럼 인정하고 있었다. 살아 있다는 심리적 확인은 일상적인 몇 마디의 발화면 충분했다. 배가 고프지 않느냐는 평범한 걱정 속에 존재의 인정이 깃들어 있는 것만으로. 존재가 존재를 인정한다는 것, 서로를 향한 언어가 매끄럽게 서로에게 가 닿는 것, 그것만으로 살아 있다고 느낄 수 있었다. 서로가 거기에 있다는 것을 인지하는 순간마다 사람은 존재한다.

저녁을 먹는 동안 식당 텔레비전에서는 테러 예고범에 대한 뉴스가 계속 흘러나왔다. 호찬도 핸드폰으로 뉴스를 검색하느라 찌개는 식어가고 있었다.

그들은 누군가로부터 돈을 받고 테러 예고 글을 올렸다. 텔레그램 메시지를 통해 고액 알바 조건으로 제의가 들어왔고, 클럽에 갈 용돈이나 벌고자 했을 뿐이라고 했다. 경찰은 송금에 쓰인 계좌가 해외 은행이고 자세한 내역은 파악 중이라고 발표했다. 인터넷에는 새로운 예고 글이 서너 개 추가되었다는 풍문이 돌았지만 모두 허위였다. 어쩌면 범인의 의도는 그저 소란스러움을 만드는 것인지도 몰랐다. 소란스러움으로 얻는 것은 무엇일까. 수사에 혼선을 주고 센터 직원들을 압박할 의도라면 성공한 것 같았다. 어쨌거나 누군가를 흔들고 불안을 번지게 하는 게 너무나 쉬운 세상이다. 미끼를 물 인간들이 클릭을 해대고 있을 테니까.

병실 복도에서 5번 창구 직원 김재석을 마주친 것은 좋지 않은 징후였다. 햇살이 열기를 잃고 창문턱에 늘어져 있던 다섯 시경 나는 병원 복도로 나갔다. 가끔 어머니나 아버지가 복도 모퉁이 의자에 앉아 병문안 시간을 기다리곤 했다. 엄마는 내 몸을 닦아주고 옆으로 돌려주며 코마 환자의 욕창을 막기 위해 애를 썼다. 몸을 닦아줄 때마다 눈물을 쏟는 덕분에 나는 자리를 피하곤 했다. 그러나 엄마를 기다리는 시간은 만개한 벚꽃처럼 나를 설레게 했다. 나는 벤치형 갈색 의자에 앉아 엘리베이터 방향을 주시했다.

김재석이 병실 복도에서 누군가에게 끌려 엘리베이터를 타고 있었다. 건장한 체구의 국방색 점퍼를 입은 남자였다. 김재석의 팔뚝을 움켜쥐고 억지로 끌고 가는 듯한 느낌이었다. 지인의 병문안으로 보기에는 어색한 느낌을 자아내고 있었다. 엘리베이터를 타기 전 김재석은 팔을 뿌리치려고 어깨를 움직였지만 여의치 않아 보였다. 그는 복도를 향해 간절한 눈빛을 던졌다. 뭔가 하고 싶은 말이 애틋하게 배어 있었지만 복도에는 아무도 없었다. 투명한 영역에서 그를 들여다보고 있는 나를 제외하면.

나는 망설임 없이 비상계단으로 뛰어갔다. 김재석이 누군가에게 납치를 당해도 나는 사실 그다지 큰 관심은 기울이지 않았을 것이다. 그러나 그를 끌고 가는 남자가 국방색 점퍼를 입었다는 점에서 호기심을 놓을 수 없었다. 1층 엘리베이터 문이 열렸을 때까지도 국방색 점퍼의 남자가 여전히 김재석의 어깨를 움켜쥐고 있었다. 국방색 점퍼는 김재석을 끌고 입구를 빠져나갔다. 국방색 점퍼 뒷면의 전갈이 남자의 움직임을 따라 꿈틀댔다.

전갈. 나는 얼마 전 희진의 집 거실에서 오갔던 전갈과 닻의

논쟁을 떠올렸다. 국방색 점퍼를 입었던 남자. 그 점퍼 뒷면이 전갈이냐 닻이냐를 두고 주고받던 의견들. 내 발길은 우뚝 멈춰 섰다. 흔하다면 흔한 점퍼였는데 그 남자가 맞다는 강한 직감이 들었다. 175센티미터 정도의 키, 건장한 어깨. 국방색 점퍼를 입은 남자는 복면이었다. 복면 속에서 날카롭게 나를 노려보던 눈길이 다시금 몸을 관통하는 것 같았다. 영혼의 어딘가가 쑤시고 저렸다. 총알이 몸속을 유영하듯 떠돌고 있는 것 같았다. 한편 복면의 존재를 추적할 순간이 왔다는 걸 깨닫자 흥분으로 일렁였다. 인생은 비밀을 조금씩 흘리는 데 재능이 있었다. 우리가 찾고자 할 때가 아니라 인생이 스스로 비밀을 보여주고자 할 때, 조금씩 미끼를 던지듯 비밀을 풀어놓는 것 같았다. 나는 미끼를 문 물고기처럼 끌려 그들을 따라갔다.

국방색 점퍼는 병원 입구 옆에 있는 작은 정원으로 향했다. 그의 손은 김재석의 어깨와 팔을 단단히 쥐고 있었다. 환자복을 입은 사람들이 링거액을 밀면서 산책을 하거나 휠체어에 앉은 채 햇살을 맞고 있는 중이었다. 국방색 점퍼는 정원의 한적한 곳에 이르러 김재석을 놓아주었다. 멀리서 보기에도 억센 손마디가 느껴졌다. 그들이 나를 볼 수 없다는 게 자명했지만 나는 적당한 거리를 두고 멈추었다. 아니, 발끝이 다가가기를 거부하고 있었던 터라 멈출 수밖에 없었다.

국방색 점퍼가 힘을 가득 실은 어투로 물었다.

"아, 왜 이렇게 시간을 끄는 거야?"

"이제 곧……."

"자꾸 이런 식으로 굴면 나도 내가 어떻게 할지 모른다고. 존나 피곤해 지금."

"알겠습니다. 조금만 시간을 주시면……."

"내가 지금 중국으로 못 가는 이유가 너 때문이라고. 나도 시간 없다는 거 알잖아. 이틀 줄 거야. 그렇지 않으면 내가 너를 어떻게 할지 몰라."

국방색 점퍼의 얼굴이 일그러지고 험악한 눈빛이 김재석에게 꽂혔다. 김재석의 몸이 가늘게 떨리는 게 느껴졌다. 국방색 점퍼는 김재석의 귀에 무언가를 속삭이고는 점퍼 주머니에 손을 찔러 넣고 돌아섰다.

"아, 씨. 머리 좀 감아, 인간아!"

인상을 쓰면서 내뱉은 말을 끝으로 꿈틀대는 전갈이 햇빛 속에서 멀어졌다. 굶주린 야생의 동물처럼 회색빛 눈동자를 번득이며 김재석은 전갈의 뒷모습을 쏘아보고 있었다. 전갈이 형체를 알아볼 수 없이 멀어진 후에야 김재석은 마른 얼굴을 몇 번 쓸어내고 어깨를 움츠린 채 병원 입구로 향했다.

김재석과 국방색 점퍼 사이에 모종의 거래가 있는 듯했지만 짐작은 되지 않았다. 국방색 점퍼가 그 남자가 맞다면 금요일의 테러에 김재석이 개입한 것일 수도 있었다. 상상만으로 호흡이 가빠졌다. 전갈이 몸 위로 기어오르기라도 하는 것처럼.

　김재석은 아무 일 없다는 듯 담담한 걸음으로 병실로 돌아
갔다. 감지 않은 머리가 기름으로 뭉치고 갈라져 지저분하기
그지없는 뒷모습이었다. 업무를 하면서 마주쳤을 때보다 위생
상태가 더 심각해진 듯했다. 청결에 대한 감수성이 무너지는
것도 정신질환을 말해주는 표지였다. 실업의 상태가 몇 년씩
계속되는 실업자들이 가끔 지저분한 몰골이 되어 찾아오곤 했
다. 때로 절망은 자기 방임의 신체적 비위생으로 치환되어 드
러났다. 김재석에게서 그런 병적 비위생의 징후가 읽혔다. 그
는 3인 병실의 창가 침상에 올라앉아 핸드폰을 만지작거리더
니 이불을 뒤집어쓰고 누웠다. 그가 비듬투성이의 게으른 괴
짜라는 것과 테러에 발을 담그고 있을지도 모른다는 건 전혀
다른 플롯이었다. 비호감 괴짜에 불과한 인간이기를 바라며
나는 발길을 돌렸다.

　잠시 뒤 호찬과 마주 앉은 나는 전갈이 그려진 국방색 점퍼
에 대한 이야기를 늘어놓고 있었다. 김재석은 그저 게으르고
나태한 인간일 뿐 테러에 끼어들 만큼의 위인이 아니라는 대
답을 듣고 싶었다. 적어도 한 사무실에서 일하던 동료의 등에
칼을 꽂은 것이 아니기를 바랐다.

　—김재석이 복면들을 도운 걸까요?

　"근데 국방색 점퍼가 복면 중 하나라고 단정할 수도 없어

요."

세상에는 비슷한 점퍼가 얼마든지 있었고 그게 김재석을 미심쩍게 볼 만한 결정적 이유는 되지 않았다. 국방색 점퍼와 김재석의 대화에서 수상한 단서가 드러난 것도 아니었다. 의심은 상상이 부풀려지고 쌓인 결과일 뿐이었다.

"머리도 감지 않는 게으른 인간이 무슨 범죄에 가담을 하겠어요? 그럴 인간 축에 들지도 못해요."

그러나 석연치 않은 무언가가 마음을 떠나지 않았다. 그 순간이었을까, 아니면 다음 순간이었을까. 문득 시선이 닿은 침대 위 천장에 사진들이 붙어 있는 걸 발견했다. 그중 하나는 한 중년 남자가 기다란 엽총을 옆구리에 세우고 찍은 사진이었다. 총구가 하늘로 향하고 있었는데 엽총에 붉은 인디언이 있었다.

붉은 인디언이 새겨진 엽총. 굳이 애를 쓰지 않아도 그 총이 기억의 표면으로 떠올랐다. 순식간에 어깨로 파고들던 뜨거운 총알의 기억도. 나는 입을 닫고 도망치듯 병실로 돌아왔다.

가끔 생각과는 다른 순간들이 기다리고 있을 때가 있었다. 짐작과 배치되는 것들을 펼쳐 보여주는 순간들. 선명했던 것들이 흐려지고 단순했던 것들이 숨겨진 다층의 내부를 드러내는 순간들. 보고 있는 것이 전부가 아니라는 것을 구체화하는 순간들. 이 모든 순간은 두려움으로 들이친다.

호찬에게 묻고 싶은, 물어야 하는 말들이 내 안에서 스스로를 괴롭혔다. 의심을 구체화하면 현실이 될 것 같아 마음속에 말들을 가두었다. 그러나 내뱉지 못한 말들은 거칠게 속을 긁었다. 왜 호찬은 인디언이 있는 엽총을 모른다고 했을까. 이 질문 하나만으로 마음이 허물어졌다.

병원의 밤은 겨울 숲처럼 썰렁하고 적막했다. 가끔 병실 복도를 오가는 발소리, 무언가를 끄는 바퀴의 마찰음 등이 벽을 넘어 다녔다. 작은 소음도 확성기에 가져다 댄 것처럼 극대화되어 깊은 적막을 일깨웠다. 형광등 빛에 씻긴 하얗고 장식 없는 복도는 기다란 관을 연상시켰다. 단조로운 관의 끝에 죽음이 있을 것 같다는 공포가 스며 있었다.

나는 김재석이 누워 있는 병실 앞을 기웃거렸다. 김재석이 복면들과 한 패거리일까. 김재석은 그날 핸드폰을 끝까지 손에 쥐고 있다는 이유로 복면들에게 얻어터졌다. 내부의 적과 복면들이 연출한 쇼였을까. 호찬이 가지고 있는 사진 속 남자는 누구일까. 인디언 문양이 새겨진 총을 들고 있는 남자. 호찬도 사건에 개입된 인물일까. 마음이 자꾸 되묻고 있었고 의구심은 복도를 걷는 발길을 따라 서성였다.

9

"당신 나를 무시하는 거야? 내가 실직했다고 당신들이 무시해도 되는 건 아냐."

한 여자가 희진의 창구 앞에서 날이 선 목소리를 냈다. 하나의 목소리가 다른 모든 소음을 집어삼키는 순간이었다. 목소리만으로 어떤 위력을 발휘할 수 있는지 보여주는 순간.

"무슨 말씀이신지?"

"왜 전화 안 받아, 어? 내가 두 시간 동안 전화기를 붙들고 있었다고. 내가 그렇게 한가한 사람인 줄 알아? 이러니까 불친절하다고 테러를 하지. 당해도 싸."

사십 대로 보이는 여자는 허리에 손을 올리고 목소리를 한 톤 더 높였다.

"제기랄, 내가 누군지 알아? 너 따위가 일을 안 해서 이렇게 내 발로 와야 해? 테러범들이 설치는데 내가 와야 되냐고!"

희진은 오전 내내 길고 긴 수급 상담을 해야 했다. 가족 간병을 위해 직장을 그만둔 민원인과의 상담은 마라톤과도 같았다. 게다가 전화는 빗발쳤고, 대기 민원인들은 희진을 재촉해댔다.

손으로 책상 끝을 잡고 희진이 무너지지 않으려 버티고 있었다. 내면의 질서는 깨지고 흐트러졌을 터였지만 육신은 단단했다. 내면의 혼란을 육신이 견고하게 버티고 있다는 것이 느껴졌다. 나였다면 소리를 지르는 여자를 향해 욕설을 내뱉고 숨어버릴지도 몰랐다.

"죄송합니다, 상담이……."

"지랄하네. 죄송하면 전화를 받았어야지."

호찬이 끼어들었다.

"선생님 말씀이 좀 지나치시네요. 사과를 드리고 있잖아요?"

"내 세금으로 일하는 것들이 잘한다. 전화를 받는 것도 당신들 일이잖아. 국가가 월급을 주는데 일을 왜 안 해!"

날카로운 목소리가 쏟아져 나와 공기를 메웠다.

"그래서 제가 어떻게 해드리면 될까요?"

희진의 얼굴이 붉게 물들어 있었다.

"죄송하면 무릎이라도 꿇든가."

어떤 말은 단 한 번만으로 허리를 베어내는 자객의 칼과도 같다. 거침없이 날아와 움직이거나 도망칠 여지도 주지 않은 채 허리를 베는 말들. 어디에도 숨을 수 없고 손을 쓸 겨를도 없이. 여자는 가슴팍에 팔짱을 끼고 희진을 내려다보았다. 심각한 분위기가 이어지자 팀장이 여자를 데리고 회의실로 들어갔다. 여자의 목소리는 회의실 바깥까지 터져 나왔고, 공기 속에서 유령처럼 떠다녔다. 여러 번 겪는다고 익숙해지는 것은 아니다. 익숙해지지 않는, 매번 송두리째 마음을 꺾어놓는 순

194

간도 있었다. 아니, 누구도 잔인한 자객의 칼에 익숙해질 수는 없었다.

희진의 얼굴은 하얗게 변해 있었다. 나는 손을 뻗어 희진의 등을 쓸어내리는 시늉을 했다. 희진은 내 손길에 무감할 뿐이었지만 등뼈가 뾰족하게 올라온 그녀의 등을 나는 느낄 수 있었다. 여자가 팀장과의 상담을 마치고 회의실에서 나왔을 때, 희진이 자리에서 벌떡 일어났다.

"야!"

주위의 모든 시선이 희진을 향해 꽂혔다. 희진은 친절하기로 소문이 난 직원이었다. 따뜻하게 웃어주고 무질서하게 쏟아지는 사연도 인내심 있게 들어주는 프로였다. 감출 것을 감추고 걸러낼 것을 걸러내는 데 능숙했다. 그녀는 철저하게 다듬어진 부드러운 언어만을 내놓았다.

그런 희진이 내뱉은 '야'는 놀라움보다는 걱정을 일으켰다. 음색은 화를 내고 있었지만 슬프게 들렸다. 화를 내는 것이 슬픔을 감추는 방법이라는 게 선명하게 느껴졌다. 방금 가까스로 여자의 감정을 달래놓고 나온 팀장의 얼굴이 일그러졌다. 여자는 뒤통수를 얻어맞은 듯 입을 벌린 채 굳어버렸다. 그러나 희진도 더 이상 말을 잇지 않았다.

—야, 당신 세금 얼마 내는데? 당신만 세금 내고 사는 것도 아닌데 그게 뭐 대단하다고 큰 소리야?

나는 아무 말이나 지껄일 수 있는 공간에 있었다. 그야말로 오프더레코드. 내 혼잣말들이 여자에게 닿을 리 없지만 종기의 고름을 짜낸 것처럼 후련했다. 이런 순간에는 투명한 영혼으로 산다는 것이 특혜라는 생각마저 들었다. 통제와 한계를 가볍게 뛰어넘을 수 있다는 것은 황홀하고 각별하다.

여자가 버럭 물었다.

"야, 뭐?"

옆에 있던 재윤이 희진의 입을 막으려 손을 뻗으며 달려들었다.

"말리지 마."

희진이 재윤의 손을 떼어냈다.

"나쁜 년! 꺼져!"

점심 생각이 없다며 희진은 불이 꺼진 사무실에 혼자 남았다. 의자 등받이에 몸을 기댄 희진은 텅 빈 눈으로 앉아 있었다. 창구 너머는 방금까지의 소란스러움을 내려놓고 고요 속에 가라앉아 있었다. 불과 몇 분 전까지 여러 겹으로 사람들이 둘러쌌던 공간이라는 것이 믿기지 않았다. 막차가 떠나버린 터미널 대합실처럼 스산한 사무실이었다. 나는 희진의 프린터기 옆 책상에 걸터앉았다.

—별일 아냐. 민원을 내라면 내라지. 잘했어. 사유서 쓰면 되

지. 십 년 묵은 감정이 쑥 내려갔어. 진짜 기분 더러웠는데. 우리한테 뭐 어쩌라고? 인간에 대한 최소한의 이해가 없는 거야. 이해하려 하지 않는 거야. 근데, 언제부터 그렇게 욕을 잘했지? 오늘 희진 쌤 걸 크러시였어. 잘했어. 눈에는 눈, 욕에는 욕.

나는 희진을 향해 두서없이 떠들어댔지만, 이번에도 내 말들은 벽에 부딪혀버렸고 그녀에게 닿지 못했다. 알고 있으면서도 참혹했다. 나를 떠난 언어들이 시들시들 말라 죽어가는 것 같았다. 발화가 서로에게 도달하지 못하는 순간의 절망이 다시 들이쳤다. 희진은 지금 나와 비슷한 순간에 직면해 있을 것이었다. 살아 있지만, 언어를 내뱉지만 타인에게 이르지 못하는 비참한 순간. 화살이 벽에 부딪히듯 인간의 소통이 전혀 먹히지 않는 순간. 기껏해야 욕설이 소통을 집어삼키는 순간.

희진은 시선을 허공에 고정하고 한참 멍하니 앉아 있었다. 그 눈빛은 아무것도 드러내지 않으면서 동시에 모든 걸 함축하고 있는 듯했다. 눈빛이 가리키는 방향이 불길했다. 내부에 떠도는 감정들이 스스로에게 상처를 내고 있는 게 분명했다. 꺼내놓지 않는 고통이 무엇보다 위험하다. 희진은 갑작스럽게 자리에서 몸을 일으켜 휘적휘적 입구로 걸어갔다.

어떤 순간은 우리에게 말을 걸어온다. 이 순간이 곧 불행으로 치닫게 될 하나의 발화점이 된다는 시그널을 보내온다. 보고자 한다면 볼 수 있는, 느끼고자 한다면 느낄 수 있는. 나는 희진이 그런 순간에 있다는 것을 읽었다. 희진은 말이 없었지만 말하지 않는 것으로 더 많은 의미를 표현하고 있었다.

희진은 센터를 빠져나와 오른쪽으로 걸었다. 목적지를 향해 가듯 주저함이 없는 걸음이었다. 담담한 얼굴에 오히려 평온함이 깃든 것도 같았다. 오 분쯤 직진한 뒤 사거리에서 건널목을 건너고 왼쪽으로 틀었다. 나는 희진을 놓치지 않기 위해 보폭을 맞추며 계속 따라갔다. 몇 개의 상가 건물을 지나 좁은 골목을 걸었고, 곧 한 아파트 입구에 이르렀다. 그녀는 주차장을 가로질러 가 머뭇거리지 않고 공동 현관 앞에 섰다. 그러나 패스워드 패널을 마주하고는 망설이듯 서 있었다. 얼마 뒤 안에서 나오는 한 남자에 의해 현관문이 열리자 재빠르게 몸을 밀어 넣었다. 그녀는 엘리베이터에 오르자마자 최상층인 20층 버튼을 눌렀다. 흐릿했던 그림에 뚜렷한 테두리가 생긴 것처럼 이제 곧 무슨 일이 일어날 것인지 분명해진 것이다.

—안 돼, 희진 쌤. 지금 뭐 하는 거야? 미쳤어? 빨리 내려가.

할 수 있는 모든 힘을 끌어모아 소리쳤지만 무위에 그쳤다. 희진은 무심한 얼굴로 20을 향해 올라가는 숫자를 주시했다. 바뀌는 숫자가 일정한 속도로 죽음을 카운트하고 있는 것 같았다.

—희진 쌤, 왜 이래? 멍청한 짓 하지 말라고. 미쳤어, 진짜. 정신 차리라고. 안 된다고!

엘리베이터는 내 간절함을 집어삼키고 웅웅 소리를 뱉어내며 20층에 멈추었다. 딩 하는 알림음이 마치 신호를 보내온 것처럼 그녀의 몸이 움직였다. 그녀는 엘리베이터에서 내려 옥상으로 향하는 층계에 발을 올려놓았다. 내가 마지막으로 기댈 수 있는 요행은 옥상으로 연결되는 문이 잠겨 있는 것이었다. 그것만이 그녀가 지금 하려는 일을 멈출 수 있었다.

그녀는 계단 위로 한 발씩 내디뎠고 금세 비둘기색 철문 앞에 이르렀다. 문고리를 비틀자 철커덕 요란한 소리를 내지르며 저항 없이 문이 열렸다. 벌어진 틈으로 바깥의 따뜻한 기운이 훅 들이쳤다. 그녀를 빨아들일 듯이 햇살이 쏟아져 내리고 있었고, 마치 박하사탕이라도 갈아놓은 듯 산뜻한 공기가 흘렀다. 그녀는 주저하지 않고 옥상의 끝까지 걸어가 난간 앞에 섰다. 더 이상 머뭇대지 말고 나는 무언가를 해야 했다.

─미친 짓거리 그만둬. 여기는 아파트야, 사람이 사는 곳이지 죽는 곳이 아니라고.

내 목소리는 투명하게 희진을 통과했다. 나의 말은 힘없이 떨어지는 꽃잎처럼 분분히 흩어졌다. 빌어먹을. 무기력한 인간으로서의 좌절감이 훅 마음을 꺾었다. 그 순간 호찬이 떠올랐고, 그러면 무언가를 할 수 있을 거라는 기대가 스쳤다. 희진을 옥상 한끝에 남겨두고 나는 눈을 감았다.

영혼 여행자로 여기까지 온 것, 이 여행의 마지막 지점이 여기인지도 모른다고 생각했다. 희진의 죽음을 막아야 한다는 숙명이 내게 주어졌다고 강렬하게 느껴졌다. 무엇을 해야 하는지 뚜렷하게 감지되는 것만으로 살아 있는 이유는 명확해진다. 살아 있음을 증명하는 가장 확실한 방법은 누군가를 살리거나 죽이는 것이다.

센터에 도착했을 때 호찬은 보이지 않았다. 몇몇 직원이 복귀해 차를 마시거나 양치를 하기 위해 화장실을 오가고 있었다. 호찬은 직원들과 점심 약속이 있었고 나는 그 장소가 어디인지 알아두지 않은 것이 후회스러웠다. 센터 밖으로 뛰쳐나가자 점심을 먹고 센터로 복귀하는 낯익은 직원 몇몇이 보였다. 식사를 마친 주변 직장인들은 커피를 들고 거리를 오가고 있었다. 센터 앞에서 학원 전단지를 나눠주는 아주머니들도 거리를 흘러 다녔다. 며칠 전부터 회사를 때려치운 한 남자가 개인 사정 퇴사도 실업급여를 받게 해달라고 1인 시위 피켓을 들고 서 있었다. 그는 여름날 에어컨 없이 푹푹 찌는 사무실에 앉아 광고 전단지 디자인을 했는데 올여름에는 그렇게 일하고 싶지 않아서 그만두었다고 했다. 에어컨도 없는 사무실에서 일할 수 없다고, "여름이 무서워서"라고 이직 사유를 썼던 남자는 벌써 반팔 셔츠를 입은 채 피켓을 흔들고 있었다. 센터 앞거리의 풍경은 여전했다.

나는 직원들이 약속 장소로 자주 이용하는 초밥집 방향으로 들어섰다. 비좁은 도로를 걷는 사람들을 지나쳐 두 블록을 걸었을 때, 맞은편에 낯익은 실루엣이 나타났다. 호찬은 여러 명의 직원과 담소를 나누며 느릿느릿 걷고 있었다. 막막한 세상의 무심한 타인들 틈에서 나를 인지해줄 한 사람. 불확실한 세상 속에서 고정적이고 익숙한 한 인간의 실루엣은 애틋하게 다가왔다. 시간과 공간의 무한한 흐름이 멈추고 세상의 모든 움직임이 정지한 것처럼 오직 그 한 사람만 거기에 있었다.

온 마음을 끌어모아 그의 이름을 불렀다. 사람들을 통과한 내 목소리는 그를 향해 날아갔다. 인파 속에 섞여 있던 그가 내게로 시선을 던졌다.

도로에는 많은 사람이 있었지만 각자의 걸음과 이야기에 빠져 있었다. 자동차들이 내뿜는 소음과 상점에서 흘러나오는 음악 소리와 행인들의 목소리가 거리를 흘러다녔다. 그곳 어디에도 나의 목소리는 섞이지 않았다. 호찬만이 나의 언어를 이해하고 뛰기 시작했다. 사람들과 부딪히지 않도록 날렵하게 몸을 틀어가면서. 나의 발화를 향한 응답으로 내게 뛰어오고 있었다. 적어도 한 사람에게만은 내 목소리가 도달했고 그 응답은 뚜렷한 방식으로 구현되고 있었다. 우주의 어둠과 적막을 뚫고 오는 확실한 방향성을 가진 움직임이었다. 그가 상기된 얼굴로 내 앞으로 다가와 섰다.

"무슨 일이에요?"

10

희진이 있는 옥상으로 다시 돌아가기까지 얼마의 시간이 소요되었는지 모르겠다. 눈을 감고 옥상의 이미지를 그리는 일에 몇 번의 실패가 있었다. 집중력이 흐트러지고 마음이 조급했던 탓이었다. 늦으면 안 된다는 마음에 지배된 것이 오히려 방해가 된 듯했다.

가까스로 다시 옥상에 도착했을 때, 희진은 난간 위에 아슬아슬 서 있었다. 희진의 단발머리가 바람결에 출렁이며 베이비파우더 샴푸 향을 뿜어댔다. 위태로운 순간과는 대조적인 상쾌하고 풋풋한 향이 비현실적으로 다가왔다.

호찬의 모습은 보이지 않았는데 아무리 빠르게 뛴다고 해도 오 분 이상은 필요했다. 희진이 허공 속으로 한 손을 뻗었다. 햇살이 그녀 어깨 위로 내려앉아 있었고, 한 마리 새처럼 가볍게 날아갈 것 같은 순간이었다. 그녀의 무표정한 얼굴이 잠시 일그러졌다가 평온하게 돌아왔다. 그녀가 뛰어내리지 않더라도 햇살 속에서 스르륵 몸이 날아오를 듯 크림 시폰 원피스 자락이 풀썩였다. 날기 위해 날개를 펼치는 것처럼 보이기까지 했다. 죽음을 향한 마지막 움직임이라는 것이 믿기지 않았다.

"희진 쌤, 빌어먹을 짓 하지 말라고. 안 된다고."

나는 한껏 소리쳤고 손을 뻗어 그녀의 팔을 잡으려 했다. 그러나 이번에도 내 손은 그녀의 팔을 통과할 뿐 잡아채지 못했다. 다시 몇 번 더, 나는 그녀의 팔에 닿기 위해 허우적거렸다. 그사이 그녀의 갈색 플랫슈즈가 앞으로 조금 당겨졌다. 동그랗게 마감된 플랫슈즈 앞코가 이미 죽음의 선을 밟고 있는 것처럼 보였다. 마지막이 될지도 모른다는 마음으로 그녀의 이름을 불렀다, 안돼, 제발. 순간 옥상 문이 벌컥 열렸다.

"희진 쌤!"

거친 호흡이 묻어나는 호찬의 목소리가 공기를 가로질러 왔다. 가쁜 숨을 몰아쉬는 걸 보면 전력 질주를 한 것 같았다. 희진은 놀란 얼굴로 고개를 돌려 호찬을 응시했다. 그 순간에도 그녀가 난간 아래로 발을 내밀지 않을까 나는 걱정이 되었다. 플랫슈즈가 난간 위에서 꿈틀거리듯 움직였다. 의도적으로 내밀지 않아도 조금만 발이 비틀어지면 균형을 잃고 떨어질 것 같았다. 죽음은 고작 5센티미터도 되지 않은 곳에 있었다. 마치 아슬아슬하게 총알이 내 어깨를 뚫고 나간 것처럼. 5센티미터만 아래였어도 나의 숨은 끊어졌을 것이다. 그녀도 5센티미터만 발을 내민다면 이 세상 너머로 떨어질 수 있었다.

몇 초간 머뭇대다가 그녀는 난간에서 발을 뗐다. 나는 눈을 질끈 감았다. 아무것도 눈에 담지 않으면 아무 일도 없는 것처럼. 호찬이 애타게 희진을 부르는 소리가 공기를 흔들었다. 눈을 뜨니 그녀가 비틀거리며 난간 아래로 내려와 있었다. 그녀의 볼에 범벅이 된 눈물이 햇살 속에서 반짝거렸다. 어지러운 듯 무릎이 꺾이며 그녀는 주저앉았다. 죽음이 스쳐 간 얼굴은 피로감과 고요를 동시에 품고 있었다.

홀가분한 마음으로 나는 난간에 앉아 희진에게 소리쳤다.

—다음에 또 저런 데 올라가면 내가 진짜 밀어버릴 거야.

그녀가 들을 리 없는 무용한 발화가 공기 속에서 흩어졌다. 희진은 난간에 기대 앉아 무릎에 얼굴을 묻고 한참 울었다. 작은 새가 길을 잃고 웅크린 듯했다. 동그랗게 말린 어깨는 파들파들 떨고 있었다. 호찬은 묵묵히 그녀 옆에 앉아 있었다. 들썩이던 어깨가 가라앉고 그녀는 손바닥으로 얼굴을 쓸었다. 서툰 세수처럼 대충 얼굴을 문지른 뒤 몸을 일으켰고 옥상 출입구를 향해 걸었다. 당장이라도 허물어질 것 같은 걸음이었지만 멈추지 않았다. 호찬과 나는 마치 보디가드처럼 적당한 간격을 유지하며 그녀를 따라 걸었다. 그녀는 담담한 표정으로 창구로 돌아가 앉았다.

벚꽃은 만개하여 솜사탕처럼 하얗게 부풀어 있었다. 가로등 빛을 받은 하얀 솜덩이 같은 꽃은 검은 하늘로 날아오를 듯 몽글몽글했다. 마른 땅에 포슬포슬 바람이 이는 공터와 대조되는 화려한 만개였다. 그 옆에 희진이 사는 주택이 견고한 모습으로 서 있었다. 검은 벽돌과 우드의 조화로 이루어진, 근육질의 남성을 떠올리게 하는 주택이었다. 나는 커튼 너머를 향해 시선을 던졌다.

—여기서는 정말 평화로워 보여요. 보이는 면 너머는 다르겠지만.

"집이 특히 그렇죠. 그 안에서 살아가는 사람들의 일은 아무도 모르죠."

호찬이 잠깐 입을 다물고 있다가 다시 말을 꺼냈다.

"어린 시절 집에 불이 났어요. 파카에 불이 붙어서 내 부주의로 집이 다 타버렸다고 생각하며 죄책감에 시달렸었죠. 마음 한 편이 까맣게 그을린 채로 살았거든요. 그 집을 재건할 돈도 없어 헐값에 팔았었죠. 근데 며칠 전 어머니를 만나러 갔는데…… 고백을 하더군요. 파카에 불이 붙도록 일부러 난로를 그 옆에 바짝 붙여 놓았었다고. 어머니는 그때 죽으려고 한 거죠, 나랑 같이. 아버지가 떠나고 얼마 지나지 않은 때였는데 아버지에게 고통을 주고 싶었다고 하더라고요. 평생 죄책감을 안고 살아가게 해주려 했다고. 불이 붙어 점점 방을 집어삼키는 것을 방문 틈으로 보고 있었다네요. 불꽃이 악귀처럼 혀를 날름거리며 나를 삼키려 하는 걸 보고 죽여서는 안 된다고 생각했대요. 결국 나를 깨워 집에서 빠져나왔다고."

호찬의 목소리는 담담하게 가라앉아 있었다.

—어머니를 원망해요?

"아뇨. 그날 불이 난 집을 마주하고 서 있었을 때 어머니가 손을 꼭 잡고 있었어요. 그 손이 정말 뜨거웠어요. 그 뜨거움이 무엇을 말하는지 알고 있는데 어떻게 원망을 해요. 원망을 하려면 아버지를 원망해야죠. 버림을 받은 인간은 폐허 자체가 되죠. 이미 어머니의 마음은 불타버린 집과 같은 거였어요. 어머니가 폐허 위에서 버틴 건 나 때문이겠죠. 나한테 평생 미안한 마음으로 살았는데 그게 어머니에게는 살아갈 힘이었던 거 같아요. 이번에 센터에 복면들이 난입했다는 뉴스를 듣고는 진실을 고백하고 싶었다고 어머니가 말하더군요."

—아.

"어머니가 그런 일을 벌였다고는 생각지 못했어요. 전혀 감을 잡을 수 없는 일이었으니까. 내 기억에는 분명 내가 그 난로 위에 파카를 두었거든요, 어머니가 아니라. 어쨌든…… 어머니는 죽음 앞에 바짝 다가서야 살아 있는 것이 기적이라는 걸 볼 수 있다고 했죠. 죽음은 소중히 잡고 있어야 할 것에 대해 말해준다고."

나는 고개를 끄덕였다. 유한한 삶을 산다는 자각을 통해 소중한 것들에 마음을 쓰게 되는 것인지도 몰랐다.

—희진 쌤도 먼 훗날 그런 생각을 하면 좋겠네요. 놓아버리지 않는 게 기적이라고.

"그건 이안 쌤에게도 그래요."

─난…… 틀렸어요. 살아 있지 않잖아요.

"살아 있으니까 오늘 기적을 만든 겁니다."

호찬의 목소리에 봄의 햇살 같은 따뜻함이 배어 있었다. 문득 나는 마음의 의혹을 떨치기 위해 물어야 할 것이 있다는 생각을 했다. 낮 동안의 소동으로 마음에서 밀려나 있었지만 반드시 호찬에게 물어야만 했다.

─아, 근데 혹시 인디언 문양이 있는 엽총 본 적 진짜 없어요?

"아니요."

머뭇거림 없이 명확한 대답이어서 내 안의 또 다른 질문들은 멈추었다. 한껏 상기된 마음을 내리눌렀다. 미심쩍었지만 숨기고자 하면 들을 수 없었다. 때가 아니라면 알고자 해도 알 수 없을 것이었다. 그리고 무엇보다 나는 그의 마음속에 타인을 설레게 하는 반짝임이 있다고 믿고 있었다.

그 순간 캠핑카를 두드리는 소리가 어렴풋하게 들려왔다. 호찬이 문을 열었을 때 희진이 서 있었다. 호찬과 희진은 공터 끝 바위에 앉아 벚꽃나무를 바라보았다.

"근데 벚꽃까지 피어서 완전 멋지네. 우리 집 풍경인데 오늘에야 제대로 보네요."

희진이 벚꽃을 올려다보다가 감탄하듯 내뱉었다.

"바이킹 또 타고 싶네요. 마치 일탈 같은 순간이었어요."

희진은 여전히 재난의 한가운데를 통과하는 듯 보였다. 표면적으로는 정상 궤도 속으로 들어온 듯한 그녀도 불안으로 얼룩진 시간을 보내고 있었다. 우리의 삶은 오래된 침대처럼 푹 꺼져버린 것인지도 몰랐다. 다시는 팽팽하게 채워질 수 없도록 변형된 채. 재난의 후유증은 꽤 깊고 진하다.

호찬이 힘을 내라는 듯 말했다.

"바이킹 타러 갑시다, 곧."

"바이킹 못 타는 졸보면서."

희진이 킥킥 웃었다. 그러다가 왈칵 눈물을 쏟았다. 호찬은 움직이지 않고 가만히 기다렸다. 희진은 어깨를 들썩이다가 어느 순간 멈추고 할머니들이 그렇게 하듯이 옷소매로 콧물을 닦았다.

"난 다른 삶을 살기 위해 애를 썼다고 생각해요. 부모님의 교통사고, 산후우울증 따위를 벗어나 다른 삶을 살기 위해 아등바등했어요. 근데 아무것도 달라지지 않았어요. 세상에 다른 삶 같은 거 없더라고요."

희진의 목소리에 물기가 그렁그렁했다.

"어딘가에 갇힌 거 같아. 어디에서도 이해받지 못하는 기분에 빠지는 거죠. 이해받을 수 없는 타인들에 둘러싸여 사는 거 지긋지긋해. 무심한 말들에 질렸어요."

희진의 웅크린 여린 어깨가 아직 옥상의 난간에 서 있는 것처럼 불안해 보였다. 한계 지점에 서는 것은 인과적 선택의 결과가 아니었다. 어느 날 문득 버틸 수 없는 지점까지 밀려나버리는 것이었다. 아니, 버티고 버틴 결과가 한계 지점이 되기도 했다.

나는 희진을 향해 중얼거렸다.

─아무리 그래도 또 옥상에서 그러면 내가 진짜 밀어버릴 거야.

희진이 애써 웃어 보였다.

"미안해요, 이런 얘기해서."

"아니에요. 얘기를 하는 건 미안할 일이 아니에요."

호찬이 씩씩하게 웃었다. 이제 말랑말랑한 근육을 완전히 되찾은 것 같았다. 상대의 말이 도착할 지점에 마중 나와 있는 웃음, 따뜻한 온도의 웃음을 지을 수 있는 유연한 근육을. 호찬이 장난스러운 어투로 말했다.

"아, 그래서 말인데…… 죽은 건 아닌데 귀신처럼 돌아다니는 사람에 대해 들어본 적 있어요?"

나는 화들짝 놀라서 물었다.

─지금 내 얘기하려는 건가요? 미쳤어요. 당신 미쳤다고 할 거예요. 둘 다 미쳤어. 한 명은 죽으려고 했고, 한 명은 귀신을 본다는 얘기를 하면.

"그게 뭐죠?"

"제가 요즘 영혼으로 만들어진 이안 쌤을 봐요."

"그게 무슨?"

나는 경고하듯 낮은 목소리로 말했다.

─그만해요.

희진이 의아한 얼굴로 되물었다.

"이안 쌤은 지금 병실에 누워 있잖아요?"

"그렇죠. 근데 저는 요즘 이안 쌤이 내 주변에 얼씬거리는 걸 봐요."

"무슨 말인지 모르겠어요."

"이안 쌤의 영혼이 내 옆에 있다는 얘긴데…… 아, 답답하네."

"하하, 농담도."

"사실이에요."

"좋아요. 그렇다고 쳐요. 근데 정신과에서 약은 받아 왔죠?"

희진이 큭큭 웃었다.

"웃었으니 됐네요. 이게 다 그냥 한바탕 소동이라고 생각하죠."

봄밤은 아늑하고 부드럽게 흐르고 있었다. 삶은 가끔 예측하기 힘든 사건으로 우리를 흔든다. 수없이 다양한 변수들이 움직여 불가해한 상황 속으로 밀려 들어간다. 죽음이 몇 센티미터 앞까지 다가서는 상황에 직면할 수도 있다. 그러나 그 몇 센티미터의 틈에 이런 봄밤의 순간들이 개입하고 또다시 상황을 바꾼다.

"그럼 지금 이안 쌤이 옆에 있나요?"

"그럼요. 희진 쌤 옆에 바짝 붙어서 목소리에 귀를 기울이고 있죠."

"으스스해지네."

희진은 호찬의 말을 믿고 있는 것 같지 않았지만 계속 맞장구를 쳐주었다.

"고맙다고 해줘요. 나 아까 실은 옥상에서 이안 쌤의 목소리를 들은 거 같았거든요. 호찬 쌤 말이 사실인지 아닌지 그건 모르겠는데요, 나한테 안 된다고 말하는 소리를 들었어요. 희미한 목소리가 느껴져서 뛰어내리려다가 망설였어요. 내가 착각한 거라고 생각했는데 가능성이 있군요."

— 정말 내 말이 들렸어?

초자연적 힘에 대해 누군가를 설득할 수는 없었다. 실은 유체 이탈에 대해 초자연적 운운할 수 있는지도 명쾌하지 않았다. 설명할 수 없는 미지의 영역에 언어를 들이대는 것은 무모하다. 아니, 진실은 언어의 영역 바깥에서 움직이고 있었다. 희진도 잠깐 그 영역 밖으로 미끄러진 것이다. 그리고 언어화되지 못하는 진실에 이끌리는 것은 대부분 진심을 통해서이다.

길고 긴 하루를 보낸 탓인지 피로가 스며들었다. 농밀한 묵직함이 영혼 깊은 곳으로 손을 뻗고 있었다. 봄밤의 나른함이라고 해야 할 것도 같았다. 목이 갑갑해지고 정신이 혼미해졌다. 다음 순간 무언가가 강력하게 잡아끄는 듯한 느낌에 빠졌다. 호찬에게 무슨 말인가를 남기려 했지만 입이 떨어지지 않았다. 마치 커다란 환풍기가 빨아들이고 있는 것 같았다. 깊은 어둠 속 어딘가로 빨려 들어가듯 나는 병실로 이끌렸다.

병실에 도착했을 때, 마스크에 야구 모자를 눌러쓴 한 사람이 있었다. 그 사람은 침대 위에 잠들어 있는 얼굴을 베개로 짓누르고 있는 중이었다. 그 사람의 팔에 힘이 가해지는 것이 느껴졌고 숨이 막혀왔다. 살려달라는 목소리는 내부를 떠돌다 꺼졌다. 어떤 상황인지 감지했지만 몸이 움직이지 않았고 호흡은 점점 더 힘겨워졌다. 벚꽃나무가 어른거리다가, 옥상 위 희진이 희끗희끗 스쳤다가, 소파 위에 잠들어 있는 어머니와 술 냄새 풍기며 잠든 아버지가 눈앞에 있었다. 그 모든 영상이 분해되고 흩어지면서 멀어졌다. 희미해지는 의식 사이로 야구 모자의 얼굴을 확인하려고 했지만 이미 시각은 기능을 놓아버렸다. 검은 배경 위에 한 점의 별빛이 희미하게 빛나다가 사라졌다. 의식이 가물거리며 나를 놓고 있었다.

죽음에 이르렀다는 걸, 육신과 영혼이 하나가 되면서 죽음 속으로 흡수되고 있다는 걸 알 수 있었다. 여기가 끝이라는, 모든 게 아무것도 아닌 종말의 순간이라는 걸. 흔들리는 검은 실루엣을 따라가면 죽음에 다다를 수 있다는 생각이 어렴풋이 스쳤다. 머릿속이 아득해지면서 완벽한 암흑이 찾아왔다.

4부

한마디의 말도 신호도 보이지 않네.
그대 침묵할 수밖에 없고,

고트프리트 벤 「이별」 중에서

1

    인터넷의 테러 예고, 두 번은 중국 계좌에서 송금된 돈을 받고 알바생들이 글을 올렸다. 송금된 계좌를 추적하기 위해 협조 요청을 넣고 이 주가 지나서 공문이 도착했다. 회사에서 성추행으로 해고된 사십 대 오석중, 그는 경찰 조사에서 실제로 테러를 할 생각은 없었다고 진술했다. 고용센터 직원으로부터 부당한 대우를 받았고 직원들을 곤란하게 하려는 게 목적이었다고. 테러 예고를 의뢰했지만 오석중은 복면들이 난입했던 금요일에는 부산에 있었다. 테러 예고범은 이번에도 복면들과 무관했다. 오석중을 체포하면서 복면들 검거에 희망을 품었던 진욱은 토요일 아침 눈을 뜨자마자 서로 향했다. 눈이 붉게 충혈된 데다 머리가 묵직했다.

병원에 입원 중이던 5번 창구 직원 김재석이 사라진 것은 서이안의 병실에 괴한이 침입한 날이었다. 실종인지 도주인지는 아직 단정할 수 없었다. 김재석의 핸드폰을 추적 중이었는데 전원이 꺼진 지 열 시간이 넘었다. 진욱은 김재석의 마지막 모습을 확인하기 위해 병원으로 나섰다.

CCTV 속 김재석은 환자복이 아닌 검은색 자켓을 걸치고 있었다. 그는 엘리베이터를 빠져나가 병원 입구에서 누군가의 차를 타고 사라졌다. 고개를 푹 꺾고 어깨를 웅크린 모습이 예사롭지 않아서 오히려 눈에 띄었다. 몸을 숨기려는 의도가 다분히 드러난 몸짓이었다. 본인의 발로 병원을 빠져나갔다는 점에서 실종은 아니었다. 실종은 아니지만 CCTV를 의식하고 있는 행동은 수상한 느낌을 자아냈다. 인간의 시각은 선택적 욕구를 따라 움직인다. 인간의 눈을 믿으려 하는 것만큼 어리석은 것도 없었다. 인간의 시각은 스스로의 필요에 의해 걸러진 정보만 흡수하지만 CCTV는 엄정하다. 길에서 지나쳐 간 보통의 인간들도 CCTV 모니터로 보자면 수상할 수 있다.

CCTV를 들여다보던 진욱의 눈은 또 다른 인물을 포착했다. 유호찬이 심상치 않은 빈도로 CCTV에 출현하고 있었다. 진욱은 CCTV 속 유호찬의 움직임을 찬찬히 더듬었다. 유호찬은 병실 복도에 오랫동안 머물다 사라지곤 했다. CCTV는 성실하고 꾸준히 인간의 눈 너머를 담아내고 있었다.

서경우는 일이 제법 복잡하게 흘러가고 있다는 것을 확인했다. 원점부터 다시 사건을 들여다봐야 했다. 박지강이 고용센터에 실업급여를 신청하러 갔던 시점은 이미 살해당한 이후. 그러니까 신원 미상의 누군가가 죽었고, 박지강은 그의 신분을 도용하고 있었다. 실업급여과의 제보에 따르면 박지강이 사용하고 있는 신분은 이현기. 정황으로 보면 죽은 이는 이현기였다.

부검에서는 질식사한 시신의 목에서 끈에 졸린 흔적이 발견되었다. 그러나 저항의 흔적은 강하지 않았다. 목에 끈을 둘러 살해하는데 저항이 불가했다면 뒤에서 끈을 잡아당겼다는 말이었다. 자동차 뒷좌석에서 운전석에 앉은 피해자의 목에 줄을 감아 당겼을 가능성이 가장 높았다. 서경우는 자동차 내부에서 발견된 증거품을 다시 보기 위해 증거물 보관소로 뛰어갔다. 그러나 증거물 상자에는 목을 끊을 때 썼을 법한 범행 도구는 눈에 띄지 않았다.

서경우는 이현기를 찾아 나서야 했다. 아니, 이현기 뒤에 숨은 박지강이라고 해야 했다. 그날 오후 박지강의 대학교 동창과 연락이 닿았다. 이현기의 통화 내역에서 가장 빈번하게 보이던 인물이었다. 박지강은 이현기의 명의로 전화를 개통하고 실제로는 필요에 따라 박지강과 이현기를 오가며 살았던 것으로 보였다. 한 대학교 행정실에 근무하는 박지강의 동창 윤동

민은 놀라는 표정이었지만 이내 평정을 찾았다. 그리고 박지강이 도박 빚과 사채로 괴로워했다고 진술했다.

"친구들한테 돈을 꾸고 다녔는데 도박한다는 인간에게 누가 돈을 꾸어줍니까?"

"돈을 꾸고 다녔어요?"

"그놈도 한때는 성실하고 똘똘했는데 인생이 어쩌다 거기까지 갔는지."

"혹시 이현기가 누군지는 아십니까?"

서경우는 윤동민의 얼굴을 깊게 들여다봤다. 적어도 가끔은 형사의 촉이 들어맞기도 했다. 누가 거짓말을 하는가, 혹은 누가 누구의 편인가 하는 정도의 선에서.

"지강이랑 고등학교 동창이었죠. 어린 시절부터 고아원에서 자란 친구라고 하던데. 가족도 없고, 친구도 별로 없는 걸로 알아요. 잘 어울리지 못했죠. 어딘지 어둡고 우울한 분위기가 나서. 저랑은 영 안 맞아서 깊게 알지는 못하지만."

사라져도 주변에서 찾지 않을 만한, 아니 찾아줄 가까운 이가 없는 이현기. 실종조차 묻혀버릴 고립무원의 삶을 사는 인간. 그래서 박지강이 작업 대상으로 삼았을 것이다. 서경우가 윤동민과 헤어져 주차장으로 가고 있을 때 전화기가 울렸다.

"선배님, 방금 제가 확인했는데 이현기가 얼마 전에 중국행 비행기를 탔어요."

전화기 너머의 목소리에 서경우의 미간이 좁아졌다. 그러
니까, 이현기의 이름으로 사는 박지강이 중국으로 도주했다는
말이었다.

"일이 단단히 꼬였군."

2

눈을 떴을 때 등 밑으로 단단한 매트리스가 느껴졌다. 하얀
천장을 잠시 올려다보다가 이안은 병원 침대 위에 누워 있다
는 것을 깨달았다. 순간 의식과 몸이 하나가 되어 있다는 것이
느껴졌다. 긴 여행을 마치고 돌아온 듯 안도감이 몸 구석구석
을 채웠다. 이안은 팔을 천천히 들어 올려 얼굴에 가져다 댔다.
푸석하고 꺼칠한 피부가 손바닥을 생생하게 자극했다. 이불을
잡아당기자 가뿐하게 끌려 올라왔다. 적절한 사이즈의 옷을
입은 것처럼 몸속에 영혼이 잘 들어맞는다는 안정감이 느껴졌
다. 총알이 몸속을 파고들던 순간이 꿈의 한 조각처럼 아득했
고 깊은 잠을 자고 깨어난 것처럼 개운했다. 세상으로 온전히
복귀했다는 것을 확연하게 인식할 수 있었다.

"꺄아악!"

죽음을 가까스로 넘어온 영혼의 절규는 병동을 흔들었다.

얼마 후 의사들이 몰려와 열광적으로 떠들어댔고 무언가를 기록했다.

뿔테 안경을 쓴 젊은 의사가 주치의와 이안을 번갈아 바라보며 말했다.

"어제 저녁 호흡이 끊어져서 CPR을 했습니다. 그 쇼크로 어떤 변화가 생긴 것 같습니다."

"일단 계속 지켜보도록 합시다. 환자분, 제 목소리 들립니까?"

주치의가 이안에게 몸을 기울이며 묻자 이안이 나지막한 목소리로 내뱉었다.

"점심에 고기를 드셨군요."

의사의 머리칼에서 희미하게 숯불의 매캐한 향이 퍼지고 있었다. 호위 무사들처럼 서 있던 의사 무리에서 희미한 웃음이 흘러나왔다. 의사는 당혹스러움을 감추고 선언하듯 말했다.

"후각도 정상입니다,"

정말 돌아왔음을 확인하는 건 부모님을 통해 이루어졌다.

"이것아, 이것아. 괜찮은 거야? 엄마 알아보겠어? 엄마야, 엄마라고."

가족의 테두리 안으로 귀환했다는 것이 절절하게 와닿았다. 익숙한 것을 되찾는 감동도 꽤 컸다. 오랫동안 이국땅에 머물다 돌아온 것처럼 되찾은 익숙함이 신선했다. 익숙함이 깨지

222

고 그 밖으로 내동댕이쳐지면 테두리를 다시 세우는 일이 자
못 어렵다. 일탈을 꿈꾸고 일상을 벗어나길 갈망하지만 안정
적 궤도를 벗어나는 것만큼 두려운 것도 없었다. 살아가면서
쏟게 되는 안간힘은 깨지지 않는 든든한 궤도를 세우는 데 있
는 것도 같았다.

　며칠 더 몸 상태를 살펴야 한다는 권유를 물리치고 이안은
퇴원했다. 바이털 수치는 모두 정상이었고 컨디션도 나쁘지
않았다. 의식과 몸이 하나가 되어 인간 세상으로 복귀한 기분
을 만끽하고 싶었다.

　거리의 풍경들이 익숙하면서도 이국적으로 펼쳐졌다. 이안
의 감각은 날카롭게 날이 선 채 세상의 풍경을 흡수했다. 헤어
졌던 연인의 품처럼 되찾은 거리 풍경은 색다르게 느껴졌다.
부딪히지 않기 위해 이안을 피하는 몇몇 사람들을 통해 살아
있는 존재로서 거리에 서 있는 현실감이 일었다. 택시를 잡아
타고 목적지를 말하자 알겠다는 기사의 칼 같은 답변이 돌아
왔다. 발화들은 가야 할 곳을 향해 정확하게 나아가고 있었다.
화살이 날아가 과녁에 꽂히듯이. 그것은 명쾌하고 기분 좋은
감각이었다.

　중앙선을 중심으로 교차하는 차의 행렬이 두 줄기의 빛을
발하며 몽환적으로 이어졌다. 순간 이동이 불가능한 세계이니
거추장스러운 물리적 세계의 혼잡을 뚫고 가야 했다. 교통 상

황만큼 평범한 일상을 말해주는 것도 없었다.

　캠핑카 문을 두드리자 잠시 후 호찬이 문을 열었다.

　"짜잔, 놀랐죠?"

　호찬의 눈이 둥그렇게 커졌다. 예상보다 더 크게 놀란 얼굴이었다.

　"여긴 어떻게?"

　"문을 두드리니까 이상해요?"

　호찬은 어이없다는 표정을 지었다.

　"제가 여기 사는 건 어떻게?"

　"아이, 왜 이래요? 며칠 전까지 내가 왔었는데. 너무 놀라서 안 믿기는 건가?"

　"며칠 전까지 여기를 오다니요?"

　"아니, 내가 거의 매일 드나들었잖아요! 며칠 전에는 야구도 하고."

　며칠 전 저녁, 이안은 호찬과 상상 속에서 야구 게임을 했다. 공은 없지만 빈 팔을 휘두르고 달리는 식이었다. 봄밤의 나른하고 풋풋한 공기 속에서 열심히 뛰어다녔다. 다음 날에는 희진이 옥상 난간에서 소동을 벌였다. 그날 밤, 호찬과 희진을 공터에 남겨두고 이안은 빨려들듯 병실로 돌아갔다. 눈을 뜨니 육신과 일체화된 온전한 인간의 상태였다. 귀환한 몸에 유체이탈의 기억이 생생하게 새겨져 있었다. 그런데 그는 아무것도 모른다는 얼굴이었다.

"대체 무슨 말인지……."

어디부터 설명해야 하는지 이안은 애가 탔다. 현실감각이 전혀 없는 세계에 대해 어떻게 설명해야 하는지 난해했다. 제대로 설명해도 판타지에 불과했다. 그 세계를 공유한 사람들만 수긍할 수 있는 얘기였다. 그런데 유일하게 그 공간을 이해했던 그가 모든 경험을 부인하는 표정으로 서 있었다.

"장난 그만 해요. 재미없어요."

호찬은 단호하게 고개를 가로저었다.

"도무지 어떤 상황인지……."

"아, 이 사람. 정말 왜 이래요?"

호찬의 표정이 말해주는 것은 너무나 뚜렷했다. 두 사람의 기억이 다른 서사를 이루고 있다는 것. 두 개의 기억이 완전히 별개라는 것.

기억과 기억이 어긋난 채 흘렀다. 두 기억을 연결하는 고리는 어디에도 없었다. 호찬은 이안이 병실에 있었다는 것과 동시에 그를 만나러 왔었다는 말을 듣고 뜨악한 표정을 지었다. 어디서 약을 파느냐는 말을 겨우 참고 있는 노골적인 표정이었다. 그에게 유체 이탈은 현실에서는 절대로 일어날 수 없는 불가능의 플롯이었다. 단단히 미쳤다는 생각을 하고 있는 게 틀림없었다.

어째서 차원이 다른 두 세계가 각각 흐르고 있는지 논리적 해명은 되지 않았다. 그동안의 시간은 배타적 기억 속에서 부정되었다. 유일하게 기억을 공유할 수 있는 대상이 증빌해버린 것이었다. 이안은 함께 군위를 여행한 얘기부터 두서없이 끄집어냈다. 마치 갓 잡아 올린 물고기가 파닥거리듯 이안에게는 생생한 기억이었다. 호찬은 계속해서 어이없다는 표정을 지었다.

"아, 바이킹. 호찬 쌤 바이킹 무서워하죠?"

"네? 바이킹을 안 타는 건 맞지만……."

"거봐요. 어릴 때 바이킹에 안 좋은 기억이 있잖아요."

"그렇기는 한데……."

"맞죠? 아니라고 하지 말아요."

호찬은 여전히 미심쩍은 표정을 지었다.

"그래도 무슨 말을 하시는 건지……."

"그럼 당신이 바이킹 졸보라는 걸 내가 어떻게 알죠?"

"혹시 인스타에서 나에 대해 읽었을 수도 있죠. 거기에 바이킹에 대해 쓰여 있거든요."

호찬의 표정은 어두워졌다가 놀랐다가 당혹스러움을 드러냈다. 아니, 그저 정신이 나간 여자의 횡설수설을 가소롭게 보는 듯했다. 이해시키려 안간힘을 쓰는 입장도 혼란스러운 것은 마찬가지였다.

"그리고 며칠 전에 진짜 기적을 만들었는데. 우리가 희진 쌤의 죽음을 막았잖아요. 이걸 모른다고 하면 안 되는데."

이안은 희진의 집을 건너다보며 말했다. 눈물을 머금고 난간 끝에서 내려오던 희진이 떠올랐다.

호찬의 표정이 굳어졌다.

"그건……."

"그건 알고 있는 거죠?"

"아뇨."

"그것도 정말 기억에 없어요?"

3

점심시간이 지났지만 실업급여과의 한 창구는 비워져 있었다. 창구에는 부재중 안내 표지가 세워졌다. 사라진 직원의 전화기는 꺼져 있었고, 누구도 행방을 알지 못했다. 창구는 계속 공석인 채로 얼마의 시간이 흘렀다. 그 시각 119에는 한 아파트에서 여자가 추락했다는 신고가 접수되었다. 신고를 받고 출동한 소방대원들은 화단 잔디 위에 널브러진 여자의 시신을 발견했다. 경찰들이 현장 조사를 시작했고 CCTV 속 여자를 찾아냈다. 엘리베이터에 혼자였던 여자는 20층에서 내렸다.

여자의 주머니에서 공무원증이 발견되었고 유서는 없었다. 아파트 옥상에서 추락한 여자가 즉사했다는 연락이 고용센터의 관리과로 전해졌다.

다음 날, 자살의 진상을 조사하기 위해 본부 직원이 파견되었다. 실업급여과 직원들은 당혹스러운 얼굴로 본부 직원들을 마주했다. 일련의 흉흉한 일들을 두고 푸닥거리를 해야 한다는 이들도 있었다. 죽음의 원인을 밝히고 대책을 강구하라는 의견을 내는 이들도 있었다. 그러나 잠깐의 논란이 사라지면 대책도 사라진다는 것을 그들도 알고 있었다. 뜨거운 모든 것이 식어버리기 마련이듯이.

휴가를 낸 금요일부터 호찬은 캠핑카 침대 위에 누워 있었다. 컵라면이나 삼 분 죽으로 끼니를 때우며 인터넷 기사를 읽다가 잠에 빠졌다. 가끔 캔맥주를 마시고 싱크대에 찌그러진 캔을 버렸다. 오른쪽 관자놀이는 진한 두통으로 욱신거렸다. 두통을 가라앉히기 위해 할 수 있는 건 침대 위에 뻗어 있는 것뿐이었다.

누군가 문을 두드렸을 때 바람이 스치는 거라고 생각했다. 호찬의 캠핑카에 누군가 방문한 적이 없었다. 문을 두드리는 소리가 계속 이어지고서야 방문객이 문 뒤에 있다는 생각이 들었다.

문을 열었을 때 놀랍게도 이안이 서 있었다. 생기 가득한 얼굴에 미소까지 덧보태진 표정 덕분에 문밖이 환했다.

 "격무에 시달리던 공무원의 자살 – 복면들의 테러를 당한 고용센터의 비극은 아직도 진행 중"핸드폰으로 인터넷 기사를 읽은 이안은 호찬에게 아무것도 묻지 못했다. 이안의 무릎이 꺾이자 호찬이 다가가려 했지만 그녀는 손을 뻗어 제지했다. 이안은 잠시 쭈그리고 앉은 채 움직이지 않았고 얼마 뒤 마비가 풀린 것처럼 어색하게 몸을 일으켰다. 이안의 걸음은 흔들렸고 가끔 멈추었다. 호찬이 그녀의 뒤에서 함께 걸었다. 벚꽃나무는 이미 찬란한 순간을 벗어버리고 있었다. 며칠 만에 꽃잎을 떨궈낸 가지에는 연초록 순들이 피어오르고 있었다. 시간은 아름다운 순간을 놓아버리는 일을 주저하지 않는다. 희진의 집 2층 창문에서 빛이 새어 나오고 있었다. 이안은 마치 망망대해에서 등대를 바라보듯 그 빛을 올려다보다가 주저앉았다.

 다른 차원에서 두 세계가 개별적으로 존재하고 있었다. 발이 묶인 이 현실 바깥에 다른 세계가 공존했다. 그 추정을 구체적으로 지지할 근거는 없었다. 그럼에도 두 차원의 세계가 양립하고 있다는 생각을 내려놓을 수 없었다. 제로의 공간에서 희진은 분명 살아남았다. 그런데 다른 하나의 세상에서 희진은 완벽하게 사라졌다.

알고 있는 것과 대립하는 세계를 마주하는 해야 하는 것은
절망스러웠다. 이안은 세수를 하다가, 잠을 자려다가 멍하니
앉아 있곤 했다. 외부 세계의 흐름이 와닿지 않았다. 이 세계는
희진의 존재를 인정하지 않았고, 이안은 그런 세계를 수긍할
수 없었다. 하나의 삶이 닫히고 하나의 세계도 무너져버렸다.
제로의 공간으로 돌아가 희진의 생사를 확인하고 싶은 갈망이
마음을 지배했다. 물리적 세계에서는 실현 불가능한 갈망이었
다. 나쁜 것도 미친 것도 아니지만, 나쁘기도 하고 미친 것도
같았다. 앞으로 나아가는 것이 아니라 다른 차원을 꿈꾸는 인
간이라니 말이다.

자살은 가장 잔인한 방식의 침묵이다. 희진의 선택은 아무
것도 말하지 않는 것이었다. 희진은 언어 바깥으로 떨어져 내
렸고 모든 이야기는 침묵 속으로 빠졌다. 그곳은 이안이 떠돌
던 영역과는 또 다른 곳이었다. 돌아올 희망이 전무한 곳이라
는 점에서.

희진의 남편은 뉴스 매체와의 인터뷰를 통해 자살의 원인
규명을 요구했다. 인터뷰 내용에 따르면 금요일의 복면들이
다녀가고 희진은 극도의 혼란과 불안의 시간을 보냈다. 불면
증에 시달렸고 식사도 거의 하지 못했다. 꿈에 복면들이 나타
나 총을 쏘아댔다는 이야기를 하기도 했다. 업무 복귀를 두려
워했고, 민원인들과의 상담에 부담을 느꼈다. 자살의 책임을

묻겠다는 의지를 드러낸 인터뷰였다.

그러나 인터뷰가 희진의 죽음 전체를 말해주는 것은 아니라고 이안은 생각했다. 하나의 죽음은 수많은 이야기를 함축하고 있다. 그리고 그 이야기들을 해체시킨다. 갖가지 풍문으로 죽음의 이유를 상상하거나 추정할 수 있을 뿐이다. 죽음 뒤에는 어떤 이야기도 만들어질 수 있지만 결과적으로 어떤 이야기도 만들어지지 않는다. 이야기를 만들고 싶어 하는 인간들의 욕망만 난무한다. 이안에게는 희진이 살아 있다는 이야기의 욕망이, 터무니없고 불편한 욕망이 꿈틀거렸다.

제보자를 만날 수 있다는 연락을 받고 진욱은 센터에 도착했다. 지하 1층의 공기는 차갑고 눅눅했다. 자동차 에어컨 안쪽에 곰팡이가 피면 흔히 올라오는 불쾌한 냄새가 떠돌고 있었다. 엘리베이터에서 내려 왼쪽으로 난 복도를 걸어가니 하얗게 도색된 양문형 철문이 있었다. 경찰서 문서고에서도 볼 수 있는 평범한 철문이었다. 이 문을 통과해 복면들이 CCTV를 가져갔다. 공모가 없으면 불가능한 일이었고 공모자의 단서를 찾는다면 수사는 급변할 터였다. 센터의 서무가 문을 열었고 진욱 형사와 동료 강지석이 문서고 안으로 들어섰다. 작은 움직임이 빚어내는 소음이 공명하면서 지하 벙커 속으로 요란하게 번졌다.

테러 사건 직후 이미 방문한 적이 있지만 처음처럼 주의 깊게 살폈다. 문서를 보관한 철제 책장이 양옆으로 늘어선 가운데 비좁은 통로가 있었다. 마치 거대한 비밀의 숲처럼 문서가 빡빡했다. 통로 끝까지 걸어 들어가면 유리문으로 나누어진 시설실이 나타났다. 유리문은 열려 있었고, 각종 리드가 꽂힌 패널과 천장을 가로지르는 거대한 전선 더미들이 한눈에 들어왔다. 별처럼 작은 빛을 발하며 반짝이는 램프들은 센터의 심장에서 전기를 원활하게 공급한다는 신호였다. 시설실 직원 김석민이 기다리고 있었다는 듯 의자에서 일어서며 설명을 시작했다.

"그러니까 CCTV를 관장하는 컴퓨터와 모니터는 저기에 있는데……."

진욱은 이미 전에 들은 얘기에는 흥미가 일지 않았고 목격자가 궁금해 조바심이 났다. 그러나 조급함을 쉽게 드러내는 건 미숙한 초보들에게나 어울렸다. 벌써 십이 년이나 경력을 쌓았으니 침착하게 기다릴 줄도 알았다. 밀고 나가고 기다리고 파고드는, 그 모든 타이밍을 적절히 찾아가는 게 수사였다. 마침 철거덕거리며 문이 열리는 소리가 문서고의 공기 속에 퍼졌다.

조용한 발소리가 다가오고 있었고 서무가 고개를 돌리며 증인이 도착했다고 말했다. 작은 키에 짧은 파마머리. 야위고 검은 얼굴의 한 여자가 발소리를 죽이려 애쓰며 다가오고 있었다. 목격자는 센터의 미화원으로 일하는 김말자였다.

"그러니까 그날 시설실 직원들 말고 여기로 들어온 직원을 목격했다고요?"

문서고 맞은편에는 각종 재활용품을 관리하는 창고가 있었다. 폐지를 모으고 분류하는 작업을 하는 곳이었다. 그날 김말자는 그곳에서 나오는 길에 한 직원을 목격했다고 제보했다. 그러나 문서고와 함께 시설실이 있으니 직원들이 드나드는 게 수상한 일은 아니었다.

"근데, 그러니까, 그 직원이 문, 문서고 앞에서 누군가와 얘기를 나눴는데, 그, 그 사람은 여기 직원이 아니었어요."

잠깐의 침묵이 거대한 지하공간을 가득 채웠다. 컴퓨터와 각종 후드가 윙윙 돌아가는 소음이 침묵을 부각했다. 그러나 진욱은 섣부르게 동요하지 않았다. 목격자들의 얘기가 빗나가거나 터무니없는 상상에 불과한 경우도 허다했다. 그럼에도 목격자가 가져오는 작은 조각 하나가 진실의 방향을 가리킬 때가 많다. 진실은 대부분 해체된 상태로 온다. 흔적조차 없어진 진실의 입자들을 끌어모으는 일은 연금술과도 비슷했다. 흩어진 조각들을 조립하고 원형을 복원해내는 것이 형사의 일이었다. 그리고 생각해보면 그것은 결국 삶의 일이었다.

"그 직원이 누구였죠?"

"근데 이, 이름을 모르겠어요."

실업급여과 회의실에는 캐비닛이 늘어서 있고 오직 테이블과 의자뿐이었다. 인테리어라고 할 만한 어떤 것도 없는 무미건조한 공간이었다. 진욱은 이 공간이야말로 취조하기에 적절하다는 느낌을 받았다. 상대를 파고들고 파헤치는 데 적정한 외적 컨디션도 분명 있었다. 공간도 가끔 취조에서 한몫을 하곤 했다. 불필요한 장식이 없는 공간은 오직 본질에 집중하도록 만드는 힘을 발휘했다. 죄책감을 자극하거나 불안을 극대화하는 건조한 공간임을 진욱은 직관적으로 느꼈다.

미화원이 직원 사진에서 호찬을 지목했을 때 설마, 라며 탄식하는 이들이 있었다. 대부분 진짜 범죄자는 가면 속에 숨어 있다. 설마 그럴 리가 없는 온순하고 평범한 직장인이라는 가면 속에. 그래서 그들은 실제로 숨을 필요도 없이 살아갈 수 있다. 6인용 회의 테이블에 두 사람이 마주 앉았다. 진욱은 메모와 녹음을 준비하고 호찬이 잘 볼 수 있도록 테이블 위에 올려두었다.

호찬은 그 의미를 안다는 듯 불편함이 깃든 표정을 지었다. 그러나 이내 입매를 가다듬고 손에 깍지를 낀 뒤 책상 위에 올렸다. 위축되거나 흐트러진 태도는 아니었지만 진욱은 그의 제스처 하나하나에 눈길을 주었다. 참고인의 손에 땀이 배어

나는 순간을 포착하는 것만으로 수확을 거둘 때도 있었다. 관찰력이 뛰어난 것은 어느 직장에서나 환영받을 요소지만 무엇보다 좋은 형사의 미덕이었다.

"복면들이 난입했던 금요일 오후 다섯 시경, 지하 문서고에 갔던 게 맞습니까?"

호찬의 목소리는 담담했다.

"네, 그날만 간 게 아니라 매우 자주 갔습니다."

"왜죠?"

"그게 제 업무 중 하나입니다."

부정수급 의뢰가 오면 지하 문서고에서 모든 직원이 서류를 찾는다. 그날도 호찬은 서고에서 서류를 찾아 보내주었다. 호찬의 답변은 단정하고 흐트러짐 없었다.

"근데 그날 문서고 앞에서 외부인을 만나고 있었다고 하던데요. 혹시 누구였는지 말씀해주실 수 있나요?"

그날 호찬은 문서고 앞에서 한 남자와 마주쳤다. 취업 알선을 받고 싶다고 해서 1층으로 안내를 했다. 수상할 만한 일은 아니었다. 가끔 민원인들이 지하 2층에 주차를 하고 지하 1층으로 올라오기도 했다.

진욱은 틈을 주지 않고 계속 질문을 던졌다.

"혹시, 직원들이 입원하고 있던 병원에도 가신 적이 있습니까? 김재석 씨를 만난 적이 있나요, 병원에서?"

병원이라는 단어에서 호찬의 표정이 잠깐 흔들렸고 진욱은 놓치지 않았다.

"병원에는 왜 가신 거죠?"

"서이안 선생님 병문안을 갔습니다."

"일반 면회는 안 되고 있었는데요?"

"병실에는 들어가지 않았습니다."

"서이안 씨와는 친하셨나요?"

막연한 질문이었다. 친하다는 말은 지나치게 광범위하고 너무나 많은 것들을 포함했다. 호찬의 답변이 이번에는 많이 늦어졌다. 빠르게 따라오는 준비된 답변도, 머뭇거리며 조심스럽게 내뱉는 답변도 의심스럽기는 마찬가지였다.

"동료로서 갔습니다."

"서이안 씨가 깨어나기 전에, 누군가 서이안 씨를 공격한 건 알고 계십니까?"

누군가 뒤통수를 쳤을 때처럼 호찬의 표정은 당혹스러움을 드러냈다. 서이안의 숨을 끊기 위해 누군가 병실에 침입했다가 도주했다. 간호사가 발견하지 않았다면 범인은 끝까지 하려던 일을 밀고 나갔을 수 있었다. 심정지 순간에 극적으로 심폐소생술이 성공했고 서이안이 깨어났다. 서이안에게는 전화위복의 계기가 되었지만 그건 엄연히 살인미수였다.

하루하루 수사 결과를 내야 하는 압박이 계속되고 있었다.

중국 계좌를 이용해서 테러 예고범들에게 범죄를 의뢰한 오석중. 그는 중국 지사에서 근무하던 시절 만들었던 계좌를 이용했다. 몇 개의 커뮤니티를 통해 범죄자들을 물색했다. 기껏해야 명품 운동화를 구매하거나 클럽에 갈 비용이 필요해서 알바에 뛰어든 고등학생과 재수생들이었다. 하찮은 범죄의 목적은 수사 의지마저 흔들곤 했다. 오석중이 체포되면서 테러에 대한 불안과 동요는 완화되었다. 그러나 복면에 대한 수사는 CCTV를 뒤지는 일밖에 할 수 없었다.

거기에 몇 가지 가닥들이 덧보태졌다. 느닷없이 김재석이 사라지고, 서이안이 살해 공격을 받았다. 관련 없는 무작위의 사건들처럼 보이지만 테러의 피해자들이라는 점에서 겹쳤다. 진욱은 이 범죄의 밑바닥부터 다시 들여다봐야 한다고 생각했다. 형사들은 그날 서이안을 공격한 용의자를 찾기 위해 병원과 인근 CCTV를 훑고 있었다. 범인으로 추정되는 검은 야구모자가 강남역에서 하차한 후 사라졌다. 인파에 합류해 도주로를 확보한 것으로 보였다. CCTV에서 검은 모자의 행적을 추적하기 위해 십여 명의 형사들이 모니터 앞에 달려들어 밤을 새우고 있었다. 최근의 범죄와 수사는 CCTV 안에서 숨느냐 찾느냐의 팽팽한 접전이다. CCTV 밖으로 집요하게 숨고, CCTV 안에서 집요하게 찾는 숨 막히는 대결이다. 도주하는 동안 잠깐 방심하면 CCTV의 눈에 포착된다. CCTV 밖으로 사라지려면 상상 이상으로 치밀해야 한다. 마찬가지로 잠깐만 눈을 떼어내면 용의자를 놓친다.

"사 월 삼 일 오후 아홉 시 삼십 분경 뭘 하고 계셨는지 말씀하실 수 있나요?"

"그날 그 시간이면……."

병원에 갔다가 돌아가는 길이었다. 서이안의 병실 앞 복도에 앉아 있다가 아홉 시가 넘어 버스를 탔다. 호찬은 그날의 여정을 일말의 주저도 없이 그러나 침착하게 설명했다.

진욱은 고개를 끄덕이면서 문득 길을 잃은 느낌에 빠졌다. 범인을 쫓는 일은 탐험을 하는 것과 비슷했다. 신대륙을 찾아내듯 길을 떠나고 작은 단서를 가지고 험한 정글 속을 탐사하는 것이었다. 가끔 그곳에서 허락하지 않는 여러 여건 때문에 갔던 길을 되돌아오기도 했다. 원주민의 방해나 날씨, 잘못된 지도, 동물들의 습격. 탐험의 과정에서 이런 방해를 받으면 뜻하지 않게 원점으로 돌아가야 하기도 했다. 그럼에도 수많은 가능성의 길을 탐험해야만 했다. 그것은 인생을 사는 방식과도 닮았다고 진욱은 생각했다. 길을 만들거나 길을 찾거나 길을 헤매는 모든 과정은 삶이면서 형사의 일이기도 했다. 탐험의 끝이 언제나 행복한 결실을 주는 것도 아니었다. 길의 끝에 서면 허전함을 떨치기 어려웠다. 심지어 완벽한 결과를 손에 쥐어도 끝은 헛헛했다.

"아, 그럼 다른 질문인데요. 김재석 씨와 서이안 씨 관계는 어땠나요? 서로 친했다거나 아니면 사이가 좋지 않았다거나."

호찬이 잠시 김재석이라는 단어에서 무언가를 떠올리듯 미간을 모았다.

"아니요. 둘 다 전혀 아닙니다."

"확신하시네요?"

진욱은 팀장과 함께 그날 오후 서울 구치소로 향했다. 공항에서 인질극을 벌이며 붙잡혔던 흑곰파의 조선족 보스 황지강이 테러 사건의 용의자를 알고 있다고 진술한 것이다. 황지강은 자신의 형량 감량을 협상 테이블에 올렸고 용의자에 대해 제보하겠다고 했다. 어떻게든 타협점을 찾아야 했다. 줄 것은 주고 얻을 것은 얻어야 했다. 테러 사건 용의자를 특정조차 할 수 없는 난항을 겪고 있었다. 유호찬에게서 아무것도 건지지 못하면서 삽질을 이어가고 있는 꼴이었다. 전산 기록은 그날 호찬의 행적과 진술을 명확하게 담고 있었다. 혹시 그날 다른 의도로 문서고에 갔다고 해도 증거가 뒷받침되지 않으면 무용한 추정에 불과했다. 흑곰파든 백곰파든 원하는 대로 해주겠다고 하고 뭐든 들어야 한다, 고 과장은 차를 타고 가는 내내 떠들었다.

4

재윤은 경찰서 밖으로 나와 곧장 택시를 탔다. 살인사건 용의자와 모종의 공모가 있었는지를 확인하는 참고인 조사를 마친 뒤였다.

복면들이 난입한 날, 박지강은 이미 중국 칭다오에 도착해 있었다. 금요일의 복면들이 될 수 없는 결정적 알리바이였다. 그러나 박지강은 친구를 살해하고 도주 중인 용의자가 되었다. 재윤은 용의자를 마지막으로 만나고 연락을 주고받은 인물이었다. 형사의 설명이 계속되는 중에 재윤은 화장실로 달려가 구토를 했다. 목 안에서 쓰디쓴 노란 액이 올라올 때까지.

누군가를 죽이고 물속에 밀어 넣은 인간이 태연하게 실업급여를 챙기러 왔다. 태평스럽게도 일상적이고 평범한 실직자의 얼굴로 창구에 앉아 신청서를 내밀었다. 보통의 인간 안에 살인자의 모습을 숨기는 것이 이토록 쉬웠다. 창의적 방식으로 상상력을 전복시키는 범죄자들이 은밀하게 평범한 인간 안에 살고 있었다. 하나의 문이 닫힌다고 해서 끝이 아니었다. 끊임없이 낯설고 역겨운 면이 다가올 준비를 했다. 안다고 생각하는 순간마다 새로운 면을 내놓는 인생 앞에서 도무지 산다는 일에 익숙해지거나 능통해질 수 없었다. 언제 이 낯선 생의 모습에 무뎌질 수 있을지 재윤은 도무지 알 수가 없었다.

고용센터 부근의 한 카페 앞에 택시가 도착했다. 재윤은 멀미처럼 울렁거리는 역겨움에 휩싸인 채 택시에서 내려 카페로 들어갔다. 이안이 창가에 앉아 있었다. 이안의 얼굴이 상해 있었다. 반짝거리던 피부에 그늘이 앉아 있었고, 눈 밑이 푹 꺼져 보였다. 감추지 못하는 시간이 얼굴에 흔적을 남기고 있었다. 재윤은 박지강을 떨쳐내려는 듯 희진의 얘기부터 시작했다.

　"희진 쌤이 마지막으로 전화를 한 사람은 나였어요. 전화를 걸어서······."

　"잠깐만."

　이안은 아직 들을 준비가 되어 있지 않았다. 물을 들이켜고 숨을 골랐다. 최근 먹고 있는 약들로 눈이 건조해졌다. 어떤 약의 부작용인지 알 수가 없었다. 어머니가 한 움큼씩 손바닥에 건네주는 약들을 말없이 받아 넘겼다. 이후로 목이 타면서 쓴 물이 올라왔고 눈이 뻑뻑해졌다. 이안은 미세먼지라도 들어찬 듯 황폐한 눈을 몇 번 비볐다. 마치 눈으로 이야기를 들어야 하는 사람처럼.

　"부적을 들고 오는 건데."

　재윤은 무슨 말인지 모르겠다는 듯 인상을 썼다.

　"엄마 말이 아직 나한테 잡귀가 붙어 다닌대요. 용하디용한 계룡 동자님의 말씀이에요. 그 동자님이 악귀를 쫓는 부적을 써줬거든. 몸에 지니고 있으라고 했는데 왠지 지니고 오고 싶더라니. 또 쓰러지면 안 되잖아요."

이안은 부적 농담을 던졌지만 잠깐의 유예 끝에 들이칠 슬픔이 벌써 느껴졌다. 테이블 위에 올려진 두 손에는 힘이 들어가 있었다. 재윤은 이안을 잠깐 들여다보다가 갑작스럽게 피식, 하고 웃음을 흘렸다.

"묘한 일이네요. 나를 버리고 간 얼굴도 모르는 엄마가 무당이 됐다고 하더라고요. 할머니 말에 의하면 계룡 동자님이 됐다고. 쌤의 어머니가 만나 부적을 받은 사람이 우리 엄마인지도 모르겠네요."

이안이 어처구니없다는 표정을 지었다.

"계룡 동자님인데 쌤 엄마라는 거예요?"

"모르겠어요. 왜 하필 계룡 동자님이라고 내걸고 있는지 감도 잡히지 않아. 근데 계룡 동자는 아마 전국에 많을 거예요. 만약 진짜 우리 엄마를 만난 거면 정말 우스운 일이고. 딸의 앞날이 어떻게 되든 신경도 쓰지 않는 양반이 쓸데없는 부적이나 팔다니."

재윤은 건조한 어조로 내뱉고 있었지만 표정에 쓸쓸함이 스쳤다. 그러나 그것마저 털어버리겠다는 듯 고개를 저었다.

"그러니까 부적 따위는 개나 줘버리고⋯⋯. 희진 쌤이 전화를 걸어서는 바이킹을 타러 가겠다고 해서 저도 같이 가자 했죠. 근데 대답 없이 전화가 끊어졌어요."

은밀한 비밀을 털어놓듯이 재윤이 몸을 테이블로 기울였다. 누군가 엿듣는 것을 염려하는 것처럼 목소리도 낮추었다. 이 안의 눈은 여전히 뻑뻑했다. 모래알이 들어간 듯 껄끄러운 눈이 거슬렸다. 이안은 눈을 몇 번 깜빡거리며 재윤의 말을 되새겼다.

"점심시간이 지나도 돌아오지 않아서 정말로 바이킹을 타러 갔나 했어요."

바이킹을 타러 간다던 여자가 옥상에서 뛰어내린 것이다. 중력을 거슬러 하늘로 솟구쳐 오르는 기적은 없었다. 바이킹 위에서는 하강의 순간 상승의 기대를 품을 수 있지만 그런 멋진 기적이 옥상에서는 일어나지 않는다.

세상의 끝에서 붙들고 있었을 희진의 마음을 이안은 따라가고 싶었다. 그러나 세상 너머로 발을 디딘 그 마음을 도무지 헤아릴 수 없었다. 이해할 수 없는 마음도 절망이 된다. 이해받지 못하는 것과 마찬가지로 이해할 수 없는 마음도 벽을 만나는 것이다. 이해의 한계에 부딪힐 때마다 마음은 긁히고 상처를 받는다. 어떤 마음이 난간 밖으로 발을 움직이게 했는지 명확하지 않았지만 한 가지는 느낄 수 있었다. 한계에 이르면 무너지는 것이 아니라 무너진 채로 한계에 이르는 것이었다.

"우리 바이킹 타러 갈래요?"

"이런 순간에는 통상적으로 우리 술이나 한잔할래요, 라고 말하는 거 아닌가?"

이안은 잘못 들은 건가 하고 고개를 갸웃거렸다. 재윤의 제
안은 엉뚱하기 그지없었다.

"역겨운 세상에서 숨고 싶은데 갈 곳이 없어요. 그냥 여기를
잠깐이라도 떠나고 싶은데."

바이킹 위에서 한껏 소리치던 순간이 이안의 기억에서 반짝
였다. 강렬한 수직 낙하와 상승의 느낌이 생생히 돌아왔다.

"그래요, 가요. 바이킹이 공중으로 올라가는 만큼만 여기서
벗어나보죠."

두 사람은 택시를 잡아타고 놀이공원으로 향했다. 캠핑카
조수석에 앉아 놀이공원으로 갔던 그날이 이안의 마음에 포개
졌다. 놀이공원의 입구는 변함없이 다른 차원의 세상처럼 지
나치게 화려했다. 현실의 반대 영역에 놓인 한없이 가볍고 산
뜻한 세계의 입구로 이안은 들어섰다.

그 날의 풍경과 다르지 않은, 음악과 저녁의 희미한 햇빛과
사람들이 있었다. 풍경이 유사하다는 점은 달라진 상황을 선
명하게 인식시켰다. 잃어버린 것들이 두 풍경 사이에 가로놓
여 있었다. 존재와 부재의 충돌은 같은 공간을 배경으로 할 때
격렬해진다.

바이킹에 자리를 잡자마자 고함을 치거나 비명을 지르는 사
람들도 있었다. 한 무리의 학생들이 과장되게 깔깔대거나 박

수를 치기도 했다. 요란스러운 음악과 함께 이제 막 바이킹은 항해를 떠나려 하고 있었다. 희진이 옆자리에 앉아 즐거운 비명을 질러대고 있을 거라고 이안은 상상했다. 부재를 거부하고 인정하지 않는 방법은 상상 속에서 살려내는 것뿐이었다.

바이킹의 출발을 앞두고 재윤이 이안에게 속삭였다.

"우리 죽음한테 잡히지 말아요, 아직은."

"뭐라고요?"

"잘 도망치자고."

"좀 이상한 문장인 거 알죠?"

마치 알코올 홀릭인 사람들이 술은 그만 마시자고 다짐이라도 하듯 재윤은 말했다. 이안은 그렇게 하겠다고 했지만 모든 것이 뒤죽박죽이었다. 현실로 돌아왔지만 무질서하고 혼란스러운 것은 여전했다. 생각해보면 현실은 늘 그랬던 것도 같았다. 불가해한 일들로 뒤섞여 있고 진실과 오해들이 엉켜 있었다. 그런데도 세상은 굴러가고, 심지어 매우 잘 굴러가는 것처럼 보이기도 했다.

묵직한 머릿속으로 요란한 기계음이 끼어들었다. 바이킹이 서서히 움직이고 있었다. 이안은 기구의 흐름에 몸을 맡기고 중력에 저항하는 거센 힘을 느꼈다. 공기를 밀어내며 단단하고 육중한 함선이 솟구치고 있었다.

바이킹에서 내려왔을 때 재윤의 눈두덩에는 마스카라가 번져 거뭇거뭇했다. 운 것 같기도 하고 아닌 것 같기도 했다. 웃고 있는데 우는 것처럼 눈물이 고여 있었다. 생각해보면 울고 싶을 때 웃고, 웃고 싶을 때 울고 있었다. 삶의 순간순간 눈물과 웃음은 서로를 섞으며 경계를 허물곤 했다. 눈물과 웃음은 별개처럼 보이지만 같은 뿌리를 두고 있는 것 같았다.

재윤이 눈물을 닦아내며 말했다.

"호찬 쌤이 그럴 리가 없겠지만. 복면들하고 공모를 했다는 소문이 있어요."

잊고 있던 인디언 무늬의 엽총이 이안의 의식에 떠올랐다. 호찬이 어떤 인간인지 의문을 갖지는 않기로 했다. 그러나 이안의 마음에서 많은 질문이 만들어지고 떠다녔다. 호찬과 어디부터 다시 시작해야 하는지, 아니면 아무것도 시작할 수 없는 것인지. 웃음기 제거된 경직된 그의 얼굴에서는 온기조차 찾을 수 없었다. 호찬과 나누었던 생의 떨리는 시간과 공간은 닫혀버렸다.

"김재석 쌤은 사라졌고. 센터에서는 누가 공모자냐를 두고 의견이 분분하죠."

"다른 건 모르겠지만 재난이 끝나지 않은 건 확실해 보이네요."

그들은 아직 끝나지 않은 재난 혹은 퍼즐 속에 놓여 있는 것이 분명했다. 세상은 제멋대로 흘러가고 있었고 원하지 않는 끝으로 데려가곤 했다. 할 수 있는 건 그 끝이 덜 슬프기를 바라는 것뿐이었다.

5

대구의 도로변에서 비틀거리며 걷던 한 남자가 쓰러졌다. 멀리서도 남자에게서 풍기는 악취가 느껴졌고 찢기고 피로 얼룩진 옷차림을 하고 있어 전쟁터에서 막 빠져나온 피난민으로 보였다. 주민의 신고로 119가 출동했고 인근 병원으로 남자가 옮겨졌다. 생명에는 지장이 없었지만, 얼굴은 이목구비를 분간할 수 없을 지경으로 붓고 찢겨 있었다. 옷을 벗기자 온몸은 멍으로 뒤덮여 푸르딩딩했다. 남자의 지갑에서 발견된 신분증은 김재석. 병원으로 옮겨지고도 며칠간 사경을 헤매던 그는 가까스로 눈을 떴다.

딸과 아내를 필리핀에 보내고 월급 전부를 송금하던 김재석은 생활비조차 없이 궁핍한 나날을 보냈다. 아내는 수시로 전화를 걸어 월급이 적다고 투덜거렸고 생활비를 더 보내달라 요구했다. 김재석은 한계에 다다랐다는 걸 절감했다. 필리핀에 있는 처남의 소개로 한 카지노 사업장에서 고액의 스카우트 제의를 받은 건 그 시점이었다. 초기 정착금만 보내면 언제든 날아갈 수 있었다. 김재석은 대출금을 끌어모아 필리핀으로 보낸 뒤 한국에서의 생활을 정리하려고 했다. 마지막 대출금을 내준 사채업자가 한 가지 제의를 해왔다. 대출금을 갚는 대신 손을 잠깐 빌려달라는 것이었다. 눈덩이처럼 불어나는 사채 이자를 생각하면 솔깃한 제안이었다. 김재석은 어차피 한국을 뜰 생각이었고, 그들이 원하는 걸 주기로 했다. 그들은 고용센터의 문서고를 열어줄 내부자의 손을 필요로 했다. 계산할 것도 없는 간단한 일이었다. 누군가가 죽거나 총격을 당할 가능성에 대해서 김재석은 전혀 고려하지 않았다.

모의는 텔레그램만으로 이루어졌다. 그들이 요구한 날짜의 오후 다섯 시. 김재석은 문서고로 내려갔다. 그리고 야구모자에 마스크를 쓴 한 남자를 문서고로 들여보내주었다. 문서고 안쪽 깊숙한 곳에서 시설실 직원들이 퇴근할 때까지 기다린다는 시나리오였다. 복면들이 총기를 들고 실업급여과로 들이닥쳤을 때에야 김재석은 플롯이 생각과는 다른 방향으로 흘러가고 있다는 것을 깨달았다.

그러나 김재석의 걱정과 달리 예상했던 것보다 더 완벽한 범죄였다. 그들은 흔적도 남기지 않고 CCTV 본체를 수거해 갔고 수사는 난항을 겪었다. CCTV가 없으니 경찰이 할 수 있는 것도 많지 않았다. 병원에서 얼마간 입원을 하면서 정황을 살피는 것도 나쁘지 않았다. 그러나 대출금을 갚으라는 독촉이 왔고, 복면이 새로운 의뢰를 했다. 아직 죽음의 문턱을 넘지 않은 서이안을 죽이라는 것. 성공하지 않으면 아내와 딸을 볼 수 없게 된다는 것. 한계를 넘고 나면 겁이 없어진다. 김재석은 무엇이든 할 수 있겠다는 맹렬한 기세에 휩싸였다. 먼저 병원을 빠져나간 후 사우나에 들렀다가 모자와 마스크로 얼굴을 가리고 서이안의 병실로 돌아갔다. 실패하고 도주했을 때는 경찰로부터가 아니라 놈들로부터 도망친 것이었다. 그러나 그들은 경찰보다 먼저 김재석을 찾아냈다. 김재석은 대구 외곽의 한 창고로 끌려가 숨이 끊어질 때까지 두들겨 맞았다. 정신을 잃은 그를 두고 그들이 어디론가 사라진 사이, 그는 가까스로 기어 나와 목숨만은 건졌다.

횡설수설에 가까운 김재석의 자백은 한 시간이 넘도록 계속되었다. 자백하면서도 차라리 다행이라는 표정이었다. 스스로 끝낼 수 없을 때 누군가 끝을 만들어주는 것만큼 고마운 일도 없었다.

밤 열 시 삼십 분. 3층 다세대 주택 건물 앞에서 진욱과 형사들은 잠복을 시작했다. 부슬비가 쏟아지기 시작해서 스산한 봄밤이었다. 다세대 주택 3층에 복면 용의자들이 있었다. 3층 창문을 통해 빛이 쏟아져 나오고 있었다. 형사들은 빗물과 어둠 속에 떠 있는 그 빛을 올려다보았다. 그들이 내부에 있는 것은 확실했지만 만약을 위해 움직임을 살피기로 했다. 여기서 놈들이 도주하거나 증거를 인멸한다면 그간의 수사는 허사가 될 터였다. 검거의 순간까지 타이밍을 살펴야 했다. 타이밍을 잡는 일은 수사의 화룡점정과도 같았다.

황지강의 제보에 따르면 조선족 두 명이 테러에 섭외되었다. 그들을 섭외한 배후 인물에 대해서는 황지강도 알지 못했다. 다만 진욱은 두 명의 조선족 연락처를 알아냈고 그들을 체포한 끝에 그날 운전을 해주고 도주를 도왔다는 진술을 받아냈다. 그러나 그 두 사람은 운전 섭외만 받았고, 복면들과는 더 이상 연락을 주고받지 않았다. 당시 연락을 주고받던 전화기는 대포폰이었고 추적은 불가능했다. 다행인 것은 그들의 도주 경로를 확보했다는 점이었다. 그들은 주안시에서 화성, 그곳에서 천안, 포항을 거쳐 다시 주안시로 돌아왔다. 화성에서 차량을 전소하고 산을 넘어 준비해두었던 SUV 차량을 타고 도주했다고 털어놨다. 도주로 세탁을 위해 머나먼 경로를 돌아왔다는 의미였다.

자백을 받은 이후 진욱은 기지국 통화 기록 분석에 들어갔다. 주안시와 화성을 거쳐 천안, 포항으로 이동한 번호를 찾기 위해 2만 건이 넘는 통화 기록을 뒤졌다. 그리고 세 건의 전화 내역이 같은 시간대에 도주 경로로 이동하고 있다는 것을 찾아냈다. 이틀 밤을 새우며 온 팀원이 매달린 결과였다. 가끔 이

무식한 방법이 맞느냐, 는 스스로의 의문도 있었다. 그러나 다른 길이 없을 땐 가던 길을 믿고 가야 했다. 결국 길의 끝에 도달하게 되어 있었다. 그 전화번호의 주인들이 건물 3층에 거주하고 있었다.

범인들이 스스로를 해하거나 도주하면서 생길 수 있는 각종 사고가 있으니 쉽게 들이닥쳐서도 안 되었다. 일단 놈들 중 누구라도 집을 나서는 타이밍을 포착하기로 했다.

진욱은 맞은편 옥상, 우비 속에 있었다. 으스스해지는 날씨에 등골이 시려왔다. 시원찮은 무릎도 시큰거렸다. 그러나 맞은편 건물의 창문을 주시하면서 묵묵히 기다렸다. 예전에는 담배를 피우며 시간을 견뎠다. 담배를 끊은 뒤에는 담배를 피우던 시절을 돌아보며 시간을 버텼다. 시간을 버티는 방법을 찾지 못하면 생을 살아갈 수 없었다. 게다가 기다릴 줄 아는 능력은 강력반 형사가 갖추어야 할 요건이었다. 성급하게 나서면 다 된 일도 어그러지곤 했다. 이미 과장은 윗선에 케이스가 끝나간다고 보고를 한 뒤였고 결과를 내야만 하는 상황에 있었다.

잠시 후 3층 복도에 센서등이 환하게 빛을 냈다. 누군가 3층 복도로 나섰다는 말이었다. 잠복해 있던 형사들은 긴장했다. 불빛은 2층을 거쳐 1층으로 내려왔다. 그리고 건물 밖으로 한 남자가 모습을 드러냈다. 현관 입구에서 쏟아지는 빛을 등지고 선 남자는 추리닝 차림이었다. 외투도 없이 건물 밖에 세워져 있던 오토바이에 올랐다.

"아직, 기다려. 가까운 곳에 가는 거 같아. 기다려."

금방 돌아올 복장이었다. 기껏해야 슈퍼를 가는 게 확실했다. 돌아오는 타이밍을 노리는 것을 택했다. 체포의 순간이 임박하면 누군가를 사랑할 때처럼 심장이 뛰었다.

잠시 후 오토바이의 그르렁거리는 소리가 다가왔다. 잠복해 있던 형사 두 명이 어렵지 않게 오토바이에서 내리던 남자를 낚아챘다. 남자의 저항은 형사들의 피지컬에 금세 압도되었다. 그러나 남자가 날카롭게 고함을 쳤다.

"형, 도망쳐!"

어둠과 정적을 뚫고 남자의 목소리가 퍼졌다. 형사들은 재빠르게 빌라 현관으로 뛰어들었고, 센서등 불빛과 함께 3층에 도착했다. 그러나 이미 집은 비어 있었다.

"옥상으로."

진욱은 놈들이 옥상의 어둠으로 숨어드는 것을 내려다보고 있었다. 거대한 시간의 문이 닫히듯 하나의 종말이 눈앞으로 다가왔다.

새벽녘, 복면 용의자로 붙잡힌 김장후는 국밥 한 그릇을 먹고 세 시간을 버텼다. 직접 증거 운운하며 태연한 자세로 형사

들을 비웃었다. 그러나 복면들과 함께 수거된 엽총과 족적흔,
김장후를 찍었던 가위에 남아 있는 직물 성분 분석을 들이대
자 기세가 꺾였다. 인정의 순간까지가 어렵지 그 이후는 수월
했다. 드러난 결과를 인정하지 않으려 발버둥 치기 때문에 서
로 힘든 것이다.

"김재석에게 서이안 죽이라고 한 것도 맞죠?"

"아, 그게 내가 죽이려고 한 게 아니라…… 나도 부탁을 받
은 거라……."

어떤 살인은 몇 겹의 플롯들 안에 있었다.

"내가 오랫동안 만난 여자가 있는데, 박영옥이라고. 그년이
고용센터에서 재수 없는 일을 당했다고 손 좀 봐달라고 해서.
난 그냥 겁만 주려고 했지. 내가 얼마나 명사수인데 총이 빗나
갔겠나?"

"반말하지 말고. 왜 죽여달라고 했다는 겁니까?"

"아, 박영옥 그년이 시마이를 못했다고 성화를 부리고 잔금
을 안 준다고 하니까……. 잔금이 있어야 우리도 여길 뜨는데.
그래서 엄살을 좀 피웠더니 그 김재석이가 스스로 나선 거죠.
난 그냥 대출금이나 갚으라고 한 거고. 그러니까 자기가 마무
리를 하겠다고……."

김장후는 멋대로 떠들면서 교묘하게 책임을 피하려 했다.
서로 책임을 미루는 것은 공모에서 가장 흔한 피날레였다. 인

간이 인간을 저격하는 이유는 이토록 단순했다. 돈 몇만 원에
도 인간의 몸에 칼을 찔러 넣는다. 자신을 노려봤다는 이유로
목을 부러뜨리기도 한다. 그동안 형사로서 보아온 살인의 이
유들은 그야말로 사소했다.

복면들의 검거 뉴스가 흘러나오고 있을 때 이안은 욕실에서
샤워를 마치고 거실로 나왔다. 젖은 머리칼에서 물이 떨어져
어깨를 적시는 동안 뉴스에서 눈을 떼지 않았다. 복면들이 살
인 교사를 받고 센터에 난입했다는 아나운서의 발화가 또렷하
게 흘러나왔다.

이안은 낮에 피해자로서 진술이 필요하다는 연락을 받고 경
찰서에 다녀왔다. 이미 알고 있는 서사였는데 아나운서의 언
어적 확인은 낯설고도 새로웠다. 물기로 젖어들고 있는 이안
의 어깨가 들썩이기 시작했다. 이런 순간엔 제로의 공간이 절
실히 그리웠다. 관계나 이해가 필요치 않던, 언어 너머에서 홀
로 존재하던 공간. 그곳으로 돌아가고 싶은 갈망에 휩싸였다.
지금 이곳이 잘못된 곳이라는 혹은 엉뚱한 곳이라는 생각을
지울 수 없었다.

피해자 진술을 하는 동안 진욱은 김장후가 범행을 부인한
상황부터 찬찬히 설명했다. 복면들은 이안을 살해할 목적으로
센터에 왔고 어쩌다 보니 총알이 빗나갔다. 일부러 빗나가게

했다는 허튼 변명을 하고 있었지만 신빙성은 없었다. 범죄자 놈들 말이 반은 거짓 반은 허세라 믿지 않습니다. 진욱은 농담 처럼 설명했다.

병실 복도를 서성대던 박영옥을 마주쳤던 것은 우연이 아니 었다. 어떤 목적으로 왔었는지 이제는 추정해볼 수 있었다. 말 을 더듬고 인지능력이 떨어지던 김유석. 박영옥은 그의 연금 이나 월급을 가로챘고 수시로 폭행을 가했다. 김장후도 김유 석을 괴롭히는 일에 가담했다. 경찰이 박영옥을 체포하러 갔 을 때, 김유석은 제대로 걷지도 못했다. 팔다리를 구타당하고 발목에 골절까지 생긴 채 방치되어 있었다. 경찰은 김유석에 대한 폭행 혐의까지 추가해 박영옥을 검찰에 넘겼다. 결과적 으로 이 플롯이 비극적 엔딩으로 치닫기만 한 것은 아니었다. 김유석에게 이 엔딩은 뜻하지 않은 해방이었다. 엔딩은 언제 누구에게 닿느냐에 따라 비극과 희극을 넘나든다. 때문에 반 드시 끝까지 가야만 하는 일들도 있다.

"이안 씨가 가정사에 개입하고 불친절했다는데 다 지랄 맞 은 소리죠."

오히려 개입하지 않았던 것이 이안은 불편했다. 아무것도 하지 않은 것이 아픈 순간이 되었다. 뒤로 물러나버린 순간, 아 무 답변도 주지 못했던 순간 김유석은 벽을 느끼고 있었을 터 였다. 제로의 공간에서 이안이 느꼈던 것처럼. 이안은 형사가 건넨 물을 마시거나 가끔 고개를 끄덕일 뿐이었다. 총상 부위가 욱신거리는 것 같아 어깨를 매만졌다. 목표물이 누구였는지 분명해졌지만 현실감은 없었다. 하지만 희진이 죽게 된 시발점이 복면들이라면, 결국 그 원인이 자신이라는 것만은 선명해 보였다.

TV 화면에 경찰서를 나와 검찰로 송치되는 박영옥이 보였다. 야구모자와 마스크를 쓴 박영옥을 따라 수많은 기자가 함께 흘러가듯 움직였다. 군집하여 움직이는 철새나 물고기 떼처럼 거대한 흐름이었다.

얼굴도 보이지 않는 박영옥을 따라가며 기자의 질문이 쏟아졌다.

"왜 살인을 교사한 겁니까?"

"피해자에게 할 말 없습니까?"

박영옥은 아무 말도 내뱉지 않았고 경찰서 앞에 대기 중이던 경찰차에 올랐다. 두 명의 경찰이 양옆에서 박영옥의 팔짱을 단단히 끼고 있었다. 모자와 마스크 안에 있었지만, 이안에게 박영옥의 얼굴은 분명한 윤곽으로 떠올랐다. 그리고 그녀와 함께 있던, 어눌한 어투로 더듬거리던 김유석도.

6

이안은 옥상에 섰다. 햇살이 뜨겁게 쏟아져서 현기증이 날 지경이었다.

세상이 모두 멈춰버린 것 같았다. 그러나 여전히 실업자들이 밀려드는 창구는 부산스러울 것이 뻔했다. 민원인들이 꽉 채운 대기 의자와 순서를 기다리며 창구를 향해 집중된 눈들. 삶은 계속되고 있었고 실업자도 끊임없이 만들어졌다. 누군가의 절망과 쇠락을 접해야 하는 순간들. 누군가의 분노와 낙담을 대면해야 하는 순간들. 누군가는 울었고 누군가는 체념했다. 또 누군가는 울다가 체념했다. 각자 자신의 방식대로 실업 급여 수급자가 되거나 수급을 받지 못하는 실업자가 되었다. 상실을 마주한 인간들은 다른 듯 닮았다. 상실을 마주하지 않기 위해 버티는 수많은 인간도 마찬가지였다. 어쨌거나 실직의 순간 낙담과 해방을 오가는 엔딩이 기다리고 있었다. 마치 바이킹의 상승과 하강처럼. 그들 중 누군가는 잠재적 복면이었고 언제든 서로를 할퀴는 재난이 찾아올 수 있었다.

영적인 세계를 떠돌던 이안의 부분은 어떤 시간 속에도 남아 있지 않았다. 호찬과는 평행선처럼 서로 겹침이 없는 시간의 흐름 속에 살았다. 희진의 죽음을 막기 위해 그 옥상으로 갔었다고 이안이 말하면 호찬은 고개를 가로저었다. 그런 일은 없었다며 완강하게 부정했다. 이안의 경험은 끝내 호찬의 현실과 화해하지 못하는 별개의 서사를 이루고 있었다.

이안은 늘 생각의 끝에 희진을 살리던 시점으로 돌아갔다. 옥상 난간에서 발을 내딛지 않도록 희진을 붙잡았던 순간, 그 순간을 현실로 끌어오고 싶은 열망에 휩싸였다. 그러나 그 순간은 도달할 수 없는 우주의 별처럼 아득할 뿐이었다. 닫혀버린 가능성은 미련을 만든다.

어쩌면 꿈이었을까. 모든 게 꿈으로 수렴되는 순간 희진이 어딘가에 살아 있다는 믿음도 부정되었다. 때문에 꿈이 아니라 현실이어야만 했다.

삶의 불확실성 속에서라면 어떤 상상도 가능했다. 희진이 어딘가에서 숨 쉬고 있을 것이라는 상상도 터무니없는 것만은 아니었다. 이안은 그런 맹렬한 끌림 속으로 들어갔고 그럴 때마다 강하게 자극을 받았다. 희진이 살고 있는 세계를 확인하고 싶은 갈망이 이안을 움직이게 했다.

난간 위에서 이안의 발이 움직였다. 희진이 왜 발을 아래로 내디뎠는지 난간에 서니 알 것 같기도 했다. 하나의 세계를 넘어서는 것이 어렵지 않은 것 같았다. 발끝에 종말도 시작도 담겨 있었다.

"서이안, 멈춰."

옥상문이 열리는 것과 동시에 간절한 목소리가 날아들었다.

이안이 고개를 꺾어 옥상 문 앞에 서 있는 호찬을 응시했다. 호찬의 호흡이 불규칙하게 오르내렸고 셔츠가 땀으로 젖어 몸에 붙어 있었다. 희진의 죽음을 붙잡았던 그 순간과 같은 모습이었다. 호찬이 공기를 가르며 뛰고 또 뛰어서 다가오던 모습이 생생하게 그려졌다. 막막함을 가르며 간절한 마음에 응답을 보내오던 순간.

"내가 지금 얼마나 찾아 헤맨 줄 알아요?"

"여기 있는 걸 어떻게 알았어요?"

"아무리 찾아도 없으니까 여기까지 왔죠. 빨리 내려와요."

호찬의 목소리에는 제로의 공간에서처럼 애정이 배어 있었다. 이안의 입가에 희미한 웃음이 떠올랐다.

"내가 서이안 쌤 깨어나기를 얼마나 기다렸는지 알아요? 백만 년을 기다린 것 같았다고."

호찬의 시선이 이안을 뚫을 것처럼 쏟아졌다. 햇살보다 더 뜨거운 호찬의 마음이 이안의 세포 곳곳까지 닿고 있는 것 같았다. 끝은 혼자만 만드는 것은 아니었다. 버텨야 하는 이유를 누군가 만들어주기도 했다.

"웃어줄래요?"

호찬의 캠핑카는 경북 군위로 향하는 고속도로를 달리고 있었다. 이안은 옥상에서 내려와 호찬에게 별을 보러 가자고 했다. 저 너머의 세계에서 별을 보던 곳, 군위에 가면 답을 찾을 수 있을 것도 같다고. 마치 제로의 공간을 향해 가고 있는 것처럼 이안의 마음에 흥분이 일렁였다. 이안은 그곳 산꼭대기의 별들에 대해 또렷한 기억을 품고 있었다. 분명 모든 게 기억의 갈피와 일치할 거라고 믿었다.

"인디언 무늬가 있는 총을 봤다고 했죠?"

고속도로 옆으로 천안을 지나고 있을 때였다. 호찬은 이 이야기를 하려고 기다려 온 듯했다.

"혹시 그 총 알고 있는 거예요?"

"확인할 게 좀 있어서 차마 말을 하지 못했어요. 삼촌을 혹시 의심하게 될까 봐."

호찬이 잠깐 말을 고르다가 계속 이어갔다.

"혹시 삼촌이 이 사건에 개입한 게 아닐까 두려웠어요. 그래서 사실대로 말을 못 했어요. 얘기가 좀 긴데……. 그 총은 아일랜드의 한 남자가 아내를 지키기 위해 만들었다고 해요. 유령이 출몰한다는 지역에 살고 있었는데 실제로는 도적 떼였다고도 하고. 어쨌거나 직접 총을 만든 사람이 주술가에게 아내를 지키는 일에만 쓰도록 주문을 걸어달라고 했다네요. 뭐 그런 전설의 총인데, 삼촌이 그걸 몰래 들여온 거 같아요. 워낙 수완이 좋은 사람이라. 삼촌이 기념으로 간직하고 있었는데 나도 본 적이 있어요. 희귀하고 드문 총이라서 나도 대번에 알아봤어요. 사실 총기 소지 신고를 안 한 거, 거기서부터 문제가 있었는데 어쨌든 미국으로 가면서 삼촌이 친구에게 총을 팔았고 그 친구는 이사하고 총이 사라진 것을 발견했고, 이사 업체는 모른다고 했다는 겁니다. 불법으로 총을 소지한 거라서 신고를 할 수도 없었고. 특별히 증거도 없어서 넘어갈 수밖에 없었다고 하더라고요. 총의 행방은 거기서 끊겼어요."

복면 일당들은 텔레그램을 통해 총을 구입했다고 진술했다. 경찰은 구입 경로와 판매책을 검거하기 위해 노력 중이라고 했다. 온라인을 타고 마약이 대중 속으로 스며든 것처럼 불법 무기들도 그랬다.

"그 총이 범죄에 쓰인 총일까요? 주술 그런 게 정말 있는 걸까요?"

"그냥 누군가 지어낸 얘기였을 거예요. 삼촌에게 총을 팔아먹으려고. 상술이지."

"아뇨, 정말로 주술 같은 게 있을지도 몰라요. 그 총에 어떤 힘이 있다면……."

"그 총이 그 총이 아닐 수도 있어요."

부적을 써 오는 엄마를 향해 이안이 핀잔을 주던 것과 비슷했다.

"난 분명 제로의 공간에 있었다고요."

"알아요. 그 경험을 믿을게요."

"우리가 희진을 살렸다는 건요?"

"그것도 믿어요. 난 그냥 서이안 씨를 전적으로 믿을 겁니다."

톨게이트를 빠져나간 차는 커브를 크게 돌았다. 몸이 옆으로 쏠리며 이안은 현기증을 느꼈다. 호찬은 걱정스러운 어투로 괜찮냐고 물었다. 이안의 몸은 금세 제자리로 돌아왔고 아무 일 없이 차는 계속 달렸다. 물리적 육체와 정신이 함께 움직이는 확실한 세계를 이안은 살고 있다고 느꼈다. 그러나 그 확실성의 세계는 수없이 무너지고 무너졌다. 무엇을 믿어야 하는지 온통 흔들리는 시간 속에 이안은 서 있었다.

호찬은 핸들을 오른쪽으로 틀었다. 캠핑카는 커브를 빠져나와 길게 뻗은 도로로 들어섰다.

"그곳을 믿고 싶다면 그렇게 해요. 나도 그렇게 믿을게요. 그리고 한 가지만 약속해 줘요. 여기에 계속 있겠다고."

호찬의 목소리는 부드럽게 속삭이고 있었다. 폐허가 된 내부에 햇살이 들이치듯 감미로운 음성이었다. 이안은 호찬을 향해 미소 지었다. 슬프면서 슬프지 않았고, 쓸쓸하면서 쓸쓸하지 않았다. 마음속에 무언가가 일그러졌고 그러나 다시 펴지고 있는 것도 같았다. 마음이 텅 비어버린 듯도 했고 무언가로 꽉 들어찬 것 같기도 했다.

인간의 이해 너머에서 무슨 일이 펼쳐지는지 아무도 모른다. 기대하고 꿈꿀 수 있는 이유다. 한 치 앞을 볼 수 없다는 것으로 인해 가까스로 한 발을 내디뎌왔는지도 몰랐다. 다시 희진과 조우하는 날이 올 수도 있다. 이안은 그런 믿음을 비밀스러운 부적처럼 마음에 품을 생각이었다. 잠시 후 캠핑카는 덜컹거리며 비탈길을 달리기 시작했다. 적막을 뚫고 자갈 위를 구르는 자동차의 소음이 정상으로 향하고 있었다. 이안은 눈을 감았다.

에필로그

병실에 누워 있는 이안을 만나러 온 지 이 주가 넘었다. 벽 너머에 누워 있는 이안의 모습을 상상하는 일은 괴로우면서도 익숙해졌다. 매일 복도 앞 의자에 앉아 호찬은 그날 겪은 일들을 조곤조곤 들려주었다. 가끔 복도를 지나는 간호사들이 힐끗거렸지만 호찬은 개의치 않았다. 코마 상태에서 그녀의 청각이 어디까지 살아 있는지 짐작조차 되지 않았다. 그녀의 감각들은 모두 오프 상태에 빠져 있었다. 누군가가 스위치를 켜주기를 기다리는 것처럼. 그의 발화들은 그녀에게 닿지 못하고 사라져버릴 것이었다. 그럼에도 무슨 말인가를 하고 싶다는 갈망을 내려놓을 수는 없었다. 간절함은 대책 없는 무모함으로 나아갈 때가 있었다.

"바이킹을 무서워하는 한 남자 얘기를 해줄게요. 오늘 희진 쌤하고 재윤 쌤하고 놀이공원에 갔었거든요. 오늘은 그 얘기를 들려줄게요."

침대에 누운 이안에게서는 아무런 반응도 없었다. 허공에 호찬의 목소리가 차분히 스며들었다. 그는 또박또박 자신의 목소리를 공기에 새겨 넣듯 이야기를 이어갔다. 공기가 미세하게 파동하고 목소리를 흡수했다. 그녀가 듣고 있을지도 모른다는 허무맹랑한 생각이 스쳤다. 삶은 우리에게 이해를 구하지 않는다. 사건들을 마구잡이로 던져 놓을 뿐이다. 이해할 수 없는 세계는 제멋대로 이해하는 것이 방법일지도 모른다.

"아, 그리고 며칠 전에 어머니의 고백을 들었어요."

호찬은 어머니에게 들은 어린 시절의 화재에 대해 이야기했다. 불이 나도록 오리털 파카를 의자에 걸어 난로에 가까이 두었다는 어머니의 충격 고백을. 의연하게 받아들였지만 호찬의 마음엔 슬픔이 스몄다. 삶이 가해오는 여러 재난은 인간들의 분노나 증오를 기저에 두고 있었다. 결국 대부분의 재난은 인간이 인간에게 가하는 것이었다.

"근데 어머니가 말하더군요. 내가 살아 있어 어머니 삶에 기적이 되었다고. 기적은 결국 희망과 동의어거든요. 당신에 대해서만은 나도 희망을 가져볼게요."

호찬이 천천히 일어나 복도를 걸어 엘리베이터로 향했다.

엘리베이터에 다다랐을 때 야구모자와 마스크를 쓴 한 남자가 호찬을 스쳤다. 검은 야구모자가 호찬의 시선을 끌었고 뒤를 돌아보게 했다. 복면 사건 이후 검은 야구모자를 쓴 사람들을 주의 깊게 보는 버릇이 생겼다. 야구모자에 마스크를 쓴 남자는 호찬이 방금 일어난 복도의 의자에 앉았다. 호찬은 엘리베이터를 기다리며 다시 한번 복도를 돌아보았다.

두 시간이 흐른 뒤, 호찬의 핸드폰에 한 통의 문자 메시지가 도착했다. 문자 메시지를 확인한 호찬은 움직이지 못했다. 이안의 사망을 알리는 메시지였다.

작가의 말

    여행에서 돌아오는 순간에는 두 가지 감정이 대립한다. 돌아왔다는 안도감과 방금 떠나온 여행지에 대한 그리움. 삶이 대부분 그렇다. 누군가와 헤어지는 일도, 직장을 그만두는 일도 비슷하다. 거기에 두었던 마음들을 도무지 모두 가지고 올 수가 없다. 그러나 종말의 슬픔을 추스르려는 힘도 그 안에 있다. 소설의 마지막에 이르렀을 때도 그랬다. 그 세계에 머물렀던 시간이 그리웠지만 해방감이 찾아왔다. 나를 설레게 한 순간에 대한 애틋함과 놓아야 한다는 단호함이 겹쳤다. 긴 여행이 끝나고 모퉁이를 돌면 집이 보일 때 느끼는 헛헛함과 편안함이 팽팽하게 맞서고 있었다. 연인과 이별할 때의 마음이 그랬듯이. 열정의 끝은 비어 있으면서 꽉 차 있다.

모든 끝은 다양한 빛깔을 갖는다. 그 빛깔 밑에 수많은 이야기가 잠겨 있다. 그 이야기들은 언어의 세계 바깥에서 머뭇거린다. 불완전하게 흐트러진 상태로. 나는 그 흐트러진 이야기들의 가닥 하나를 잡고 싶었다.

끝과 상실에 대한 이야기를 쓰려 했지만 여전히 사랑을 말하고 싶었다.

내게 있어 세상의 모든 이야기는 사랑을 포함한다. 아니, 사랑으로 시작하고 사랑으로 끝난다. 사랑을 대체할 만한 것은 없다. 고통스러운 끝에도 사랑이 있으니 말이다.

삶에 닥치는 상실과 재난 앞에서 어떤 인간도 우아하고 견고하게 버틸 수 없다. 어떤 종말도 우리에게 쉽지 않다. 그러나 우리는 매일매일 밀려드는 수많은 재난과 종말을 뚫고 가고 있다. 상실이 우리를 아프게 하지만 우리는 또 한 발을 내딛고 있다. 그 한 발에는 분명 사랑이 있다. 삶에 대한, 타인에 대한, 자신에 대한, 그 어떤 것에 대한 것이든.

한때 나와 마주했던 수많은 실직자의 뒷모습을, 나를 아프게 하거나 웃게 했던 그 특별한 사람들을 언젠가 소설 속으로 불러오고 싶었다. 그들의 사연과 슬픔과 분노는 다양한 빛깔을 이루고 있었다. 그러나 소설 속으로 들어온 그들은 그들이 아니다. 현실 속의 사람들이 소설의 영역으로 들어오면 전혀 다른 인물들로 남는다. 그 인물들은 각자의 상실과 끝과 사랑 이야기를 안고 세상으로 나간다.

우리는 말하고 싶을 때가 아니라 누군가 들을 준비가 되었을 때 비로소 말할 수 있다. 많은 말이 끊임없이 만들어지고 서로를 향하지만 말은 우리를 좌절시킨다. 때로는 먼저 말을 숨긴다. 이해받을 수 없을 것 같아 두렵기 때문이다. 세상의 많은 말이 여전히 두려움에 떨고 있을 것이다. 그러나 아름다운 소통이 가능하다는 희망을 나는 놓지 않는다. 그 희망이 있어 소설 속 인물들도 세상으로 갈 수 있다.

나를 찾아온 이야기는 그대에게서 시작되었다. 그리고 그대에게로 가서 끝에 이른다.

특이사항 보고서

© 최도담, 2024

초판 1쇄 인쇄일 2024년 2월 19일
초판 1쇄 발행일 2024년 3월 4일

지은이   최도담
펴낸이   정은영
편집   최웅기 박진혜 박서령
디자인   이선희
마케팅   최금순 이언영 연병선 최문실 이유빈
제작   홍동근

펴낸곳   네오북스
출판등록 2013년 4월 19일 제2013-000123호
주소   04047 서울시 마포구 양화로6길 49
전화   편집부 (02)324-2347, 경영지원부 (02)325-6047
팩스   편집부 (02)324-2348, 경영지원부 (02)2648-1311
이메일   neofiction@jamobook.com

ISBN 979-11-5740-401-8 (03810)